À PROPOS DE L'AUTRICE

Dans ses romans, Michelle Styles nous fait découvrir sa passion pour l'Histoire grâce à des récits qui mêlent avec art véracité historique et souffle romanesque. D'origine américaine, elle vit actuellement en Angleterre, où elle partage son temps entre sa famille et l'écriture de ses romans.

Le pacte du Viking

MICHELLE STYLES

Le pacte du Viking

Traduction française de
ANNIE LEGENDRE

Les Historiques

HARLEQUIN

Collection : LES HISTORIQUES

Titre original :
A DEAL WITH HER REBEL VIKING

HARPERCOLLINS FRANCE
83-85, boulevard Vincent-Auriol, 75646 PARIS CEDEX 13
Service Lectrices — Tél. : 01 45 82 47 47 - www.harlequin.fr
ISBN 978-2-2804-6024-8 — ISSN 1159-5981

Composé et édité par HarperCollins France.
Imprimé en octobre 2021 par CPI Black Print (Barcelone)
en utilisant 100% d'électricité renouvelable.
Dépôt légal : novembre 2021.

FSC www.fsc.org MIXTE Papier issu de sources responsables FSC® C159065

Pour limiter l'empreinte environnementale de ses livres, HarperCollins France s'engage à n'utiliser que du papier fabriqué à partir de bois provenant de forêts gérées durablement et de manière responsable.

Chapitre 1

Manoir de Baelle Heale, royaume de Mercie
An de grâce 873

Une légère brume d'été flottait sur les prés d'eau. Dans l'air bleu, un nuage de papillons blancs se laissait bercer par la brise. Il émanait du paysage une paix profonde, aussi immuable que la terre et le ciel de cette belle campagne abritée par les arbres centenaires de la forêt d'Arden.

Ansithe, deuxième dans l'ordre de naissance des trois filles de l'*ealdorman*[1] Wulfgar à qui ces prés appartenaient ainsi que toutes les terres alentour, rajusta d'un mouvement d'épaule son arc et son carquois et huma l'air avec volupté.

La prairie en fleurs, toute piquetée de rose, de bleu et de jaune, était l'un de ses endroits préférés. Ici, personne ne venait la déranger, personne ne lui reprochait de perdre son temps à tisser un habit de rêves au lieu d'une bonne étoffe assez solide pour y tailler une robe ou un tablier. Ici, elle ne risquait pas d'être poursuivie par les jérémiades de sa

1. En vieil anglais, le mot *ealdorman*, étymologiquement l'« homme aîné » (*elder man*), désigne un noble de haut rang, chef militaire d'une région. À partir de l'an 1000, sous l'influence du danois *jarl*, de même sens, ce mot se transformera en *earl*, l'équivalent du comte au royaume de France. (Toutes les notes sont de la traductrice.)

sœur aînée qui la menaçait, à force de perdre son temps à rêvasser, de ne jamais retrouver de mari. Qui voudrait d'une épouse incapable de manier un fuseau sans casser ou emmêler le fil ? De faire rôtir un gigot sans le faire brûler ?

Pourtant, avant que Cynehild et son petit garçon viennent se réfugier dans la demeure de leur père, fuyant l'avancée inexorable de la Grande Armée[1] sur le territoire de la Mercie de l'Est, Ansithe avait su fort bien gérer la maisonnée. Et ce n'était pas faute d'avoir passé une grande partie de son temps dehors, chassant le petit gibier, récoltant des essaims d'abeilles sauvages, poursuivant des moutons égarés, comme elle l'avait toujours fait depuis qu'elle savait se servir de ses jambes et manier l'arc et la flèche.

Mais aujourd'hui, l'heure était particulièrement grave et un grand souci l'habitait. Il fallait trouver moyen d'arracher des griffes de leurs geôliers leur père ainsi que l'époux bien-aimé de Cynehild, qui avaient été récemment faits prisonniers par les envahisseurs. D'après le message que venait de leur faire porter le seigneur de la guerre qui retenait captifs les deux hommes, seule une rançon en bon or sonnant et trébuchant pourrait les libérer. Du reste, pour ajouter du poids à sa demande, le Danois avait joint au parchemin sur lequel figurait sa demande, soigneusement enveloppé dans une bourse de cuir, l'index du jeune homme, sauvagement tranché.

Malheureusement, cet or, les trois filles ne l'avaient pas.

Pourtant, si Ansithe trouvait un moyen pour les libérer, peut-être son père admettrait-il enfin qu'elle était indispensable à la bonne marche des affaires de la maisonnée

1. La Grande Armée danoise, ou Grande Armée païenne, ou simplement Grande Armée, venue du Danemark à la fin du IXe siècle, venait de conquérir une grande partie de l'Angleterre. Elle rassemblait plusieurs centaines de navires et plusieurs milliers d'hommes.

et du domaine. Il cesserait de lui chercher à toute force un nouveau mari.

Un mariage malheureux lui suffisait amplement.

Par jeu, imaginant que le moignon coupé d'un aulne dans la prairie représentait la tête du chef de guerre qui retenait son père et son beau-frère prisonniers, Ansithe sortit d'un geste vif une flèche de son carquois. Et, la glissant dans l'encoche, elle s'apprêta à tirer.

Mais soudain, un piétinement sourd se fit entendre dans le sous-bois et elle se figea. Puis, reculant à pas de loup dans l'ombre d'un bouleau, elle resta aux aguets, l'oreille tendue. Un animal, sans doute. Un daim, avec un peu de chance. Ou un loup, si elle n'en avait pas !

Ne voyant rien venir, Ansithe pivota sur elle-même… et son cœur manqua un battement. Les Danois ! Là, à quelques mètres, émergeant de la lisière du bois ! Chez elle, à Baelle Heale, au lieu de s'en tenir aux territoires conquis à l'est, à cinquante miles de là. Ils avançaient maintenant à découvert, le plus tranquillement du monde, au lieu de ramper dans l'ombre des arbres ou de se diriger vers la voie romaine de Watling Street.

Tapie derrière son tronc d'arbre, Ansithe regarda la petite troupe se déplacer dans la prairie sans se presser.

Leur chef, un grand homme blond aux larges épaules, s'arrêta, les mains sur les hanches, pour inspecter les lieux avec la même assurance que s'il était chez lui. Se laissant sottement distraire, Ansithe ne put s'empêcher d'admirer les méplats de son visage puissamment dessinés, son fier profil et sa peau tannée par l'air marin. Elle laissa son regard descendre le long du torse massif, se poser sur les hanches étroites… et s'arrêter net sur la longue épée suspendue à la riche ceinture ornée de médaillons de cuivre ciselé.

Son sang se glaça dans ses veines.

Elle aurait voulu crier à l'étranger qu'il n'avait rien à

faire ici. Qu'il n'était pas chez lui. Que les gens de cette contrée ne ressemblaient en rien aux lâches habitants de la Mercie de l'Est, qui s'étaient livrés aux envahisseurs sans se battre[1]. Mais elle parvint à se contenir.

Attirer l'attention de ce guerrier en lui hurlant des injures aux oreilles n'aurait d'autre résultat que de se faire tuer sur pied sans même avoir eu le temps de donner l'alerte. Quoi qu'en dise sa sœur aînée, qui la traitait parfois de soudard dépourvu du moindre savoir-vivre, elle était au moins dotée d'un solide instinct de conservation. Elle resta donc dissimulée dans l'ombre de son chêne, attendant patiemment que les étrangers aient passé leur chemin.

Mais, comme s'il avait senti sa présence, le grand Danois blond se tourna dans sa direction et posa sur son refuge un regard scrutateur. Puis, après avoir lancé quelques mots incompréhensibles à ses compagnons, avec un sourire amusé, il fit quelques pas vers elle. Ansithe arma son arc d'une main ferme et, au moment même où elle adressait une prière muette à tous les saints du Paradis pour ne pas manquer son but, un pigeon s'envola soudain vers le ciel bleu dans un bruyant battement d'ailes.

Un autre homme de la bande le montra du doigt en s'esclaffant. Il dit quelque chose qu'Ansithe ne comprit pas entièrement. Le beau dieu blond opina du chef et rit à son tour, mais il jeta un dernier coup d'œil inquisiteur vers le bosquet de chênes avant de donner le signal du départ.

La petite troupe se dirigea enfin à grands pas vers la rivière.

1. Après le sac du monastère de Lindisfarne par les Vikings venus du Danemark en 793, la Grande Armée entreprend en 865 la colonisation du nord et de l'est de la Grande-Bretagne. Seul le Wessex (qui comprend la Mercie de l'Ouest), sous l'autorité du roi Albert le Grand, reste libre. Ainsi, bien sûr, que les contrées des Bretons : pays de Galle, Irlande et Écosse.

Ansithe s'empressa de rentrer dans la pénombre avant que le regard clair du Danois se pose de nouveau sur elle. Alors, s'agenouillant, elle ramassa une poignée d'humus odorant qu'elle leva vers le ciel.

— Je jure de défendre cette terre jusqu'à ma mort, déclara-t-elle solennellement.

C'était un peu grandiloquent, mais sans hommes dignes de ce nom pour défendre le manoir et avec deux sœurs et un enfant de deux ans à protéger, elle avait besoin de toutes les aides disponibles, fût-ce les aides d'En-Haut.

Quand Moir Mimirson pénétra dans la cour du vieux manoir, suivi de ses cinq compagnons, les ombres du soir commençaient à s'étendre et il trouva les lieux étrangement déserts.

Le bâtiment principal paraissait abandonné, le toit des granges béait sur le ciel à maints endroits, et le mur d'enceinte avait besoin de réparation. Bien que cette région de la Mercie n'ait pas servi de champ de bataille, comme dans l'ouest du pays, la guerre y avait aussi laissé ses empreintes en privant ses terres des hommes valides, et ne laissant que les vieillards, les femmes et les enfants. Proie facile pour les pillards rôdant dans l'arrière-pays, songea Moir, bien que cela eût été une violation caractérisée du traité de paix que son *jarl* s'efforçait de signer avec les Merciens.

Moir eut un frisson d'appréhension. Le calme insolite qui régnait dans les lieux éveillait en lui un désagréable sentiment d'inquiétude, comme lorsqu'un combat était sur le point de commencer. Instinctivement, sa main se posa sur le collier d'ambre jaune qu'il portait autour du cou et que sa mère lui avait transmis.

Avant chaque bataille, il faisait ce geste en se rappelant la promesse qu'il avait faite à sa mère sur son lit de mort. Se montrer meilleur que son père. Toujours. Ne pas commettre les mêmes erreurs.

— Il n'y a personne ici, déclara-t-il à mi-voix. Même pas une poule ou un cochon pour notre dîner. Ils sont tous partis. Nous ferions mieux de rebrousser chemin avant la nuit et de retrouver la voie romaine... Bjartr, j'espère que tu mesures ton erreur. Si seulement tu ne t'étais pas querellé avec notre guide, il ne nous aurait pas laissés tomber.

S'arrêtant net, le dénommé Bjartr le foudroya du regard.

— Est-ce ma faute si le bonhomme était un mauvais coucheur ? Et si nous nous sommes perdus en nous lançant à sa poursuite ?

— Tu aurais fait comme lui ! Peu de gens apprécient qu'on leur mette le couteau sous la gorge. Surtout quand ils ont raison. On ne continue pas à piller et dévaster un pays quand on veut signer un traité de paix avec ses princes.

La bouche charnue du jeune Bjartr se contracta en une moue d'enfant gâté.

— Tu n'avais qu'à le retenir ! N'es-tu pas le commandant en second ? Et ne devais-tu pas aussi te charger de nous trouver à manger ? Je meurs de faim. Mon père, dont tu es l'homme lige, t'a pourtant chargé de tout cela. À moins que tu ne sois comme ton géniteur, prêt à renier tes obligations ?

Moir s'exhorta au calme. Bjartr n'était pas né à l'époque du drame auquel il faisait allusion. Il ne connaissait pas la raison pour laquelle Moir avait été envoyé dans cette mission, jouant les nourrices pour un groupe de guerriers amateurs au lieu de commander l'escorte de son *jarl* pendant les délicates négociations avec les Merciens et les autres chefs de guerre.

— Je suis certain d'avoir entendu les cloches sonner tout à l'heure, dit un autre. Il y a une abbaye pas loin. Et qui dit moines dit bonne chère ! Et aussi pas mal d'or à dénicher.

Moir haussa les épaules. Son sentiment d'un désastre imminent ne faisait que croître.

— Pas sûr que nos bons moines aient envie de nous offrir l'hospitalité. Nous ne sommes pas en pays conquis, ici. Et même si nous sommes sur le point de conclure la paix, ils n'ont certainement pas envie de remplir la panse de leurs anciens ennemis. Ce n'est pas pour rien que le *jarl* m'a confié une bourse bien remplie. Nous proposerons bien poliment de payer notre écot et nous récompenserons leur hospitalité.

Il regarda autour de lui, l'œil rétréci. Que pouvait bien signifier la vision qu'il avait eue tout à l'heure d'une Valkyrie errant au milieu des arbres ? Voulait-elle le prévenir de se méfier de cet endroit ?

— Au lieu d'être le pilier de la sagesse que mon père voyait en toi, te voilà devenu le vilain corbeau croassant sans cesse ses mauvais augures, protesta encore Bjartr. On a beau être en paix, mon père sera fier de voir son fils revenir chargé d'or et d'otages.

Moir eut une moue dubitative. Si trésor il y avait dans ce coin, il était certainement enterré depuis belle lurette dans une cache introuvable. Quant aux otages, en règle générale, ils apportaient plus d'ennuis que d'avantages. Sans compter que lui, Moir, était fidèle au père de Bjartr, Andvarr, l'homme qui lui avait accordé sa confiance contrairement à l'avis de tous les autres il y avait des années de cela.

— Parce que tu crois, Bjartr, qu'une poignée de guerriers est suffisante pour mener une attaque ? Même les abbayes sont bien armées, maintenant. Dis-moi comment tu comptes déployer tes hommes, veux-tu ?

Mais un des compagnons de Bjartr, aussi jeune et inexpérimenté que lui, ne l'entendait pas de cette oreille. Il avait soif de butin, lui aussi.

— Alors, Moir, on y va, oui ou non ? À moins que le

proverbe dise vrai ? Bon sang ne saurait mentir... Serais-tu aussi lâche que ton père ?

Moir tira aussitôt son épée.

— Nul ne me traite de lâche sans le payer sur-le-champ, gronda-t-il. En garde, jeune vermine !

— Laisse tomber, Moir, intima Bjartr d'une voix que la nervosité rendait aiguë. En tant que chef de ce *felag*[1], j'ai décidé que nous allions attaquer le manoir.

Et sans attendre que Moir ne s'interpose de nouveau, il chargea en hurlant son cri de bataille, aussitôt suivi dans son élan par le reste de la troupe.

Une lourde hache s'abattit contre la porte du hall. L'estomac d'Ansithe se noua. Elle n'avait que vingt flèches dans son carquois. Vingt flèches pour sauver sa famille de la horde des barbares.

Elle passa en revue les ruches, les pièges à homme et autres accessoires disposés dans le hall à des points stratégiques.

— Êtes-vous prêtes ? chuchota-t-elle à ses sœurs.

Toutes les deux opinèrent du chef en brandissant leur ruche close. Au signal d'Ansithe, chacune d'elles débloquerait l'entrée de sa ruche et la lancerait à la tête des envahisseurs. Les abeilles[2] feraient le reste du travail.

Ansithe rajusta son voile, banda son arc et attendit.

Le lourd panneau de chêne céda enfin et le premier guerrier entra, manquant tomber dans son élan. Malheureusement,

1. Bataillon, troupe armée en norrois (langue scandinave primitive).

2. Il peut sembler incroyable que des abeilles soient utilisées comme arme de combat. Pourtant, Ethelfleda, la Dame des Merciens, et ses alliés employèrent cette technique avec succès à Chester en 891 pour arrêter une attaque viking.

la ruche placée en équilibre au-dessus de la porte ne le toucha pas. Ansithe retint un juron.

L'épée levée, il s'élança vers sa sœur aînée avec un cri sauvage, s'apprêtant à la passer par le fil de sa lame, ou pis encore. Prise de panique, Cynehild lui lança sa ruche à la tête, oubliant d'en débloquer l'entrée. La ruche tomba sur le sol où elle roula puis s'immobilisa, inutile.

Un vrai désastre.

Ansithe leva son arc. L'assaillant, surpris, trébucha sur la ruche qui s'ouvrit, libérant un nuage furieux d'abeilles prêtes à en découdre. Elles s'élancèrent dans le hall en vrombissant et s'attaquèrent à toutes ces silhouettes qui s'agitaient dans la pénombre. Les trois sœurs immobiles observaient la scène avec une satisfaction mêlée d'effroi. Puis Elene à son tour débloqua l'entrée de sa ruche et la lança dans la mêlée. L'engin tomba aux pieds d'un autre assaillant et les cris de la bataille se transformèrent bientôt en hurlements de douleur.

Ansithe décocha sa seconde flèche.

Quelque part dans la nuit, comme l'un des chiens de l'Enfer quand il s'apprête à aspirer les âmes des pécheurs de sa gueule sanglante, un chien se mit à hurler[1]. Le cri

1. Mélange de mythologies scandinaves, celtes et chrétiennes que l'on retrouve dans les récits de la *Wild Hunt*, la chasse sauvage organisée par les dieux. L'influence chrétienne identifiera plus tard cette chasse à la capture des âmes damnées et la meute deviendra la meute du Diable. Voir ou entendre ces chiens serait un présage de mort imminente ou de guerre sanglante. Cette légende survivra dans l'imaginaire britannique avec le thème du Grand Chien noir, probablement un archétype du *Chien des Baskerville* dans le roman éponyme de Conan Doyle.

de guerre de Bjartr se transforma en un long hurlement de terreur, suivi bientôt de ceux de ses compagnons.

Il fallait sortir d'ici, échapper à ce piège stupide. Moir se propulsa vers le fond de la salle, l'épée levée. Il ouvrit la porte de derrière d'un coup de pied et se précipita dehors. Mais déjà, basculant de son perchoir, une autre ruche pleine de miel lui tombait sur la tête avec son contenu. Aveuglé, suffoqué, il se débattit pour retirer le miel de ses yeux et de sa bouche tandis qu'un essaim vrombissant assaillait ses oreilles. Une multitude de dards s'enfoncèrent dans sa chair comme autant d'aiguilles.

Les abeilles affolées s'insinuaient dans l'encolure de sa tunique, se glissaient sous ses vêtements, cherchant la chaleur et l'obscurité. Moir se mit à tourner sur lui-même, tenta une échappée et, trébuchant contre un billot de bois au milieu de l'arrière-cour, tomba lourdement sur le sol tandis que son épée roulait sur les pavés.

— Ne bouge plus, Danois, ou tu es un homme mort, intima une voix féminine.

Un pied se posa brutalement sur son bras, une main arracha la hache de guerre de sa ceinture. Le bourdonnement des abeilles à ses oreilles devenait intolérable.

— Rends-toi, maintenant. Tu es encerclé.

Ansithe se concentrait sur son prisonnier, le tenant en joue de son arc, sans se soucier du peu de flèches qui lui restaient. Contrairement aux autres assaillants, qui s'étaient tous enfuis par la grande porte, poursuivis par les abeilles, et tournaient en criant dans la cour comme des oies sans tête, celui-ci ne paraissait pas trop se soucier des piqûres. Sa cadette avait eu la bonne idée de lui retirer son épée et sa hache, mais il était le plus dangereux, et de loin.

Le cœur battant à se rompre, Ansithe sentit ses doigts trembler sur l'arc. Une seule erreur et sa fragile victoire éclaterait dans l'air comme une bulle de savon.

Elle banda l'arc davantage encore, ajustant son angle de tir.

— Rends-toi, Danois.

— Je ne suis pas un Danois. Je suis normand.

Ansithe s'humecta les lèvres et se mit à compter jusqu'à dix. Cela avait toujours eu la vertu de calmer son impétuosité.

— Qui que tu sois, tu es entré chez nous sans y être invité. Tu n'as pas le choix. Rends-toi, je t'ai dit.

Le guerrier ramassa prestement la ruche qu'il lui lança au visage.

— Pas d'accord. Il y a toujours un autre choix.

Ansithe sauta de côté et la ruche, retombant sur le sol avec un bruit sourd, roula au loin, inutile. Déjà, vif comme l'éclair, son ennemi arrachait à son arc la flèche qu'elle s'apprêtait à tirer.

Ansithe en tira fébrilement une autre de son carquois. Il ne lui en restait plus que cinq, maintenant.

— Manqué, lança-t-elle, le regard fixé sur la dernière ruche qui se balançait sur un chevron, juste au-dessus de lui. Il y a toujours une autre solution, comme tu peux voir.

Elle réprima un soupir de soulagement. Elle avait une meilleure cible que la gorge offerte du Danois.

— ... Alors, Danois ? Je ne suis pas de nature très patiente, sais-tu ? insista-t-elle en feignant de le viser toujours de sa flèche.

— Dois-je être impressionné ?

— Il vaudrait mieux, dans ton intérêt.

Recommençant à compter, elle s'efforça de stabiliser son bras. Dame Fortune lui donnait l'occasion de gagner l'or de la rançon de son père et elle n'avait pas l'intention de la manquer.

— ... Rends-toi et je réfléchirai à vous garder vivants, tes compagnons et toi.

Le jeune géant haussa les épaules.

— Vieille chanson…

— C'est la vérité.

Moir tentait vainement d'essuyer de sa manche son visage et ses yeux couverts de miel et d'abeilles rampantes. La piqûre de ces sales bestioles était une pure agonie. Bien pire que le fer d'un glaive. Il poussa un grognement de douleur et d'indignation. Pouvait-il être tenu en respect par une femme seule, avec pour seule garde rapprochée une nuée d'abeilles vrombissantes ? L'air vibrait d'une note aiguë, entêtante, comme sous l'effet d'un sortilège. Cette fille commandait-elle vraiment à cette armée d'un nouveau genre ? Quel mystérieux pouvoir était le sien ?

Moir plissa les yeux pour tâcher d'y mieux voir. Son adversaire femelle portait sur le visage une sorte de résille qui rendait ses traits indistincts. Mais ce n'était pas une magicienne. Non plus qu'une créature enchantée. À voir la manière dont ses seins se gonflaient sous sa cotte au rythme de sa respiration, c'était, incontestablement, un être humain. Et du sexe faible. Enfin, à ce qu'on prétendait.

Quelqu'un d'autre avait mis au point ce plan de défense. Un homme avait dû guetter leur approche depuis la tour de bois qui flanquait l'un des angles du bâtiment. Contrairement à celles de son pays, les femmes saxonnes, surtout celles de Mercie, n'étaient pas entraînées pour le combat. Il se raidit, soudain méfiant. Se pouvait-il que Guthmann Bloodaxe, l'un des chefs de guerre danois et son ennemi juré, ait retrouvé sa trace ? Et qu'il lui ait tendu ce piège ?

Moir se ressaisit. Non, ce n'était pas possible. Il avait tout fait pour égarer d'éventuels poursuivants.

— Où sont les hommes de ce manoir ? Je veux leur parler. Nous pouvons conclure un accord.

La jolie Mercienne chassa cette déclaration d'un geste méprisant de la main.

— De quels hommes parles-tu ? Je n'en ai guère besoin.

Vois comme nous sommes facilement venues à bout de vous tous, mes abeilles, mes sœurs et moi.

— Je n'en crois pas un mot…

Tandis qu'il parlait, les doigts de Moir glissaient lentement le long de sa cuisse, se rapprochant insensiblement de la dague qu'il tenait toujours cachée dans sa haute botte de daim. Il répugnait à blesser une femme mais elle ne lui laissait pas le choix. Son devoir était de ramener Bjartr vivant à son père. S'il n'y avait pas d'hommes dans ce manoir, alors, il pouvait s'en sortir.

— Ne m'oblige pas à te tuer, Danois. Ce serait trop bête.

Il retint un sourire. Cette Valkyrie de pacotille n'avait pas assez d'estomac pour le tuer. Son air bravache n'était que fumée et miroir aux oiseaux.

Il commença à se détendre. Ils rentreraient chez eux sans encombre et il laisserait Bjartr crier victoire, fier d'avoir mené son expédition à bien. Quant à lui, il recevrait en récompense les terres qu'on lui avait promises et s'installerait en vainqueur dans ce pays conquis.

Tout ce qu'il avait à faire, c'était de frapper de sa dague cette petite sorcière et de lui arracher son arc…

Il tira vivement sa dague de sa botte et… Une flèche, partant de l'arc de la jeune femme, siffla dans l'air, passant si près de son oreille gauche qu'il en sentit la brûlure sur sa peau. Une autre ruche tomba sur le sol et vint rouler à ses pieds.

— Raté ! s'exclama-t-il en renvoyant la ruche d'un coup de botte.

— Pas si sûr, ricana la fille. À ta place, je ne bougerais plus un cheveu et je lâcherais cette dague.

Moir commençait à sentir les abeilles grimper sous ses braies, le long de sa jambe. Plusieurs atteignirent en même temps son poignet et le piquèrent cruellement. Il lui devenait difficile de tenir son arme. Il la projeta avec autant de force qu'il le put en direction de la Valkyrie mais la dague tomba sur le pavé sans l'atteindre.

— Amusant, non, ce petit jeu ? plaisanta son adversaire. Alors, à moi de tirer ? Ou bien vas-tu t'avouer vaincu ?

Un rire rauque échappa de la gorge de Moir. Décidément, cette fille savait mieux se servir d'un arc qu'il ne l'aurait cru. Elle savait exactement où sa flèche allait arriver. Excellente manœuvre, à vrai dire. On faisait beaucoup moins de dégâts apparents avec une abeille qu'avec une flèche mais c'était tout aussi dissuasif.

Il laissa la fille le pousser dans le dos de la pointe de son arc et regagna le hall, la tête basse. Les sœurs de la Valkyrie avaient allumé des lampes et il aperçut un corps allongé dans la pénombre, aussi immobile qu'un gisant de pierre.

— Parfait, approuva la maîtresse de maison en suivant son regard. Je vois que tu as compris. Tu ne veux pas finir comme celui-là, n'est-ce pas ?

Moir écarquillait les yeux pour mieux voir. L'homme allongé par terre, la gorge transpercée d'une flèche, était un de ses compagnons.

Par Thor ! Pas Bjartr, par pitié !

Moir avait juré solennellement au père du jeune homme de le ramener chez lui sain et sauf. Et contrairement à son propre père, il tenait ses promesses.

— Je crois que je suis convaincu…

— Grâce à Dieu ! Enfin un peu de bon sens.

Elle marmonna encore quelque chose qu'il ne parvint pas à saisir.

— Qui est mort ? interrogea-t-il d'une voix étranglée. Quelqu'un peut-il me le dire ? Qui ? demanda-t-il plus fort, s'adressant à la rangée d'hommes qu'il distinguait maintenant, alignés contre le mur du fond.

La voix de Bjartr résonna dans la pénombre. Il dit un nom et Moir respira un peu mieux. Bjartr, l'enfant terrible de la troupe, était vivant. Il n'aimait pas perdre des hommes, aucun d'eux, quel qu'il soit. Mais grâce aux dieux, ce n'était pas le fils d'Andvarr.

L'homme tombé sous la flèche de la Valkyrie était celui qui, depuis leur départ du camp, n'avait eu de cesse de saper l'autorité de Moir. Toujours, il contredisait ses avis et incitait Bjartr à prendre les initiatives les plus fantaisistes. Et c'était lui qui, un moment plus tôt, avait poussé le jeune homme à attaquer le manoir, en traitant Moir de lâche.

— Posez vos armes sur le sol, vite ! intima la voix glacée de la Valkyrie, résonnant dans le hall. Toutes !

Les hommes obtempérèrent. Moir sortit son couteau à tout faire de sa ceinture et le laissa tomber à ses pieds.

— Vas-tu nous exécuter de sang-froid, Valkyrie ?

— Vous vous êtes rendus. Cela suffira peut-être pour le moment.

Elle leva une main et quelqu'un apporta une torche dont la flamme vacillante fit naître des ombres mouvantes sur les tapisseries qui garnissaient les murs.

Moir grogna. Ce qu'il voyait maintenant dans la lumière n'avait pas de quoi réjouir l'amour-propre d'un guerrier normand. Sa petite troupe était cernée par des femmes, des vieillards et quelques gamins, tous armés de vieux glaives, de bâtons et d'arcs de chasse. Aucun guerrier digne de ce nom. Ils portaient tous cette drôle d'étoffe ajourée sur leur visage, pareille à la mousseline avec laquelle on filtrait la pressure pour faire du fromage. L'un des gamins rassembla les armes jetées sur les dalles de pierre. Celui qui portait la torche la lança dans la vaste cheminée, produisant ainsi une épaisse fumée destinée à chasser les abeilles.

Moir se laissa tomber sur le sol, son cerveau fertile cherchant déjà un moyen de s'échapper. Il s'était rendu, soit, mais ce n'était pas fait pour durer. Il avait bien l'intention de ramener le fils unique de son *jarl* chez lui sain et sauf.

En agissant ainsi, il parviendrait enfin à effacer la tache qui souillait le nom de sa famille et regagnerait l'honneur qu'elle avait perdu à cause de son père.

— Vous êtes nos prisonniers, martela la fille aux cheveux roux, sa voix résonnant en échos menaçants dans le vaste espace. Tendez vos mains devant vous pour qu'on les attache.

Comme personne ne bougeait, elle ajouta d'une voix tonitruante :

— À moins que vous ne préfériez avancer de quelques années vos retrouvailles avec les esprits de vos ancêtres ? Comme votre petit camarade ?

Elle fit un signe à deux adolescents qui s'avancèrent avec des cordelettes.

Moir et ses compagnons n'eurent pas besoin de se consulter pour obéir.

— Qui est le chef ? s'enquit encore la Valkyrie. C'est avec lui que je veux parlementer, et personne d'autre.

— Je... Je..., bégaya Bjartr, les joues sillonnées de larmes.

Il tenait son bras comme s'il était cassé et ne fit aucune tentative pour échapper aux cordes qu'on enroulait autour de ses poignets.

Il croisa le regard de Moir et rectifia :

— C'est Moir Mimirson, Lady Valkyrie.

Moir grinça des dents. Il ne manquerait pas de rappeler ces paroles en temps et en heure à Bjartr. Le jeune homme n'avait-il pas été le premier à refuser d'obéir à ses ordres ? Il n'avait plus l'intention de céder un commandement que Bjartr venait de lui concéder si légèrement.

— Que vas-tu faire de nous, Valkyrie ? Nous tuer ou nous passer à la question ?

Leur hôtesse sourit et ses dents blanches firent une tache claire dans l'obscurité.

— Bonne idée, rétorqua-t-elle. Il va falloir que j'y réfléchisse.

— Alors, réfléchis vite, insista Moir. Nous nous sommes battus loyalement. Nous avons le droit de connaître notre sort.

Son interlocutrice tendit l'oreille, comme si elle guettait un bruit. Puis satisfaite de constater que ses abeilles s'étaient calmées, elle ôta le voile qui lui protégeait le visage. Ses traits, quoique puissamment dessinés, étaient harmonieux. Sa mâchoire avait un angle déterminé. Si l'armée des Merciens avait eu un nombre suffisant de guerriers comme elle, la Grande Armée ne l'aurait jamais vaincue.

— Pour le moment, dit-elle enfin, j'ai tout intérêt à vous garder vivants, tes compagnons et toi.

Et elle ajouta avec un sourire carnassier :

— Mais je suis assez connue pour mon tempérament versatile.

— Qui es-tu ? osa demander Bjartr qui cachait mal son admiration. Mon ami t'appelle Valkyrie. Appartiens-tu vraiment à l'armée des guerrières d'Odin, celles qui désignent les guerriers morts sur les champs de bataille[1] ?

Des éclats de rire secouèrent la pauvre troupe que constituaient les gens du manoir, armée de flèches, de fourches et… de ruches.

La jeune femme leva le menton d'un air provocateur. Ses yeux de chat étaient d'une étrange couleur brun-vert. Elle n'était pas jolie, au sens propre du terme, mais elle avait une prestance étonnante. Tout à fait le genre de femmes qui ne passaient pas inaperçues.

— Mon nom est Ansithe, seconde fille de Wulfgar,

1. Dans la mythologie nordique, les Valkyries sont des divinités mineures au service d'Odin, le dieu des dieux. Elles dirigent les batailles, distribuent la mort parmi les guerriers et conduisent leur âme au Walhalla, le palais d'Odin.

l'*ealdorman* de Baelle Heale, où toi et ta bande, vous venez de pénétrer par effraction. Et toi, Danois, qui es-tu ?

Moir reprit la conversation en main.

— Je suis Moir, fils de Mimir. Nous venons des terres du Nord, Lady Ansithe. Pas du Danemark.

Nul besoin d'expliquer qui était Bjartr, et surtout de révéler l'identité de son père, du moins pas tant qu'il se serait assuré que Bjartr était en sécurité. Des ennemis autrement redoutables que cette femme guettaient dans l'ombre, prêts à s'emparer d'eux. Et n'avait-elle pas dit qu'elle était disposée à les garder en vie, du moins pour le moment ?

— Alors, quelles sont vos intentions à notre égard, milady ? insista-t-il en s'efforçant de chasser les dernières abeilles malgré ses bras liés. Ne pourriez-vous nous en faire part ? Nous vous serions peut-être de bon conseil !

Elle eut une petite toux affectée.

— Si tu y tiens… Mes sœurs et moi, nous avons l'intention de vous vendre au commandant des Danois, Guthmann Ulfson.

Les gens du manoir tapèrent bruyamment des pieds pour manifester leur approbation. Ce qui restait d'espoir à Moir s'effondra. Il ne pouvait y avoir pire sort que de retomber dans les griffes de Guthmann Ulfson, mieux connu, et redouté, sous le surnom de Guthmann Bloodaxe[1] ! Quand Moir avait dénoncé les manières de faire de Guthmann en ce qui concernait ses « petits exercices récréatifs avec les dames », pour reprendre les propres termes du chef danois qui violait tout ce qui lui tombait sous la main lors de ses expéditions guerrières, Guthmann n'avait pas hésité à demander sa tête. Le père de Bjartr, commandant de Moir, avait temporisé en envoyant l'envoyant assister

1. *Bloodaxe* signifie littéralement « hache sanglante ».

son fils qui devait explorer la Mercie afin de trouver le meilleur site pour y bâtir une forteresse. Par-devers lui, Moir doutait fortement que, à son retour, Guthmann ait oublié la violente gifle dont il l'avait gratifié.

S'il voulait ramener Bjartr indemne à son père, il allait lui falloir trouver un subterfuge pour faire changer d'avis cette Valkyrie en jupons. Pas question de retomber dans les filets de Guthmann Bloodaxe. Et encore moins de négocier avec lui.

À condition que Bjartr, folle cervelle, sache garder sa bouche fermée sur la valeur qu'ils avaient tous les deux en tant qu'otages. Si cette femme l'ignorait, l'affaire serait vite réglée.

— Qu'espérez-vous obtenir en échange ? Que peut vous donner Guthmann contre de pauvres soldats norrois ? s'enquit-il, faussement naïf. Les Danois détestent devoir se départir de leur or sans bonnes raisons.

La Valkyrie le toisa d'un œil méprisant.

— Mon père, pour commencer. Et le mari de ma sœur. Il les retient en otages.

Moir vit ses espoirs se dégonfler comme vessie de porc. Sa bonne fortune légendaire s'en était allée. La Valkyrie avait incontestablement deux bonnes raisons de procéder à un échange avec le commandant des Danois. Et Guthmann avait les meilleures raisons du monde, une fois récupérés Moir et le fils d'Andvarr, de leur prendre la vie ou, pis encore, de les torturer jusqu'à ce qu'ils supplient eux-mêmes qu'on veuille bien les achever. La promesse que Moir avait faite à Andvarr de veiller à ce que son fils devienne un grand chef à son tour venait d'exploser comme un ballot de foin mal serré.

Pour la centième fois, Moir se maudit intérieurement. Il aurait dû faire confiance à son instinct et contraindre Bjartr à lui laisser la direction des opérations. Il fallait prendre le commandement de leur *felag* des jours plus tôt, quand leur guide s'était évanoui dans la nature après une stupide querelle, provoquée par l'âme damnée de Bjartr, désormais disparu.

Il serra les poings et la corde mordit plus cruellement la chair de ses poignets. Il était aussi impossible de remonter le temps que de voir l'eau d'un fleuve retourner à sa source. La vie lui avait très tôt enseigné cette leçon.

— Êtes-vous certaine de pouvoir les récupérer ainsi ?

Les yeux de son interlocutrice lui décochèrent une fulgurante flamme verte.

— On nous l'a promis contre une bonne quantité d'or. Le message est arrivé avant-hier. Je n'ai pas l'or, mais je vous ai, vous !

Moir s'efforça de rester impassible. Il plaignait le père et le beau-frère d'Ansithe. Peu de prisonniers sortaient indemnes des griffes de Guthmann.

Mais ce n'était pas son problème.

— Êtes-vous naïve à ce point ? Guthmann ne fera de vous qu'une bouchée. Il gardera ou massacrera vos parents pour faire bonne mesure, nous revendra au plus offrant, et vous aurez tout perdu.

Chapitre 2

Ansithe rajusta son arc.

Même avec ce miel qui lui coulait sur le visage, ce grand seigneur de guerre était bien trop beau et trop sûr de lui. Il croyait vraiment qu'il allait pouvoir la manœuvrer comme il l'entendait en jouant de sa voix d'or, riche et profonde. Toutes les femmes tombaient peut-être à ses pieds comme des mouches. Mais pas elle.

— On se permet déjà de donner des conseils, Normand ? L'ennui, c'est que c'est moi qui suis armée, et que ma flèche est pointée droit sur ta gorge. Et toi, quelle arme as-tu pour te défendre ? Ton gosier d'or ?

Son prisonnier haussa les épaules.

— On fait avec ce qu'on a…

— J'imagine aisément d'autres usages.

La bouche de son interlocuteur s'étira en un lent sourire.

— Vraiment, Valkyrie ? En règle générale, je préfère connaître ma partenaire un peu mieux avant d'utiliser ma langue pour ce genre d'activités, mais si tu insistes…

Les joues d'Ansithe virèrent à l'écarlate. Il le faisait exprès pour la déstabiliser. Elle savait très bien de quoi elle avait l'air dans cette vieille tunique trop grande et usagée qu'elle avait choisie pour arpenter ses terres. Ce n'était pas une toilette propre à mettre en valeur ses maigres charmes.

— Je te préviens, Normand, je ne suis pas d'humeur à plaisanter.

— Dommage. On aurait pu s'amuser.

Il ajouta avec un geste du menton :

— Tu peux poser ton arc. Je suis bien placé pour savoir que tu ne tireras pas beaucoup d'or de nos cadavres. Les Danois ont un sens des affaires tout à fait étonnant.

— Tu as peur de Guthmann Bloodaxe ! Pourquoi ? interrogea Ansithe, visant toujours la gorge du Normand de sa flèche.

— Je n'ai pas plus peur de lui que de toi et de ton armée de femmes, de vieillards et d'enfants.

Elle s'efforça de rester impassible. Cet homme essayait de sauver sa peau. Mais elle avait vu comment il avait sursauté quand elle avait prononcé le nom de Guthmann. Parfait. Elle tirerait donc plus de lui que de ses compagnons.

— Ravie d'apprendre que tu as la tête suffisamment sur les épaules pour me craindre.

Elle compta lentement à la lumière vacillante du feu. Six hommes vivants et un mort. Malgré les inquiétudes de sa sœur aînée, qui lui prédisait une véritable catastrophe si elle s'en prenait, si mal secondée, à ces Vikings, c'était elle qui avait eu le dessus.

Même s'il lui avait fallu détruire la plupart de ses ruches pour en venir à bout.

Et elle ne s'était pas contentée de les faire fuir. Elle les avait capturés. Tous. Aucun n'avait pu s'échapper pour aller donner l'alarme à on ne savait quelle bande de complices rôdant dans les bois. Combien de guerriers de son âge auraient été capables d'accomplir un tel exploit ? À son retour, son père serait bien obligé d'admettre qu'elle valait autant qu'un homme.

— Bon, c'est entendu, vous avez remporté une victoire, reprit le Normand d'une voix douce, apaisante, comme s'il voulait dompter un cheval rebelle. Mais, si on ne prend pas ses précautions, les victoires ont la curieuse manie de vous filer entre les doigts. C'est d'autant plus vrai en la circonstance, sans un seul homme pour prendre la direction des opérations.

— Tu mens, Normand. Cette victoire est mienne. Tes hommes et toi, vous êtes mes prisonniers, et je peux faire de vous ce que bon me semble, conclut Ansithe d'une voix qui claqua comme une bannière dans le vent.

— Aussi longtemps que nous restons vivants…, précisa la voix nette de Moir, et que nous ne nous échappons pas.

Ansithe sentit monter sa colère. Ce Normand osait la défier ? La croyait-il assez sotte pour exécuter des prisonniers qui pouvaient lui être si utiles ! Ou les laisser s'échapper !

— Rassure-toi. Je vous garderai en vie parce que j'ai besoin de vous échanger contre mon père et le mari de ma sœur. Et vous ne vous échapperez pas, exactement pour les mêmes raisons.

— Parce que tu connais personnellement le chef de guerre danois ? Sais-tu vraiment qui il est ? Combien d'otages il a tués ? Combien de femmes ?

— Je n'ai pas eu le désagrément de faire sa connaissance.

Ansithe retint un frisson. Elle avait entendu parler des villages mis à sac par l'armée de Guthmann, des femmes et des fillettes abusées par ses soldats. Mais elle s'accrochait désespérément à la conviction que ce guerrier sanguinaire épargnerait ses deux prisonniers merciens parce qu'ils représentaient une belle monnaie d'échange… Même s'il leur avait envoyé l'annulaire sanguinolent de Leofwine, orné de sa chevalière.

La pauvre Cynehild avait failli s'évanouir.

— Guthmann Bloodaxe doit savoir que les Merciens ne payent pas de rançon pour des cadavres.

— Guthmann est un serpent à qui on ne peut se fier,

insista le Normand avec obstination. Il te trompera, prendra ton or et tes otages puis te punira pour t'être montrée arrogante. Il ne te croit pas capable de rassembler l'or de la rançon. Il cherche seulement à te prendre en défaut pour attaquer ton domaine et accaparer tes terres. Ce n'est pas en envoyant mes hommes en échange que tu récupéreras ton père et ton beau-frère. En essayant de négocier avec lui, tu perdras tout. Bloodaxe n'est pas un homme de parole. Il ne l'a jamais été.

Se redressant de toute sa haute taille, Ansithe soutint sans ciller le regard d'un bleu glacé de son interlocuteur.

— C'est à moi d'en décider, Normand. Je sais ce qui est bon pour préserver les biens de ma famille. J'ai montré tout à l'heure que je savais les défendre.

— Il y a d'autres moyens de parvenir à tes fins sans vous mettre en danger, toi et ta famille. Écoute-moi, Valkyrie. Fais-moi confiance.

La voix de Moir Mimirson baissa jusqu'à devenir un murmure, Ansithe se sentit comme enveloppée d'un voile de soie ou d'une fourrure dans la pénombre d'une chambre. Elle sentit le regard de l'homme lui brûler doucement la peau.

— … Tu as beau faire, Lady Ansithe, tu n'es pas une femme guerrière. Dans ton peuple, les femmes, surtout quand elles sont belles comme tu l'es, ne sont pas entraînées au combat. On vous utilise plutôt comme des trophées. J'ai bien pu le constater depuis que je vis sur cette terre étrangère.

Ansithe grinça des dents. S'il s'imaginait qu'il l'aurait par la flatterie ! Ou par le rappel des viols et des pillages coutumiers à son peuple ! Elle connaissait bien les défauts de son corps. Personne ne risquait de la prendre pour une séductrice.

— Cesse tes boniments. Je ne suis pas un cadeau, loin

de là. Je me connais bien, Normand. Tu ne m'endormiras pas avec tes belles paroles.

Elle croyait entendre la voix sarcastique de son père, la réprimandant quand elle ne s'était pas montrée à la hauteur de la situation. « Tu n'es pas un cadeau, Ansithe. Regarde-toi, grande et osseuse comme tu l'es ! Il ne sera pas facile de trouver à te marier. Alors si, en plus, tu n'es bonne à rien d'autre… »

L'*ealdorman* lui jetait un regard de pitié mêlée d'exaspération et elle s'empressait de battre en retraite, cruellement blessée.

Ansithe respira à fond et regarda autour d'elle. Elle n'avait pas à avoir honte. Cette fois, au moins, elle avait tout mené de main de maître. Tout s'était déroulé comme elle l'avait prévu. Même Cynehild, qui avait observé la scène dans la pénombre, serait bien forcée d'admettre que sa cadette avait accompli un exploit dépassant toutes les prévisions. Elle était devenue une héroïne. C'était elle, Ansithe, le vilain canard boiteux, qui était devenue le sauveur de la famille, finalement.

Elle sentit tout son corps se détendre et son estomac se dénouer.

— Tu ne me connais pas, Normand. Tu ne sais pas de quoi je suis capable.

— Je n'ai rien contre l'idée de combler cette lacune…

Le regard bleu la parcourut de nouveau des pieds à la tête, impudent, mais cette fois Ansithe ne se laissa pas prendre à son charme magnétique. Elle avait conscience de sa taille trop grande, de ses bras interminables et de sa poitrine fort peu garnie. Elle avait attendu désespérément, à l'adolescence, que son corps mince et musclé veuille bien acquérir quelques-uns des courbes et des agréables renflements dont ses sœurs et sa mère faisaient montre en abondance. En vain. Tout au long de son adolescence, et même après son mariage, elle avait gardé ce corps de garçon manqué, bien commode, à dire vrai, pour monter à cheval et chasser dans les bois. Mais certainement pas propre à séduire un homme.

Alors, un jour, elle avait décidé que cela n'avait aucune importance. Ce n'étaient pas ces appâts féminins, finalement assez vulgaires et incommodes, qui l'aideraient à grimper dans les arbres pour attraper les essaims d'abeilles, à surveiller les travaux des champs et le labeur des servantes, grimpant à longueur de journée de la cave au grenier, bref, à exécuter la myriade de tâches qu'on attendait de la fille de la maison quand la maîtresse était morte et le maître absent. Autant se rendre utile plutôt que d'attendre le prince charmant.

— Je connais mes limites mais aussi mes compétences. Je sais ce qui est meilleur pour ma famille, pour mes gens et pour nos terres, dit-elle en le toisant. Et c'est pour les défendre que j'ai agi ainsi aujourd'hui.

— Sais-tu la première leçon que m'a donnée mon *jarl*, quand je suis entré à son service, Valkyrie ? « Dans une situation difficile, ne te montre jamais assez présomptueux pour refuser de prendre en considération d'autres solutions que celles qui te paraissent évidentes. » Et en l'occurrence, ces solutions, je les connais. Et des solutions qui vous seraient beaucoup plus avantageuses, à ta famille et à toi.

Ansithe, refusant de se laisser séduire par cette voix enjôleuse, serra les poings.

— Six guerriers normands devraient tout de même faire le poids contre deux propriétaires terriens de Mercie. Et je suis certaine que le chef de guerre danois t'écoutera, puisque tu sembles bien le connaître.

— Et qu'est-ce qui l'empêchera d'envoyer une troupe vous attaquer dès qu'il aura compris que vous n'êtes pour défendre vos biens qu'une poignée de femmes sans entraînement et de paysans ?

Ansithe eut un coup au cœur. Effectivement, leur maigre troupe dépenaillée ne tiendrait pas longtemps devant un escadron bien nourri et bien entraîné de guerriers danois. Dieu sait comment, elle parvint à s'arracher un petit ricanement.

— Nous ne manquons pas tant d'entraînement que cela puisque nous vous avons vaincus ! s'exclama-t-elle.

Et elle indiqua d'un geste du menton les guerriers norrois jetés sur le sol comme de vulgaires fagots de branchages.

Le Normand réprima une grimace. Il parcourut d'un regard sceptique les corps étendus de ses compagnons.

— Alors ? As-tu pris une décision ?

Ansithe détourna les yeux de la mimique désapprobatrice de Cynehild. Nul doute que sa cadette, Elene, devait-elle aussi observer l'échange depuis son coin, dans l'expectative.

— Il me semble que la réponse est évidente. Je dois sauver mon père et mon beau-frère, et vous êtes tombés à point nommé chez nous, comme envoyés par le Ciel. J'ai gagné le droit de décider de votre sort.

— Je n'ai donc plus qu'à tenter de te faire changer d'avis avant qu'il ne soit trop tard et que tu ne commettes la plus grosse erreur de ta vie. Nous sommes des Normands. Nous ne nous inclinerons pas devant un chef danois. Renvoie-nous chez nous. Tu obtiendras un bien meilleur prix.

— Mais c'est Guthmann qui tient mon père et mon beau-frère en otages. Tout ce que nous voulons, mes sœurs et moi, c'est les revoir ici.

L'impudent Normand émit une petite toux.

— Le *jarl* Andvarr est un Normand. Envoie-moi mener les négociations auprès de lui.

Ansithe réprima un rire nerveux. L'envoyer là-bas ? Comme s'il allait revenir ! Cet effronté, sûr de lui comme un jeune coq, lui laisserait plutôt ses hommes sur les bras et rentrerait chez lui.

Marchant droit sur lui, Ansithe lui appuya la pointe de sa flèche dans le creux de la gorge. Elle avait beau être grande, elle arrivait à peine au niveau du nez de l'inconnu.

— Et tu imagines que j'obtempérerais sur ta simple bonne foi ?

Il continuait à la dévisager sans un battement de cils, ses yeux clairs semblant la percer jusqu'à l'âme.

— Ce serait un bon début. Je te donne ma parole de revenir. Je n'abandonnerai pas mes hommes. Jamais !

L'aplomb de cet homme était déconcertant. Il avait perdu le combat. Elle l'avait gagné. Et maintenant, il s'attendait à ce qu'elle les laisse partir sans rien leur demander en retour ! Qui sait s'ils ne reviendraient pas la nuit pour s'en prendre à leurs biens ? Pour les dépouiller ou pis encore, et mettre le feu au manoir ?

— Désolée, mais je ne te crois pas.

— Dommage. C'est le meilleur moyen de te sortir de cette impasse.

— Cesse de m'importuner. Si tu continues, je n'ai qu'un geste à faire et tu n'auras plus jamais l'occasion d'user de ta salive.

Le Normand éclata de rire. Il avait vraiment l'air de s'amuser.

— Il y a peut-être des moyens plus civilisés de faire taire les gens qu'une flèche dans la gorge, Valkyrie. Personnellement, j'en connais de beaucoup plus agréables.

Ansithe le dévisagea, stupéfaite. Voilà que cet odieux personnage se remettait à tenter de la séduire. Il risquait sa peau et il n'y aurait personne ici pour venir à son aide, mais il s'amusait. Il la prenait vraiment pour une idiote !

La voix de Cynehild retentit dans le hall.

— Le Normand sait qu'il est notre prisonnier, Ansithe.

Ne gâche pas la bonne ouvrage que tu as faite aujourd'hui en le tuant sous le coup de la colère… Quant à toi, Normand, cesse d'asticoter ma sœur. Je la connais. Elle serait capable de lâcher sa flèche pour moins que ça. Elle a déjà tué un de tes hommes. C'est assez pour aujourd'hui.

Le regard du Normand alla d'une sœur à l'autre. Sa bouche n'était plus qu'une mince ligne blanche.

— Je vais suivre votre conseil, milady. Je ne dirai plus rien.

Ansithe baissa son arc et se ressaisit. L'envie d'envoyer cet arrogant étranger rejoindre les esprits de ses ancêtres ne lui manquait pas mais l'enjeu était de taille. Si elle se débrouillait bien, son père et son beau-frère rentreraient bientôt à la maison, sains et saufs.

Elle ordonna à Owain-La-Charrue d'aller enfermer les prisonniers dans l'une des granges et de monter la garde. Le gros garçon, à la cervelle aussi étroite qu'il était large d'épaules, grandit d'au moins cinq pouces tant il était fier de sa soudaine importance. Et c'est d'une voix de stentor qu'il ordonna aux garçons de ferme de remettre les prisonniers sur leurs pieds et de les pousser dehors.

— Ce fut un plaisir de faire ta connaissance, Lady Valkyrie, lança Moir en passant devant elle.

Et, de nouveau, il l'enveloppa d'un regard qui donna à Ansithe cruellement conscience de l'état pitoyable de ses vêtements. Elle tirailla sur sa jupe et frotta ses joues maculées de suie et de miel.

Le lent sourire que le Norrois lui adressa éclaira toute sa rude physionomie.

— Je ne cache pas mon impatience de te revoir.

Ansithe lui tourna le dos. Sa grand-mère le lui avait souvent répété. Il était heureux qu'elle fût intelligente parce qu'elle n'avait guère à se flatter d'une belle apparence. Et Eadweard, son défunt mari, n'avait rien trouvé de mieux que de le lui répéter sur son lit de mort, sans doute en guise de remerciement pour lui avoir sacrifié deux longues années de sa jeunesse. Il semblerait qu'elle lui ait donné satisfaction, au moins dans la bonne tenue de sa maison.

— Quant à moi, c'est la figure de mon père que j'ai hâte de revoir, rétorqua-t-elle sans baisser les yeux.

Ansithe se tenait devant la porte de la grange transformée en prison, une lampe d'une main et de l'autre des pansements, s'efforçant de chasser les doutes qui l'agitaient.

Elle avait troqué ses vieux vêtements contre une longue tunique de laine neuve d'un beau bleu nuit, serrée à la taille par une ceinture de soie brodée. Son corsage était fermé d'une fibule en or offerte par Eadweard à l'occasion de la dernière fête de Pâques qu'ils avaient partagée. Cette tenue proclamait son statut de fille d'un *ealdorman* et, à ce titre, exigeait le respect de la part de ses interlocuteurs.

Frère Oswald, apothicaire compétent qu'elle avait été consulter au prieuré voisin, l'avait écoutée raconter son histoire, les yeux baissés sur son rosaire. Puis, se mettant à l'égrener furieusement, il avait refusé tout net de s'occuper d'une horde de barbares, fussent-ils à l'article de la mort. Ces mécréants n'avaient-ils pas passé au fil de leur épée un grand nombre de prêtres et de moines chrétiens ! Ansithe aurait voulu lui opposer que refuser de soigner ses semblables n'était pas une pensée bien chrétienne. Mais, pour l'heure, elle n'avait pas le temps de parlementer. Elle s'occuperait des blessés du mieux qu'elle pourrait et entreprendrait de convaincre le brave homme plus tard.

— Mon intention est de les traiter honorablement, Elene, avait-elle expliqué à sa sœur qui l'accompagnait. Les portes de l'étable sont solides. Nous pouvons libérer ces hommes de leurs liens et nous occuper de leurs blessures. Ensuite, nous les nourrirons comme il convient. Nous devons les garder en bonne santé si nous voulons les échanger contre père et Leofwine. Traitons-les aussi bien que nous espérons voir traités notre père et le mari de notre sœur.

Ça, c'était pour essayer de rassurer Elene. Mais Ansithe n'y croyait guère. Un homme capable de trancher froidement un doigt à l'un de ses prisonniers était capable de bien pire. Ansithe redressa les épaules. Eh bien ! Il fallait tâcher d'être meilleure que lui.

— Père est bien traité, n'est-ce pas ? Tu en es sûre ? s'était enquis Elene en serrant plus fort contre sa poitrine le pain qu'elle apportait à leurs prisonniers. Je veux dire... Tu es sûre qu'il reviendra ? acheva-t-elle d'une toute petite voix.

— J'ai bien l'intention de tout faire pour cela, l'avait rassurée Ansithe d'une voix ferme.

Le petit visage d'Elene avait pâli encore davantage et Ansithe crut qu'elle allait s'évanouir.

— Je comprends, ma chère sœur. Faisons comme si ces hommes étaient aussi honorables que notre cher père et que notre beau-frère... Mon Dieu, et cette pauvre Cynehild, seule avec son tout petit garçon !

Elene essuya ses larmes et ajouta en reniflant :

— J'aimerais être aussi forte que toi.

— Ce n'est pas de la force, chuchota Ansithe en ouvrant la porte de l'étable pour jeter un coup d'œil dans la pénombre. C'est de la peur. Je voudrais tellement éviter les conséquences, si nous échouons.

Quelques-uns des Normands, assis à même le sol pieds et poings liés, gémissaient en grattant du menton les piqûres d'abeilles turgescentes qui ornaient leurs bras et leurs épaules. Le guerrier avec qui elle s'était querellée un moment plus tôt, le dénommé Moir, leva les yeux du coin où il était assis, à côté du camarade qui s'était pris le pied dans le piège à loup. Il lui décocha un regard sombre qui, quand leurs regards se rencontrèrent, fut aussitôt remplacé par un sourire interrogateur.

Sur un geste d'Ansithe, Elene étala d'une main sur le sol de dalles grossières le grand linge qui enveloppait les pains puis les y disposa avant de reculer vivement. Se jetant à genoux, les hommes saisirent les miches coupées en quartiers de leurs deux mains liées et mordirent à pleines dents dans la croûte épaisse. Moir et son compagnon blessé restèrent dans leur coin.

Ansithe leva sa lampe à huile. La lumière projetait sur les murs de l'étable des ombres étranges et faisait du visage de Moir comme un masque aux aplats puissamment dessinés.

Le chef des guerriers s'abrita les yeux de ses deux mains levées.

— Pourquoi es-tu venue ici, Valkyrie ? Pour te repaître du spectacle ? Nous sommes vaincus et certains sont gravement blessés. Laisse-nous au moins notre dignité.

— Mon nom est Lady Ansithe.

— Comme tu voudras. Cela ne change rien au fond des choses.

La voix du grand Normand était lasse et il paraissait plus vieux que ce matin. Se levant péniblement, il alla faire écran de son grand corps à ses compagnons blessés, comme pour les protéger.

— Vous avez des gens qui ont besoin de soins et de nourriture, insista-t-elle avec la voix qu'elle utilisait quand elle voulait convaincre son défunt mari d'absorber quelque remède.

— C'est à cause de toi qu'ils sont blessés.

Ansithe réprima un sourire en se remémorant la conversation qu'elle venait d'avoir avec sa sœur. « On doit traiter ses ennemis honorablement. C'est la loi des Merciens. » Elle leva sa lampe et les ombres dansèrent de plus belle.

— Ce n'est pas moi qui ai décidé de vous agresser. Nous

ne sommes ni des animaux sauvages ni des bourreaux. Et nous n'attaquons personne dans sa propre demeure. Nous laissons ce genre de comportements à la Horde païenne. Et surtout, Guthmann ne voudra jamais échanger mon père et mon beau-frère contre des hommes en mauvais état.

— Belle, avec un noble cœur et intelligente ! C'est presque trop beau pour être vrai.

Ansithe eut un rire forcé.

— Ton opinion m'importe peu. Pas plus que celle de quiconque.

Il lui adressa un sourire taquin qui adoucit l'expression de son visage. Ansithe se renfrogna. Cet homme était son prisonnier et il représentait une bonne monnaie d'échange. Point final.

— Tu n'aimes pas entendre la vérité, on dirait, poursuivit l'insolent personnage avec un rire dans la voix. Je me demande pourquoi tu te refuses à admettre l'évidence.

Il avait un accent qui faisait comme un roulement de petits galets à l'oreille d'Ansithe.

Elle haussa les épaules et, levant sa lampe, balaya les prisonniers du faible halo lumineux.

— Une chose est sûre, en tout cas. Pour toi et ta troupe, les raids sont finis dans cette région. Les pauvres et innocents Merciens ne seront plus l'objet de vos sévices.

Réduits à une mince fente, les yeux du Normand ne laissaient plus passer qu'une pâle lumière glacée. Cette fois, sa voix claqua comme la mèche d'un fouet.

— M'en suis-je jamais pris à de pauvres victimes innocentes ?

— Et que signifie votre irruption de ce jour ? Une simple visite de courtoisie entre voisins ?

— Ce n'est pas moi qui ai décidé d'attaquer. J'avais l'intention de vous demander de quoi manger. Mes compagnons meurent de faim, comme tu peux le voir.

Il y avait quelque chose dans sa voix qui laissa Ansithe un instant songeuse. Le grand Normand était entré le dernier dans le manoir, alors que le combat était presque terminé. Était-ce pour s'assurer que ses camarades avaient remporté la victoire ? Ou parce que, réticent, il avait essayé de les retenir ?

— Tes hommes sont entrés ici par effraction. Tu t'es présenté comme le chef de cette bande. Nous, Merciens, nous avons la réputation d'accorder sans problème l'hospitalité… mais aussi de nous défendre férocement quand nous sommes attaqués.

Ansithe serra les lèvres. Elle ferait bien de s'en souvenir au lieu de se laisser bercer par la voix enjôleuse de son interlocuteur.

— Libère-nous de nos liens, Valkyrie, intima-t-il en lui tendant ses deux poignets liés. Nous nous sommes rendus en bonne et due forme et je te jure que nous ne vous attaquerons plus. Que demandes-tu de plus ? Un serment est sacré. Pourquoi irais-je me déshonorer en ne le respectant pas ?

— Que peut bien valoir la parole d'un païen, je te le demande ?

Elle s'arracha un sourire, s'efforçant d'ignorer la sueur qui lui coulait dans le dos. Les Normands avaient-ils le pouvoir de sentir la peur comme le faisaient les loups ?

— Je ne sais pas. Mais la mienne, oui, elle vaut son poids d'honneur et d'humanité.

— Ansithe, chuchota Elene dans son dos, peut-être dit-il la vérité. Tu ne leur as pas laissé le temps d'expliquer ce qu'ils voulaient. Tu as commencé à tirer tes flèches tout de suite.

— Voilà une jeune fille pleine de perspicacité, dit la belle voix d'or.

Ansithe souffla entre ses dents. Encore cette voix sirupeuse, et ce sourire idiot qui devait faire se pâmer toutes les filles !

— L'homme que j'ai tué venait d'abattre notre porte à coups de hache et s'attaquait à ma sœur.

— Et le Ciel l'en a puni, rétorqua Moir. Mais cet homme n'était pas moi. Moi aussi, j'avais faim, et pourtant, je n'ai pas abattu votre porte. Je ne voulais pas que ces hommes attaquent.

Ansithe tapa du pied sur le sol.

— Que de belles paroles ! Plutôt faire confiance à un ours affamé au sortir de l'hiver !

— Ce n'est pas moi qui conduisais cette attaque, Lady Ansithe, je te le répète. Mes hommes ont été bien punis pour avoir voulu suivre un jeune guerrier inexpérimenté.

— C'est pourtant toi qui conduisais cette bande de fous furieux, n'est-ce pas ?

Le Normand décocha un regard furibond à ses compagnons qui rongeaient les derniers quignons de pain.

— Maintenant, oui, je suis leur chef. Et je commanderai jusqu'à ce que nous ayons retrouvé notre liberté. Tous. Je jure de tout faire pour les ramener chez nous sains et saufs. Mais je jure aussi de t'aider dans la mesure de mon possible à atteindre ton but puisque tes parents sont eux aussi prisonniers.

Ansithe l'écoutait en réfléchissant. Un brusque éclair de compréhension la saisit soudain. C'était seulement après l'attaque que Moir avait pris le commandement. Pour limiter les dégâts, en quelque sorte. Et les paroles qu'il venait de prononcer étaient destinées autant à ses hommes qu'à elle-même. Il voulait les rassurer sur leur sort. Mais aussi leur donner un nouveau but. Et s'assurer qu'ils le respecteraient.

Elle secoua la tête, hésitante.

— Bah ! À quoi bon revenir sur ce qui est passé. C'est le présent qui importe, maintenant.

Un brusque sourire détendit le rude visage de son interlocuteur.

— Bien parlé, Valkyrie. C'est le présent qui compte. À nous d'en tirer parti du mieux possible.

Ansithe fronça les sourcils. Que voulait insinuer ce diable d'homme ? À moins que, comme elle, il cherche la meilleure issue au piège dans lequel ses hommes et lui s'étaient fourrés ?

— Ansithe, murmura encore Elene. Le jeune homme blond, celui qui est plus jeune que moi… il n'a rien mangé du tout. Et on dirait qu'il a pleuré.

— Quel dommage ! Quand on pense à tout le mal qu'il a causé…

— Ne vas-tu pas t'occuper de lui ? Son visage est tordu de douleur.

Ansithe alla s'asseoir près du blessé. Un tout jeune homme en effet. Guère plus de dix-sept ans. Son visage et sa bouche étaient couverts d'œdèmes dus aux piqûres d'abeilles. Des papules violacées formaient un horrible collier autour de son cou.

Elle posa sa main sur son front. Il était brûlant.

Elle secoua la tête. C'était bien mérité, à y réfléchir. Mais elle ne pouvait le laisser souffrir ainsi. Il pouvait même en mourir. Et, outre l'aptitude à la compassion, dont elle était hélas généreusement pourvue, elle ne pouvait laisser mourir ce garçon. Si elle voulait récupérer ses deux prisonniers, Moir Mimirson devait rapporter toute sa troupe en bonne santé. Il avait assez insisté là-dessus.

Le malade était vêtu d'une tunique de fine laine et ses bottes de cuir souple étaient neuves. Une large boucle de cuivre ouvragé fermait sa ceinture et de lourds bracelets d'or enserraient ses avant-bras. Tout en lui indiquait un statut privilégié. Ansithe hésita un instant. Elle tendit la main vers Elene qui lui donna l'onguent spécial dont le frère Oswald avait bien voulu se départir. Le jeune homme eut un mouvement de recul, mais il souffrait tant qu'il la laissa faire. Elle libéra ses poignets de leurs entraves et appliqua l'onguent à base de matricaire sur les longs bras minces et bronzés, sur les chevilles enflées.

— Encore, intima-t-il. Encore ! Oh ! que cela fait du bien… Encore, vous dis-je !

— Est-ce toi qui donnes des ordres, ici ?

Les joues du garçon s'empourprèrent.

— Beaucoup de mal à parler… S'il vous plaît, jolie dame, soignez-moi. Guérissez-moi.

Ansithe roula des yeux. « Jolie dame » ! Encore un qui pensait l'enjôler avec des compliments.

— Si tu veux que je te soigne, mon garçon, commence par te taire et applique-toi à respirer. Tu es loin d'en être sorti.

L'adolescent eut un rire étranglé qui se termina en grimace de douleur.

— On croirait… entendre… ce bon vieux Moir.

Elle jeta un rapide coup d'œil vers le coin où se tenait le Normand qui ne les quittait pas des yeux, un petit sourire amusé sur sa grande bouche mobile. Puis elle reporta prestement son attention sur son patient.

— Dieu me garde ! Je n'ai rien en commun avec cet homme-là.

— Non… C'est juste que, lui aussi, il a souvent raison.

Le garçon essayait de clore ses paupières gonflées.

— … Je n'aurais jamais dû…, ajouta-t-il dans un souffle.

— Là, nous sommes d'accord. Vous n'auriez jamais dû nous attaquer. C'était stupide et inutile. La guerre est finie. Votre chef est en train de signer un traité avec notre roi.

Son interlocuteur émit un grognement.

— Le fais-tu souffrir, Valkyrie ? intervint la voix de Moir, soudain abrupte. Cherches-tu à te venger sur un jeune inconscient, malgré tes belles paroles ?

Ansithe repoussa une mèche de cheveux qu'elle fixa derrière son oreille.

— L'heure n'est plus aux chamailleries, Viking. Si nous ne soignons pas sur l'heure ces piqûres d'abeilles, demain, ton jeune ami ne sera plus là pour se plaindre.

Moir se rapprocha de nouveau.

— Tu veux le soigner pour mieux le faire mourir ensuite ? Si les dieux en ont décidé ainsi, pourquoi ne pas le laisser partir en paix maintenant, dans la dignité ?

Les mains d'Ansithe s'immobilisèrent au-dessus du corps du malade. Moir Mimirson venait de faire naître le doute. N'avait-il pas raison ? Pourquoi s'acharner à sauver un gamin qui pourrait mourir d'étouffement dans la nuit ou d'arrêt cardiaque demain ? Mais elle repoussa cette idée. Aussi longtemps que ces hommes étaient chez elle, ils étaient sous sa responsabilité. Et elle ferait tout pour qu'ils vivent, tous autant qu'ils étaient.

— Tu préférerais qu'il s'en sorte, je suppose ?

— Oui, s'il peut vivre comme un être humain digne de ce nom. Mais pas s'il doit se traîner comme une loque, n'être plus que l'ombre de lui-même.

— Elene, veux-tu m'apporter des vêtements propres et encore un peu d'onguent ? demanda Ansithe à sa sœur qui, plus émue qu'il ne convenait par le sort du malheureux jeune homme, se tordait les mains sans se montrer bien utile. Je resterai auprès de notre malade jusqu'à ton retour. Et ne t'inquiète pas. Même avec leurs mains déliées, je ne crains rien. Owain-La-Charrue ne demande qu'à faire joujou avec son arc.

Elene opina du chef et s'empressa de quitter les lieux. Comme elle ne pouvait plus rien faire pour le jeune guerrier en attendant le retour de sa sœur, Ansithe alla s'occuper de celui dont la jambe était grièvement blessée. S'agenouillant à son chevet, elle put constater qu'apparemment, malgré les chairs déchiquetées, il n'y avait rien de cassé.

— Va-t-il s'en sortir ? s'enquit Moir en se rapprochant.

— L'os est intact. C'est déjà ça.

Elle nettoya rapidement la blessure avec une infusion de thym et de clou de girofle puis l'enveloppa d'un bandage imprégné de miel. Cela devrait faire l'affaire en attendant qu'elle parvienne à convaincre le frère Oswald de venir lui-même examiner la plaie. Ce n'était pas un homme mauvais. Mais il éprouvait une juste colère. Et il y avait de quoi.

— Il faut me dire la vérité. Cet homme est mon ami. Nous avons fait de nombreuses campagnes ensemble.

Ansithe s'assit sur les talons et rencontra le regard anxieux du Normand.

— Il vivra tant que la blessure restera propre et désinfectée.

— Ce ne sont pas là des fables pour les enfants ? Gardera-t-il sa jambe ?

— Je n'ai pas le pouvoir de décider qui vivra et dans quel état ou qui mourra. Si la fièvre se déclare ou si tu constates que la jambe enfle et que la peau rougit, fais-moi prévenir.

Elle insisterait alors auprès de frère Oswald pour qu'il intervienne, malgré sa répugnance. Il avait soigné le père d'Owain trois ans plus tôt quand sa charrue lui avait brisé la jambe en se renversant sur lui.

— Nous te sommes reconnaissants de tes bons soins, Lady Ansithe. Et pour le pain. Cela faisait des jours que nous n'avions rien mangé.

— Je vous ferai aussi porter du lard et du fromage dès demain matin, avec du lait caillé. Un garçon de ferme va apporter de la paille fraîche et de l'eau.

Sous ses cils baissés, Ansithe parcourut discrètement le corps du Normand. Il était plus grand qu'elle mais il n'avait pas une once de graisse. C'était un vrai guerrier, contrairement à son beau-fils qui aimait se pavaner en armure mais disparaissait dans un trou de souris à la moindre alerte. Ou même à Leofwine, le mari de sa sœur, plus passionné par sa harpe que par le champ de bataille.

Ansithe se remit sur ses pieds. Oui, décidément, il avait bien fallu que son ange gardien s'en mêle pour que ses gens et elle aient eu le dessus.

— Et ne me remercie pas. Je ne fais que mon devoir.

— Tu n'étais pas obligée.

Moir alla ramasser le reste du pain et le partagea entre le jeune guerrier tuméfié par les piqûres d'abeilles et son ami blessé.

— Mais pourquoi nous avoir attaqués au lieu de demander tranquillement le gîte et le couvert pour la nuit, comme n'importe quel voyageur ? ne put-elle s'empêcher de demander encore.

— Tu parles de moi ou de la troupe ?

— De vous tous. L'un d'entre vous devait pourtant connaître les coutumes des Merciens ? Et les tractations en cours ?

Moir se massa la nuque avec une petite grimace.

— Notre guide nous a abandonnés il y a une semaine environ, après une querelle avec Bjartr. Mais c'est celui qui est mort qui a poussé Bjartr à attaquer votre manoir.

Ansithe s'étreignit convulsivement les mains. Dieu soit loué, elle avait tué le seul homme qui le méritait. Elle aurait préféré n'ôter la vie à personne mais, au moins, celui-là n'était pas un innocent.

Elle allait reprendre la parole quand Elene fit son entrée, un pot d'onguent à la main.

— Cynehild te recommande d'en user parcimonieusement, déclara-t-elle. Nous n'en avons plus beaucoup et frère Oswald refuse de parler à quiconque. Il s'est enfermé dans la chapelle et est abîmé dans ses prières.

— Depuis quand dois-je tenir compte des avertissements de Cynehild ? grommela Ansithe. Je prendrai ce dont j'ai besoin. Et le Seigneur finira bien par remettre notre frère sur la bonne voie.

Elle se remit à la tâche, ignorant délibérément le regard attentif de Moir. Ce genre de besognes, soigner des blessures superficielles, mettre de l'onguent, confectionner des bandages, était largement au niveau de ses capacités, mais elle n'avait pas de goût particulier pour cela. En tout cas, pas comme frère Oswald ou comme Elene. La plupart du temps, cela l'ennuyait et elle ne comptait pas le nombre de fois où, à chaque assaut de la maladie, au lieu de plaindre son vieil époux, elle avait voulu le secouer en lui conseillant de ne pas désespérer. Et à chaque fois, elle avait éprouvé du remords. Ne pouvait-elle se montrer plus compatissante et cesser d'en vouloir aux faibles ? Elle se ressaisissait mais rien n'y faisait. Elle en voulait toujours à ceux qui lui prenaient son temps et l'empêchaient de vivre à sa mesure.

Pourtant, quand son mari avait rejoint l'autre monde, Ansithe s'était jetée à son chevet et avait pleuré à chaudes larmes. Mais elle ne se voilait pas la face. Elle savait que ce n'étaient pas des larmes de chagrin mais de soulagement. Elle n'aurait plus à s'enfermer dans cette chambre sinistre, jour et nuit, pour subir les lamentations d'un vieil homme au corps amaigri et nauséabond.

Ansithe remarqua que Moir, refusant l'aide d'Elene, attendait que tous ses compagnons aient reçu des soins.

— Serais-tu miraculeusement immunisé aux piqûres d'abeilles ? ironisa-t-elle. Tes plaies sont pourtant de grande taille, et bien rouges. Ma sœur peut s'occuper de toi.

— Sans vouloir offenser ta charmante sœur, je préfère que ce soit Lady Valkyrie en personne qui s'occupe de moi. Je peux attendre. J'ai le cuir solide et j'en ai vu d'autres.

Il affecta une petite toux gênée et ajouta :

— C'est encore mon amour-propre qui a le plus souffert, je dois bien l'avouer.

Ansithe ne put retenir un petit gloussement.

— Perdre devant une femme, ça doit être un peu… irritant, en effet.

Moir plia ses doigts couverts d'œdèmes avec une grimace de douleur.

— Vous aviez en face de vous un ennemi tout à fait respectable. Je ne laisserai personne dire le contraire. Je serai hanté toute ma vie par mon échec. C'était moi, l'homme d'expérience, dans le *felag*. Et ils ne m'ont pas écouté.

Ansithe se figea. La réponse était d'une franchise et d'une naïveté désarmantes. Mais elle ne niait pas les compétences de guerrier et de négociateur de son interlocuteur. Elle les sentait dans tout son corps. Il ne devait pas faire bon d'avoir un homme comme lui pour ennemi. Et, en même temps, on sentait qu'on pouvait lui faire confiance.

Sans compter que ses compagnons et lui représentaient le seul moyen de délivrer les hommes de la famille.

— Garde un œil sur tes blessés, veux-tu ? Si leur état s'aggrave, fais-moi chercher. Je reviendrai voir si je peux faire quelque chose.

Comme elle passait devant lui, Moir la retint par la main. Sa poigne était forte et douce à la fois. C'était le genre de main qui donnait à une femme le sentiment d'être en sécurité. En paix avec le reste du monde. Leurs regards restèrent noués l'un à l'autre plus longtemps qu'ils n'auraient dû.

— Change d'avis, Lady Ansithe. Change d'avis avant qu'il ne soit trop tard et que tu fasses notre perte à tous. Fais parvenir un message à mon *jarl*. Mieux encore. Laisse-moi le porter moi-même et fais le voyage avec moi. À quoi bon nous soigner, mes compagnons et moi, si c'est pour nous envoyer à la mort ?

Elle retira prestement sa main. On ne pouvait pas faire confiance à un Normand. Ce peuple maudit appartenait à l'ennemi depuis des décennies. Moir avait souhaité sa mort, à elle. Pis encore, il avait voulu la faire captive. Jamais il ne pourrait être son ami. Encore moins son allié.

— Ce n'est pas la pitié qui me motive, Normand, mais la nécessité. Bientôt, très bientôt, tu ne seras plus mon problème mais celui de quelqu'un d'autre. Et je ne peux te garantir les façons d'agir de ces gens-là.

Le rire moqueur de Moir la poursuivit jusqu'à l'extérieur de l'étable.

— À très bientôt, Valkyrie. Je suis en grand appétit de te revoir. Ta voix est si douce et tes propos si gracieux...

Chapitre 3

Moir fit jouer ses articulations douloureuses. Maintenant que ses liens lui avaient été retirés, geste inespéré de la part de son hôtesse, il s'agissait de rétablir la circulation de son sang.

Il leva les yeux vers les étoiles dont on voyait le tapis scintiller au travers du toit de chaume troué par endroits. Sa main se referma sur le collier d'ambre de sa mère dans un geste familier. *Sois meilleur que ton père, Moir.* C'était l'occasion ou jamais de prouver qu'il était meilleur qu'un homme qui avait préféré sauver sa peau plutôt que de se battre jusqu'au bout avec les siens.

Il devait y avoir un moyen de dissuader Lady Ansithe d'envoyer un message à Guthmann. Une fois qu'il l'aurait trouvé, il organiserait leur séjour au manoir pour que ses compagnons récupèrent au mieux de leurs blessures. Ils se sortiraient de là tous ensemble. Et c'est tous ensemble qu'ils arriveraient à bon port.

— Mon père va me pendre, Moir, gémit Bjartr dans son coin. J'ai commis la pire erreur en prenant les avis d'un incapable. Plutôt mourir que de devoir l'affronter.

La main de Moir s'immobilisa sur le collier.

— Occupe-toi plutôt de rester vivant, rétorqua-t-il. Laisse-moi régler le reste. J'ai fait une promesse à ton père et, malgré ton comportement irresponsable, j'ai toujours l'intention de la tenir.

À quoi bon perdre du temps à expliquer au jeune homme que, de toute façon, s'ils tombaient dans les griffes de Guthmann, leurs jours étaient comptés.

Pour toute réponse, Bjartr émit un nouveau gémissement.

Se redressant, Moir s'étira laborieusement pour détendre les muscles douloureux de ses jambes. Pourquoi les douleurs étaient-elles plus insupportables en cas de défaite ?

La voix de Bjartr s'éleva de nouveau dans le noir, enfantine et têtue.

— Et si j'essayais de séduire Lady Ansithe ? J'ai pas mal de succès auprès des filles. Tu les as bien vues, toutes autant qu'elles étaient, ce mois de mai, à la fête de Beltane[1] !

— Dis donc, Moir, chuchota Palni. Il a raison, ce garçon. Mais c'est plutôt moi qui devrais me charger de la chose, non ? Ça ne me déplairait pas. Joli morceau, cette fille.

— C'est que vous avez bon goût tous les deux, le blanc-bec et le vétéran ! s'amusa Moir avec un rire complice.

Mais, dans la pénombre, il ne put réprimer une grimace. Aucun de ces deux niais n'irait faire la cour à sa Valkyrie. Elle était à lui ! La férocité de sa déclaration le frappa soudain. D'ordinaire, il ne se battait pas pour les femmes. Elles constituaient un agréable divertissement, facile à conquérir et que l'on quittait sans regrets ni récriminations.

Pourtant, il avait la sensation que ses doigts le brûlaient d'avoir seulement posé les mains sur la jeune femme. Dans d'autres circonstances, dans une autre vie, où l'on pouvait

1. La fête traditionnelle païenne de Beltane célèbre la venue du printemps avec de nombreuses offrandes à Freyja (ou Frigg), déesse de la Fertilité. Freyja s'unit cette nuit-là à Odin (ou Odd), le dieu le plus important de la mythologie nordique (dieu de la Fureur, mais aussi de l'Esprit et de la Poésie).

se permettre les espoirs et les rêves, la jolie Lady Ansithe et lui auraient pu passer de bien agréables moments.

Il se croisa fermement les bras sur la poitrine. Il n'était pas venu dans ce pays de Mercie pour s'amuser. Il était là pour faire ses preuves. Il était un lieutenant d'Andvarr et il avait bien l'intention de se montrer à la hauteur de sa mission.

Dans cette mortelle partie de Table du Roi[1] qu'il avait entamée avec Guthmann, Lady Ansithe n'était qu'un pion sur l'échiquier.

Il s'entendit pourtant répondre avec étonnement :

— Lady Ansithe n'est pas pour vous, mes amis. Tenez-le-vous pour dit ou vous aurez affaire à moi.

L'aube n'était pas encore levée mais Ansithe n'avait pu dormir plus de quelques heures. Ses rêves étaient peuplés de bourdonnements d'insectes, de guerriers sans visage qui couraient en tous sens pour leur échapper, et d'un grand guerrier blond qui traversait la foule à grands moulinets de bras pour venir à son secours. Elle s'était réveillée en sueur, avec le désagréable sentiment qu'il se passait quelque chose d'anormal. Dans sa hâte d'échapper au regard bleu du Normand, aurait-elle oublié quelque chose d'aussi simple et de fondamental que de remettre en place la lourde barre qui fermait la porte de l'étable ? Elle se rhabilla à la hâte et se rua dans la cour.

Une pénombre grise enveloppait encore les arbres et le toit des bâtiments, creusant de grandes ombres sur les pavés et des angles aigus sur le ciel opaque. Un ronflement sonore s'élevait du côté des communs. Elle s'avança à pas

1. Le jeu de la Table du Roi (*hnefatafl*) est un jeu de société scandinave datant du Moyen Âge, qui fut remplacé rapidement par le jeu d'échecs venu d'Orient. Il est de nouveau à la mode aujourd'hui.

de loup et retint un juron. Le porcher, dont c'était le tour de faire la garde, dormait à poings fermés, vautré de tout son long contre une botte de foin.

— Que vois-je ! s'exclama-t-elle en lui labourant les côtes du bout de sa chaussure. Est-ce ainsi qu'on fait son office ?

Les yeux du gros garçon papillotèrent. Il les ouvrit d'un coup et, la reconnaissant, se remit tant bien que mal sur ses pieds.

— Mi-milady…

— Et les Normands ? Ils sont toujours là, j'espère ? s'inquiéta Ansithe, allant droit au but. Ou bien se sont-ils évanouis dans la nuit parce que tu as préféré boire une pinte de trop avant d'assurer ton tour de garde ?

De plus en plus rouge et balbutiant, le porcher maltraitait sa tunique entre ses doigts épais.

— Parole, ma bonne dame, y avait d'quoi s'endormir. Pas entendu un bruit depuis qu'j'ai rel'vé Owain. À croire qu'y sont changés en bûches, ces gars-là. Fichus sorciers, les Vikings ! C'est bien connu.

— On se demande bien comment on pourrait dormir avec tout ce raffut, lança une voix familière derrière la porte.

L'air s'échappa d'un coup des poumons d'Ansithe. Dieu soit loué ! Ses prisonniers étaient toujours là. Ses inquiétudes nocturnes n'étaient que de mauvais rêves.

— Tu as de la chance, porcher. S'ils avaient réussi à s'enfuir… !

— Et pour aller où, Valkyrie ? reprit la voix nonchalante de Moir depuis l'étable. Pour être invité à festoyer à la table d'Odin, il faut avoir péri sur le champ de bataille. Pas dans une porcherie !

— Êtes-vous tous en vie ?

— Trop aimable… Il semblerait que oui. Tes talents de guérisseuse sont indéniables, Valkyrie. Pourtant…

Il toussa significativement et acheva :

— Nous ne serions pas contre une solide collation, Lady Valkyrie. Nos estomacs sont encore plus désespérément vides qu'hier soir, si c'est possible.

— Dis donc, Normand, s'emporta soudain le garçon vacher avec toute la hauteur dont il était capable, sa large figure virant au rouge brique. Pour ta gouverne, notre dame s'appelle Lady Ansithe, et, plutôt que de réclamer, vous devriez être content qu'elle ne vous donne pas en pâture aux cochons, tous autant que vous êtes.

Il avait réussi à détourner la colère de sa maîtresse de sa personne et il en semblait fort aise.

— Paix, mon garçon, paix, reprit tranquillement la voix de Moir. Une Valkyrie est chez nous une femme guerrière et il me semble que la dame de ce domaine mérite bien ce titre. Je voulais l'honorer et non me moquer d'elle... Ce qui n'empêche pas que nous ayons grand faim, mes compagnons et moi. Cela fait plusieurs jours que nous ne nous sommes rien mis sous la dent, hormis le pain de ménage que vous nous avez donné hier.

Insensible à l'aspect trivial de la conversation, Ansithe regardait fixement le lourd panneau de chêne d'où sortait la voix mélodieuse. Le Normand l'appelait Valkyrie pour l'honorer ? Il rendait hommage à ses talents de guerrière ! Elle ne put retenir un sourire.

— Cela ira, Erwin. Je vais m'en occuper. Va te restaurer avant de retourner à tes tâches habituelles.

— Valkyrie ! Vas-tu me répondre ? appela Moir d'une voix forte. Que fais-tu ici de si bon matin ? Le coq n'a pas encore chanté. Je croyais qu'une belle dame comme toi aimait à paresser au lit.

— Tu serais étonné de ce qu'une dame comme moi, comme tu dis, peut abattre de besogne en une journée.

— J'ai fait la connaissance d'un bon nombre de dames

de ce pays qui passaient plus de temps à boire de la petite bière et à manger des gâteaux chantants[1] qu'à se demander ce qu'elles pourraient faire d'utile pour leurs semblables. Mais aucune encore ne m'avait montré ses talents au combat.

Comme s'il les avait entendus, le coq de la basse-cour entonna soudain son hymne matinal. Les notes triomphantes traversèrent à grand fracas la cour du manoir encore plongée dans l'ombre.

— Pas de si bon matin, rétorqua Ansithe en se massant la nuque d'un geste las.

Elle avait si peu dormi…

Le loquet était toujours à sa place mais elle avait oublié de retirer la clé. Elle la tourna lentement et, cette fois, n'oublia pas de la glisser dans sa poche.

— Et personne n'est en danger, acheva-t-elle avec un demi-sourire, haussant un peu la voix pour être entendue au travers du lourd panneau. Le petit déjeuner sera servi après les premières corvées. Il faut apporter de l'eau aux cuisines et allumer le feu.

— Tu as un grand cœur, milady.

— Et toi, une langue d'or, Normand. Tes compliments tombent avec autant d'abondance que la pluie de printemps sur les champs.

— J'aime qu'une femme soit belle et intelligente.

Ansithe haussa les épaules. Encore ces remarques stupides sur sa beauté. Il attendait d'elle quelque chose, évidemment. Elle extirpa du fond de sa mémoire les aimables propos de son mari. Les mots avec lesquels il expliquait non sans complaisance que malgré son grand âge, il ne craignait pas d'être cocu. Certes, son épouse était un jeune tendron, mais si laid que même un vagabond s'arrêtant à leur porte n'en

1. Spécialité du nord de l'Angleterre, ainsi appelée à cause du bruit que ces petites galettes d'avoine font en grésillant dans la poêle.

aurait pas voulu. Elle n'avait rien de ce qui, d'ordinaire, pouvait remuer le sang d'un homme et le pousser à rendre hommage à sa femme. Du reste, il avait fait une bonne affaire car, dans son état, il avait maintenant plus besoin d'une soignante que d'une épouse.

Elle décocha un regard furibond au panneau de bois toujours fermé. Pourquoi ce diable d'homme s'obstinait-il à croire que, parce qu'elle était une femme, elle avait besoin de compliments stupides comme la terre a besoin d'eau ? Et que cela suffirait pour lui faire faire ce qu'elle n'avait pas envie de faire !

Le rire sonore du Normand résonna dans l'étable, rappelant à Ansithe son rêve de la nuit, tout plein d'un grand guerrier blond. Ses yeux se plissaient-ils quand il riait ? Brillaient-ils d'un bleu encore plus vif ?

— Vraiment, Valkyrie, tu es la chose la plus intéressante qui me soit arrivée depuis longtemps.

— Je ne suis pas une chose mais une personne, se rebiffa la jeune femme. Et je n'ai pas besoin de flatteries minables pour nourrir mes hôtes, fussent-ils ici contraints et forcés.

Silence. Avait-elle réussi à le faire taire ?

Ansithe respira un grand coup et épousseta son bliaud.

— Aujourd'hui est un nouveau jour. Espérons qu'il sera plus paisible que la journée d'hier.

Elle ne s'était pas éloignée de cinq mètres dans la cour quand le fracas de lourds sabots retentit sur le pavé.

Ansithe se rembrunit. C'était son voisin, l'*ealdorman* Cédric, entouré de plusieurs de ses soldats en armure. Juste avant l'intrusion des Normands dans sa cour, elle lui avait envoyé un messager pour l'avertir qu'elle était en état de siège, sans réaction de sa part. Pas le moindre signe de vie depuis le début de l'attaque. Il n'avait donné aucune explication à son absence d'intervention. Et le voilà qui piaffait maintenant dans sa cour, armé d'une lance et frétillant sur son destrier au milieu de sa maigre troupe.

Ce qui s'appelait arriver après la bataille !

Était-ce volontaire de la part de Cédric ? Espérait-il trouver place nette et les habitants du manoir massacrés ? Ou n'était-ce qu'un lâche, beau parleur mais chiche en action, comme son défunt mari l'avait toujours affirmé ?

— Lady Ansithe, dit le baron Cédric du haut de son cheval après qu'ils eurent échangé quelques banalités, j'ai cru comprendre que vous aviez eu quelques ennuis hier. J'étais à la chasse dans l'arrière-pays mais je suis revenu sitôt que possible.

Un flot de rage envahit Ansithe. Il était à la chasse ? Durant tout le jour et toute la nuit ? Elle parvint à se maîtriser.

— Nous avons eu quelques soucis, en effet. Mais nous nous en sommes fort bien sortis, mes gens et moi. Vous arrivez un peu tard, de toute façon.

Elle montra d'un geste large la cour déserte et le manoir, et conclut :

— Vous voyez, tout est en paix.

— Fausse alarme, dans ce cas ? Encore les moines ? Comme lorsque vous étiez enfant et que vous aviez sonné l'alarme, croyant périr sous les sabots de l'envahisseur danois ?

Il eut un rire aigu qui tordit désagréablement les nerfs de la jeune femme.

Puis ses derniers mots tombèrent comme un couperet :

— Cela a coûté la vie à votre mère, si je ne me trompe ?

Ansithe le dévisageait sans ciller. Pas question de se laisser intimider. Mais la flèche avait frappé en plein cœur. Cédric disait vrai. Elle n'était alors qu'une enfant et avait alerté toute la maisonnée, prétendant que des envahisseurs danois se préparaient à attaquer… Féroces guerriers qui, en s'approchant, s'étaient transformés en vieux moines pacifiques venant visiter leurs frères du petit prieuré jouxtant le manoir. Malheureusement, l'incident avait provoqué la mort de sa mère, que la frayeur avait fait chuter de son cheval, ainsi que de l'enfant mâle tant attendu qu'elle portait.

— Nous avons été attaqués, en effet, lâcha-t-elle du bout des lèvres. Mais nous avons géré l'affaire sans avoir besoin de déranger nos aimables voisins. La bande de guerriers vikings est enfermée dans l'étable et attend qu'il soit décidé de son sort.

Le teint de son interlocuteur, du fait de son émotion ou de l'ardeur que mettait le soleil à se lever, tourna au rose vif.

— Vous parlez de quelques misérables brigands de la forêt d'Arden, ma chère Lady Ansithe. Il n'y a pas de guerriers norrois en Mercie de l'Ouest depuis le traité de paix. Aucun Viking, aucun Normand n'oserait le transgresser.

— Je vous demande bien pardon, messire Cédric. J'ai six guerriers normands dans ma grange. Frère Oswald a enterré dans le cimetière de l'église le septième, que j'ai dû percer d'une flèche, pas plus tard qu'hier soir.

Sans paraître autrement surpris, Cédric tapota la bourse de cuir qui pendait à sa ceinture avec un sourire entendu.

— Quels qu'ils soient, je viens vous en débarrasser.

Ansithe haussa un sourcil. Cédric était notoirement grippe-sou et craignait plus que tout de se voir dérober son or en traversant les bois.

— Vous avez apporté de l'or ?

Cédric ramena sa lèvre supérieure sur ses dents de devant, ce qui lui donna tout à fait l'air d'un lapin inquiet.

— Cela me paraissait plus raisonnable après les rumeurs dont on m'a fait part.

Elle se mordilla les lèvres.

— Vraiment ?

— Oui. On m'a rapporté ce qui s'était passé pour votre père et pour le mari de votre sœur.

Sa lèvre frémit tandis qu'il lançait un regard avide vers la porte de l'étable.

Ansithe se rembrunit. Le colporteur de rumeurs était probablement Ecgbert, son régisseur. Elle le soupçonnait depuis longtemps de divulguer les secrets du domaine à leur peu fiable voisin. Mais son père avait toujours refusé de prêter foi à ses allégations.

— Ces Normands n'ont rien de brigands des grands chemins et ils se battent au sein de la Grande Armée.

Elle toussota et ajouta d'une voix nette :

— Il semblerait même que l'un d'eux soit le fils d'un important chef de guerre.

Les yeux de son interlocuteur n'étaient plus que deux minces fentes dans son visage poupin. Ansithe songea avec malice qu'il avait maintenant tout d'un cochon gras et suffisant.

— Quel chef de guerre ? Avez-vous une preuve ?

Elle ouvrit de grands yeux naïfs.

— Pourquoi ? Quel usage en feriez-vous ?

Cédric lui décocha un regard si méprisant qu'elle dut prendre sur elle-même pour ne pas laisser libre cours à sa colère.

— Vous êtes si naïve, milady. Si je pouvais examiner leurs fibules, leurs armes ou leurs bagues, je vous le dirais tout de suite.

Cédric secoua sa bourse qui tinta allègrement. Ansithe plissa les yeux, spéculant sur son contenu. Un peu d'or, mais pas tant que cela.

— Beaucoup des nôtres seraient ravis de récupérer de tels prisonniers, milady. Mais vous verrez que nous serons déçus et qu'il ne s'agira que de vauriens en rupture de ban.

D'abord des moines, et maintenant des brigands ! plaisanta-t-il avec un rire gras. À qui le tour, la prochaine fois ?

Ses hommes rirent obligeamment.

Ansithe serra les poings. Ce triste sire la prenait-il pour une idiote ? Les épées qu'elle avait cachées dans la paille du grenier étaient bien plus finement ciselées que les armes de chez eux. Et les haches des Normands valaient davantage à elles seules que le double de l'or contenu dans la bourse que Cédric continuait à agiter sous son nez.

— Je vous garantis bien que je connais la différence. Et ce sont mes prisonniers. Pas question de les faire parader devant tous les badauds qui passent par chez moi, prétendant s'y mieux connaître.

— T-ttt ! Je ne voulais pas vous offenser, milady. Je sais par expérience que vous réagissez souvent un peu vite. Vous ne demandez, comme toutes les femmes, qu'à croire toutes les fables qu'on vous raconte.

Ansithe croisa les bras.

— Vous voudrez bien m'excuser, messire Cédric, mais nous avons à faire, comme vous pouvez l'imaginer. Ces guerriers normands vont nous rapporter une belle rançon, quand leur *jarl* sera prévenu. Il y a des dispositions à prendre…

— Ha, ha !

Le rire sonore de Cédric fit sursauter la jeune femme qui lui jeta un regard étonné. Cet homme avait-il bu, dès l'aube ?

— Soutirer une rançon à un Normand peut s'avérer plus difficile que d'arracher une larme à une pierre. J'en ai fait l'expérience. Allons, milady, prenez cette bourse et n'en parlons plus. Je n'aimerais pas savoir d'aussi charmantes jeunes femmes que vos sœurs et vous en proie aux ruses de ces sauvages. Cela pourra vous servir à libérer votre père.

De nouveau, il agita la bourse sous le nez d'Ansithe qui la repoussa avec mépris.

— Guthmann n'est pas un plaisantin. La rançon qu'il exige est d'importance et il n'est pas disposé à faire des compromis.

— Soyez raisonnable, milady. En transportant moi-même ces prisonniers jusqu'au grand rassemblement d'été, je risque mes hommes et mes bêtes. Il faut bien que je reçoive un petit dédommagement. Je vous donne cet or et j'en demanderai davantage au *jarl* normand. C'est de bon commerce.

Le grand rassemblement d'été ! C'était là qu'il fallait aller ! Tous les ans, on y échangeait les prisonniers en même temps qu'on organisait de nouveaux mariages et qu'on comptait les naissances et les morts dans les différents clans. Et cette année, les cérémonies seraient d'autant plus solennelles qu'il faudrait élire un nouveau roi et signer des traités. Si elle parvenait à conduire elle-même les Normands jusque-là, elle pourrait en obtenir un bien meilleur prix. Ou les échangerait directement avec son père et le mari de Cynehild, Ansithe sentit son cœur battre plus vite. C'était le meilleur moyen d'écarter Guthmann de Baelle Heale. Elle ferait ainsi d'une pierre deux coups.

Il ne lui restait plus qu'à organiser ce voyage sans éveiller les soupçons de Cédric et sans fournir à aucun prisonnier l'occasion de s'enfuir.

— Merci pour votre proposition, messire Cédric, vraiment. Mais tout est bien en main.

La pomme d'Adam de son interlocuteur s'agita nerveusement.

— Moi qui tenais à vous rendre service, par amitié pour Wulfgar, votre cher père.

— Moyennant quelque compensation, assura Ansithe avec un clair sourire. Je ne vous ai jamais rien vu faire gratuitement, mon cher voisin. Quoi qu'il en soit, vous me voyez au regret de décliner un service dont je n'ai guère besoin.

Le teint fleuri de messire Cédric s'assombrit de deux tons. Il opina pourtant du chef.

— Vous paraissez si convaincue de vos compétences, ma chère enfant, que je vous laisse en faire à votre tête. Avec tous mes vœux de succès.

Son ton disait assez qu'il pensait tout le contraire.

— Tout ira bien, assura Ansithe en faisant un pas vers le porche. Je serai ravie de vous recevoir quand nous fêterons le retour de mon père…

— Souhaitons-le, Lady Ansithe. Souhaitons-le…

Cédric tourna bride, aussitôt imité par sa troupe, et sortit au petit trot de l'enceinte, le dos droit et la nuque raide.

Il n'avait peut-être pas dit son dernier mot.

Aussitôt le dernier cheval disparu, Cynehild apparut sur le seuil du manoir et se précipita vers sa sœur comme une flèche, ses cheveux blonds répandus sur les épaules.

— J'ai tout entendu depuis le hall. Es-tu sûre d'avoir sagement décidé ? gémit-elle en se tordant les mains. Il faut que Leofwine revienne, comprends-tu ? Il le faut ! Son fils a besoin de lui. J'ai besoin de lui !

— Nous avons décidé ensemble que c'étaient mes prisonniers, sous ma responsabilité. Tu as vu la beauté et le nombre de leurs armes. Ce ne sont pas des hors-la-loi mais des guerriers. Nous obtiendrons beaucoup d'or en les vendant. Bien plus que ce que Cédric était disposé à nous donner. Nous allons les conduire au grand rassemblement d'été et si père et Leofwine y sont aussi, il nous suffira de les échanger. C'est la meilleure solution.

Cynehild lança un regard spéculatif vers l'étable.

— Et comment comptes-tu les surveiller pendant le

trajet, sans les hommes de Cédric ? Ce n'est pas avec ce brave Owain-La-Charrue…

Ansithe eut un soupir exaspéré. Comme si elle n'avait pas réfléchi une bonne partie de la nuit au déplacement des Normands, où que ce soit !

— Nous aviserons plus tard. En tout cas, je ne veux plus entendre parler de Cédric dans le cadre de cette affaire.

Cynehild roula comiquement des yeux.

— Ne t'est-il pas venu à l'esprit que messire Cédric fait tout cela pour essayer de t'impressionner ? Il est évident que tu lui plais et qu'il aimerait bien te prendre pour femme.

Ansithe eut un rire bref.

— Ce sont les terres que j'ai reçues en dot qui l'intéressent, ma chère sœur. Elles sont d'un bon revenu.

— On peut apprendre à s'aimer avec le temps, sais-tu ? Regarde Leofwine et moi. Il a fallu la naissance de Wulfgar pour que je découvre ses qualités indéniables de père et de mari. Franchement, avec un mari plus jeune, tu devrais y gagner au change.

Mais déjà l'attention d'Ansithe vagabondait ailleurs. Cynehild avait un esprit désespérément romantique. Toutes les épouses ne tombaient pas amoureuses de leur mari, loin de là. Et quand, par surcroît d'infortune, cette union était restée infertile, les relations ne s'arrangeaient pas. Les paroles que son vieil époux avait prononcées sur son lit de mort à propos de son ventre aussi desséché qu'une terre aride lui faisaient encore mal.

— Bien… Il faut que je surveille nos prisonniers jusqu'à ce qu'Owain vienne me relever. À moins que tu veuilles t'en charger ?

Le joli visage de Cynehild perdit toute couleur.

— Si tu pouvais te comporter de manière plus féminine, ma sœur ! La place d'une femme est dans son foyer, avec ses enfants jouant à ses pieds. Songes-y un peu pendant que tu surveilles ces brutes épaisses.

Ansithe tourna soudain la tête vers les cuisines, le nez levé.

— En attendant, le porridge est en train de brûler !

La porte de l'étable se rabattit avec force contre le mur, livrant passage à Lady Ansithe, chargée d'une grande marmite de porridge fumant. L'estomac de Moir gargouilla gaiement et il ne put retenir un sourire ému. Il avait oublié à quel point le porridge bien chaud pouvait sentir bon.

Après le départ des chevaux, la cour était redevenue parfaitement silencieuse et Moir avait commencé à s'inquiéter. Lady Ansithe se serait-elle décidée finalement à les vendre au Mercien à la voix nasillarde, ses compagnons et lui ?

— Voilà votre petit déjeuner, annonça leur hôtesse sans sourire.

— Mille mercis, Lady Valkyrie. Il est plus que bienvenu, ai-je besoin de te le dire ?

— Je ne suis pas certaine que ce nom me plaise beaucoup plus que tout à l'heure.

— Tu devrais, pourtant. Dans mon pays, c'est un grand compliment.

— Avez-vous déjà... rencontré des femmes guerrières[1] ?

Un souvenir fit irruption dans la mémoire de Moir. Celui de sa propre mère, grande et fière, avec sa lourde

1. Les textes les plus anciens de la littérature scandinave ont pour héroïnes des femmes guerrières qui accomplissaient les mêmes exploits que leurs homologues masculins. L'héroïne d'une saga irlandaise du Xe siècle, Inghen Ruaidh (la « fille rouge ») a mené une flotte viking jusqu'en Irlande. La découverte récente de la tombe d'une riche guerrière viking enterrée avec ses armes et ses chevaux corrobore ce fait.

chevelure blonde nattée sur une épaule, qui lui apprenait comment tenir une épée et faire face à son ennemi. Il se revoyait, garçonnet de sept ans, avec sa petite épée de bois, si fier et si heureux…

— J'en ai bien connu une, en effet. Ma propre mère. Elle avait une telle habileté à manier l'épée qu'elle faisait même des démonstrations devant les hommes. Quand elle s'entraînait, tout le monde s'arrêtait pour la regarder.

— Et maintenant ?

Moir chassa la douleur des souvenirs. Assfridr avait été une formidable guerrière jusqu'à ce qu'elle rencontre son père et partage ses rêves. Des rêves qui avaient fini par les détruire tous les deux.

— Bah… Tout cela est du passé. Je préfère vivre dans le présent.

Lady Ansithe hocha la tête.

— Vivre dans le présent est plus facile à dire qu'à faire. Mais qui sont ces Valkyries, exactement ?

— Les servantes d'Odin dans son palais. D'honorables et fidèles demoiselles, mais féroces guerrières qu'il ne fait pas bon contrarier. Ce sont elles qui choisissent les guerriers qui vont dîner à la table du dieu des dieux. Tous les guerriers les admirent et cherchent à gagner leurs faveurs.

— Dîner à la table d'Odin est-il si enviable que cela ?

— Dans notre royaume du Nord, un siège à la table d'Odin, le dieu des dieux, est l'honneur le plus grand qu'un guerrier puisse recevoir. Quand Ragnarök[1] surviendra, les guerriers d'Odin contribueront à sauver le monde d'une destruction totale… Siéger à la table d'Odin, c'est un peu comme être reçu dans le Paradis de votre religion.

— Je vois…

1. Dans la mythologie nordique, Ragnarök est l'image prophétique de la fin du monde.

— Quelques-unes de nos femmes cherchent à rivaliser avec les servantes d'Odin. Hier, tu y es parvenue. Un skald[1] devrait être composé pour saluer ton exploit.

Lady Ansithe baissa la tête et il ne vit plus que la couronne de ses tresses couleur de feuilles d'automne.

— Tu sais manier la flatterie, Normand. Je ne peux m'empêcher de me demander ce que sont réellement tes intentions.

Moir serra les dents. Il ne cherchait qu'une chose. Rentrer avec ses hommes sans qu'il n'en manque aucun. Hormis l'imprudent qui les avait mis dans ce pétrin et qui l'avait payé de sa vie.

— Je ne suis pas en train de manœuvrer, Lady Valkyrie. Je t'ai entendue tout à l'heure refuser de nous vendre à ton voisin qui se serait lui-même empressé de nous revendre au plus offrant. J'apprécie ce que tu as fait pour des hommes que tu avais toutes les raisons de craindre et de haïr. Nous sommes tes débiteurs et, mes compagnons et moi, je suis certain que nous aimerions pouvoir remonter le cours du fleuve du temps pour effacer ce qui a été. C'est impossible, bien sûr. Mais au moins, c'est une façon d'exprimer nos regrets.

— Tu as tout entendu ?

— Assez pour comprendre que tu refusais de nous vendre à un inconnu plein de lui-même et plutôt ridicule, et qui donnait à entendre qu'il saurait tirer le meilleur profit de cette affaire.

— Mon voisin est en effet notoirement cupide.

— Et c'était pour toi beaucoup plus facile de te débarrasser de nous pour quelques pièces d'or. Mais tu as résisté à la tentation parce que tu nous fais confiance. Tu sais que

1. Chant traditionnel scandinave destiné à célébrer les exploits d'un héros.

nous sommes des guerriers normands et non des aventuriers rôdant dans la forêt à la recherche d'un mauvais coup.

Toujours assis sur la paille, Moir se laissa aller contre le mur de pierre. Enfin une lueur d'espoir dans ce tunnel. Il parviendrait peut-être à convaincre cette femme d'abandonner son idée de les envoyer chez Guthmann.

— Peux-tu prouver votre identité ?

— Nous avons nos épées, nos haches et nos bijoux.

— N'importe qui peut ramasser ce genre de choses et se les approprier.

— C'est plus difficile pour les bracelets, les bagues et les fibules. Mon *jarl* les identifiera sans hésitation. Mieux encore, il me connaît bien. Si tu m'accordes la permission d'aller…

Ansithe frappa violemment ses deux poings l'un contre l'autre.

— Il n'en est pas question ! Tu n'iras nulle part, ni aucun de tes hommes, tant que la rançon ne sera pas payée et que mon père et mon beau-frère ne seront pas rentrés chez nous.

— Dans ce cas, accompagne-moi dans la forteresse où les deux armées se rencontrent. Mon *jarl* y est en ce moment. Nous voyagerons ensemble. Je te protégerai le jour et la nuit…

Son interlocutrice s'humecta les lèvres et Moir fut pris d'une faim soudaine. Il aurait voulu goûter cette bouche, jouer avec cette petite langue rose… Il repoussa la tentation. C'était une femme consentante qu'il voulait serrer dans ses bras. Pas une proie. Et encore moins une Valkyrie prête à griffer et à mordre.

— Alors, qu'en dis-tu ? murmura-t-il. Tous les deux, la nuit, sous les étoiles… Avec un bon feu pour nous réchauffer et chasser les insectes et les loups…

— Mais… Pourquoi ferais-je une chose pareille ?

— C'est le seul moyen pour toi d'obtenir le juste prix

pour tes prisonniers. Mon *jarl* est à Tamworth, à la cour de Burgred, votre roi, pour la négociation du traité de paix[1]. C'est là que nous nous rendions quand nous avons été… détournés.

Il étouffa un juron et ajouta en secouant la tête :

— Par Odin ! Le venin de tes guêpes a dû m'embrouiller la cervelle. C'est par là que j'aurais dû commencer. J'aurais dû vous dire clairement, à tes sœurs et à toi, ce que nous faisions par ici.

Ansithe l'écoutait d'une oreille distraite. Une soudaine faim de voir ce qu'il y avait de l'autre côté de la forêt d'Arden s'était emparée d'elle. Une faim si âpre qu'elle en était douloureuse. Enfin une aventure ! De quoi lui prouver qu'elle était plus qu'une simple moule collée à son rocher, depuis tant d'années qu'elle vivait dans cette forêt, à peine sortie de la demeure familiale pour s'enfermer chez son vieil époux, leur voisin.

Un bruit lui fit jeter un regard par-dessus son épaule. Un des garçons de ferme revenait de son petit déjeuner en sifflotant tandis qu'une servante versait leur pâtée aux porcs frétillant et grognant dans leur enclos. Tâches paisibles du quotidien effectuées par des gens qui n'étaient ni des guerriers ni des seigneurs et dont le bonheur et la sécurité dépendaient d'elle.

Ansithe ne pouvait accompagner le Normand où que ce soit. Elle se devait à ses gens dont elle avait risqué la sécurité la veille. Elle n'était plus une gamine maintenant, mais, malgré son jeune âge, une raisonnable veuve qui mesurait les conséquences de ses actes.

1. Burgred, roi de Mercie, sera finalement chassé par les Danois en 874 et mourra à Rome. Les Danois installeront à sa place sur le trône Ceolwulf qui, à partir de 877, ne régnera plus que sur la moitié occidentale du royaume.

— Tu dis n'importe quoi pour me tenter. Tu sais que j'ai envie de sortir d'ici.

Un lent sourire étira la bouche de son interlocuteur.

— Pourquoi hésiter, dans ce cas ? Nous apprendrions à mieux nous connaître…

Ansithe serra les lèvres. Il ne pouvait avoir la moindre idée des rêves qu'elle avait eus cette nuit. Ni savoir que, le voyant si plein de compassion et de dévouement pour ses compagnons, elle avait commencé à l'apprécier.

— Je n'ai malheureusement pas de temps à perdre.

Elle regretta ces paroles cruelles aussitôt prononcées, mais il était trop tard. Le beau regard bleu s'assombrit et son interlocuteur lui tourna le dos. Elle recula vers la lumière de la cour, avide de retrouver l'air vif de l'aube et sa liberté.

Mais, maladroite et lasse d'une nuit peu reposante, elle heurta le chambranle de la porte basse de l'étable et chuta lourdement par terre.

Aussitôt, son hôte forcé se précipita pour lui tendre les mains et l'aider à se remettre sur ses pieds. Leurs regards se nouèrent. Il était si proche qu'Ansithe voyait battre une veine au creux de son cou, devinait le chaume de sa barbe sur son menton. Et, en plongeant dans ses yeux, elle discernait les éclats de mica doré qui en émaillaient l'iris couleur de ciel. Il fallait reprendre ses distances, s'écarter au plus vite, elle le savait.

Mais les pieds d'Ansithe semblaient avoir pris racine dans le sol de terre battue.

— Milady ! appela le porcher, brisant soudain le charme.

— Je vous laisse vous restaurer, souffla-t-elle d'une voix mal assurée.

Elle lui adressa un bref salut puis, une fois dehors, verrouilla soigneusement la porte d'une main tremblante.

Elle s'élança dans la cour comme si l'un des monstres de la forêt d'Arden était à ses trousses.

La voix de Moir lui parvint au travers de la porte.

— À notre prochaine rencontre, Lady Ansithe. Je vais dès maintenant compter les secondes, les minutes et les heures qui m'en séparent.

Chapitre 4

— J'ai trouvé la solution, déclara Ansithe en se précipitant dans le hall.

Une fois dans la cour, elle avait pris le temps de retrouver sa respiration. Et elle espérait que ses joues n'étaient plus aussi rouges.

Ses deux sœurs étaient encore attablées devant la cheminée, achevant de se restaurer, Basil et Cairn, les deux lévriers de son père, couchés à leurs pieds. Cynehild, occupée à fourrer des cuillers de porridge dans la bouche de son fils, leva les yeux sans répondre.

— Eh bien, mes sœurs, ne désirez-vous pas savoir ce que j'ai imaginé ? s'enquit Ansithe, comme les deux jeunes femmes restaient muettes.

— Tu vas t'excuser auprès de Cédric et lui dire que tu acceptes de lui vendre les prisonniers, suggéra Cynehild en essuyant le porridge qui coulait de la bouche de Wulfgar. Je savais bien qu'en prenant le temps d'y réfléchir, tu te résoudrais à choisir la meilleure solution.

— Cédric avait l'intention de nous voler. Je doute qu'il ait changé d'avis.

— Tu n'en sais rien. Qui te dit que ces bandits valent autant que tu le penses ? Mais je t'écoute. Quoique tu saches aussi bien que moi que j'ai raison la plupart du temps. Regarde comme tu t'étais trompée pour le nouveau motif de tapisserie !

Ansithe rongea son frein. Cynehild avait le fichu don de compliquer les choses et d'être persuadée que c'était mieux ainsi. Et depuis son retour dans la demeure paternelle, après la disparition de son époux, elle ne cessait de critiquer les décisions d'Ansithe.

Ce qui n'était pas le moindre souci d'Ansithe. Et si, après le retour de Leofwine, maintenant que le chef danois leur avait pris leurs terres, les deux époux décidaient de rester au domaine pour aider le chef de famille ? Leofwine avait promis d'aller chercher de nouvelles terres mais, encouragé par sa femme, il pouvait changer d'avis. Alors, l'*ealdorman* n'aurait plus besoin des services de sa fille cadette. D'autant plus qu'il chérissait particulièrement son aînée qui ressemblait beaucoup à leur défunte mère et réglait les affaires du ménage de la même façon.

— J'ai eu le loisir de réfléchir cette nuit, annonça-t-elle. Les prisonniers ont eu leur porridge mais ils ne sont pas en état de voyager. Ils doivent reprendre des forces.

— Crois-tu que Guthmann assurera le même traitement bienveillant à notre père et à mon mari ?

— Je n'en ai aucune idée, ma sœur. Pas plus que toi.

— Si les Normands parviennent à s'échapper, nous nous serons donné tout ce mal pour rien. Alors qu'avec Cédric… Et comment vas-tu prendre contact avec Guthmann ? Y as-tu songé ?

Elene intervint avant qu'Ansithe donne libre cours à sa colère.

— Écoute, Cynehild. Notre sœur pense avoir trouvé une solution. Ne pouvons-nous l'écouter avant que tu nous exposes toutes les raisons pour lesquelles cela ne pourrait pas marcher ? Déjà, tu affirmais que le piège avec les ruches serait un échec. Et tu as vu ce que cela a donné.

Ansithe se pencha pour caresser les lévriers tandis que Cynehild prenait un air de reine offensée.

— Mais bien sûr, ma chère Elene. Écoutons. Notre sœur a parfois de bonnes idées…

Ansithe se laissa glisser sur le banc.

— Les Normands portent des fibules ornées de motifs qui donnent des informations sur leur identité. Surtout pour leur *jarl*, qui les connaît parfaitement. Cédric en a parlé et Moir Mimirson me l'a confirmé.

Cynehild, assise en face d'elle, croisa les bras.

— Et alors ? En quoi cela nous permettra-t-il d'obtenir la liberté de Leofwine ?

— Il est difficile de faire se déplacer nos prisonniers sans mettre en danger leur santé, mais les fibules et les autres bijoux peuvent être apportés sur les lieux du rassemblement d'été au cours duquel les princes de Mercie et les chefs normands vont discuter d'un traité de paix entre nos deux peuples. Notre nouveau roi, une fois confirmé dans son titre par les princes, pourra envoyer une escorte pour ramener nos prisonniers là-bas.

— Le nouveau roi, envoyer une escorte ?

Après la bataille d'Ashdown, l'ancien roi de Mercie avait fui le pays. La rencontre entre les chefs de la Grande Armée et ceux de Mercie devait être consacrée en partie à l'élection d'un nouveau roi ou au moins d'un chef en attendant que l'ancien roi et sa famille reviennent.

— Pourquoi pas ? rétorqua Ansithe, impavide. Ou bien nous recruterons nous-mêmes des hommes là-bas après avoir reçu son avis. Il nous suffira de vendre les armes et les bijoux des Danois…

Le silence qui suivit cette déclaration ne fut interrompu que par les cris de joie de Wulfgar, qui servit son porridge à pleines mains à l'un des lévriers.

— Et qui surveillera les prisonniers pendant que tu feras

le voyage jusque là-bas, recruteras des hommes et feras le chemin du retour ? s'enquit Cynehild d'une voix brève. Owain et les garçons de ferme sont tout à fait capables de les laisser échapper ou d'oublier de les nourrir. Sans parler des soins qui leur sont nécessaires.

Malheureusement, cette objection n'était pas dépourvue de fondement.

— Ceci n'est qu'un détail. Nous aviserons en temps et en heure…

La voix de Cynehild monta d'une octave.

— Ce n'est pas un détail, Ansithe, mais un obstacle insurmontable. Et tu le sais très bien. Si les prisonniers s'enfuient, je ne reverrai plus jamais mon Leofwine. Et mon fils ne sera plus qu'un orphelin.

Cynehild plaqua sa main sur sa bouche pour refouler un sanglot.

— Les lévriers sont de bons gardiens, objecta Ansithe sans trop y croire.

Cynehild montra les deux chiens en train de lécher sur les derniers grains de porridge sur les dalles de pierre.

— Ils mangeraient dans la main d'un Normand si celui-ci savait y faire. Souviens-toi. C'est bien pour ça que tu les as cachés avec Ecgbert, Wulfgar et les servantes quand leur troupe a attaqué.

S'asseyant sur son arrière-train, le plus âgé des deux chiens posa une patte sur la cuisse d'Ansithe d'un air engageant. Il n'avait en effet rien de bien redoutable.

Ansithe fit une grimace.

— D'abord, les Normands n'étaient pas censés le savoir. Si je les ai mis à l'écart, c'était parce que c'était ma dernière ligne de défense.

— On a besoin de toi ici, insista son aînée. Tu n'as rien à faire à battre la campagne pendant que nous restons seules et sans défense au manoir. Qui plus est avec une poignée de barbares, comme des loups dans la bergerie. Ce ne sont pas nos gens qui nous défendront.

— Il faut pourtant que l'une de nous y aille. C'est le seul moyen de nous assurer que les fibules seront montrées à la bonne personne et convenablement identifiées. Et pour faire entendre notre cause.

Cynehild serra convulsivement son fils sur son sein.

— Il est hors de question que je me sépare du petit en ce moment. Il fait encore ses dents. Je ne peux pas l'emmener non plus. Il voyage horriblement mal. Et je n'ai pas Leofwine pour m'aider.

Ansithe poussa un long soupir.

— Tu ne suggères pas sérieusement que j'aille me traîner aux genoux de Cédric ? Il veut nous tromper, Cynehild. Et, trop content de me voir, il baissera encore son offre, j'en suis sûre.

La voix calme d'Elene résonna dans le hall.

— J'irai, moi. Je peux le faire. Je vais apporter les fibules et les armes de ces Normands à la Cour.

— Tu es beaucoup trop jeune, aboya Cynehild. Pourquoi ne pas envoyer mon petit garçon, pendant que nous y sommes.

Les beaux yeux verts d'Elene flamboyèrent.

— Cesse de me traiter en gamine, veux-tu ? Je suis plus vieille qu'Ansithe et toi quand vous avez pris un mari. Si ce n'était pas cette maudite guerre, à l'heure qu'il est, je serais déjà mariée, propriétaire de mes terres et sans doute mère de famille. Qui sait si je ne ferais pas des rencontres intéressantes, là-bas ? Sans doute y trouverais-je un parti plus digne de considération qu'un vieillard ou un porcher !

Ansithe dévisagea sa sœur, médusée. Quand, par quel tour de prestidigitation, l'adolescente maladroite qui emmêlait ses écheveaux de laine et renversait les bols de lentilles à trier était-elle devenue cette ravissante jeune fille à la poitrine abondante et à la bouche sensuelle ? Et au caractère bien trempé ?

— Tu sais très bien que c'est père qui doit décider de ton mariage, ma chérie.

— Mais je pourrais tout de même donner mon avis ! protesta la jeune rebelle.

Ansithe échangea un regard avec son aînée. Elene apprendrait bien assez tôt combien leur père pouvait être intransigeant dans ce domaine.

— Si Ecgbert l'accompagne, je suis sûre que tout se passera bien. C'est décidément la meilleure solution à nos problèmes.

Elene en resta muette d'étonnement. Elle la regarda un instant, hébétée, puis bégaya :

— Tu... Tu veux bien que j'y aille ?

Ansithe fit une petite grimace.

— Si cela peut m'éviter de me traîner aux genoux de Cédric... Et puis, tu as la tête sur les épaules. Je sais que je peux te faire confiance. Qu'en penses-tu, Cynehild ?

Leur aînée haussa les épaules.

— Avons-nous seulement le choix ?

Se ruant sur Wulfgar, Elene prit le petit garçon dans ses bras et se mit à danser dans la salle en chantonnant.

— Je vais leur demander leurs insignes, annonça Ansithe avant que Cynehild reprenne la direction des opérations.

Elene lança dans un grand rire :

— Ansithe l'a emporté sur leur chef. Le Normand l'admire beaucoup.

Cynehild grommela :

— Sûr. Elle lui plaît. Voilà un argument qui n'a rien de particulièrement admirable.

— Il respecte mon habileté à tirer à l'arc, ce qui n'a rien à voir.

Ansithe se leva précipitamment pour quitter la salle

mais elle eut le temps de voir Elene gratifier sa sœur d'un coup de coude complice. Toutes les deux éclatèrent de rire.

Ansithe virevolta sur elle-même, furieuse.

— Eh bien, protesta-t-elle, quel mal y a-t-il à cela ?

— Aucun, ma sœur, rétorqua Cynehild mi-figue mi-raisin. Tes talents d'archer sont tout à fait admirables, en effet.

— Oh ! Vous deux, vous êtes vraiment impossibles...

Sur ces mots, Ansithe quitta la pièce avec toute la dignité dont elle se sentait encore capable.

Les occasions de s'enfuir filaient entre les doigts de Moir aussi sûrement que la poussière au travers de la fibule qu'il utilisait comme pelle pour desceller une des pierres basses du mur. Ni Palni ni Bjartr ne seraient capables de grimper jusqu'au toit et de se faufiler dans les trous du chaume. Quant au seigneur voisin, il ne tarderait pas à revenir avec une meilleure offre et la Valkyrie allait envoyer un courrier à Guthmann d'un jour à l'autre. Pas question de moisir plus longtemps dans cet endroit.

— Tu crois qu'on peut y arriver ? s'inquiéta Palni dans un murmure. Franchement, je ne sais pas si je pourrai aller bien loin avec ma jambe. Elle est de plus en plus enflée et ça me fait un mal de chien. Quant à monter à cheval... Même si on arrive à en voler pour nous tous, je ne tiendrai pas dessus bien longtemps.

Moir était conscient des nombreux défauts de son plan. Mais c'était leur seul espoir.

— Je me porte garant des chevaux. Je les entends remuer et piaffer toutes les nuits. Les écuries ne doivent pas être bien loin. Et s'il n'y en a pas pour tout le monde, Bjartr et toi vous les monterez. Au pas, cela devrait aller.

— De combien de temps disposons-nous ? Il va bien falloir encore une journée pour faire un trou assez large dans le chaume. En espérant qu'ils ne remarqueront pas ce que nous faisons.

— Nous devons essayer. Je refuse d'abandonner. Et pas question qu'aucun des membres de ce *felag* n'abandonne.

— Tu penses à…

Palni désigna du pouce le corps prostré de Bjartr. Le jeune homme avait dévoré la part du lion de leur pitance du matin puis avait sombré dans une profonde apathie dont il semblait ne pas pouvoir sortir.

— Il a fait une sale réaction aux piqûres d'abeille.

Palni se mit à masser son bandage d'un air absent.

— Tu es trop indulgent à son égard. Il est temps qu'il grandisse un peu s'il veut commander un *felag* correctement. Une fois libres, comment allons-nous faire pour regagner le campement ? Nous n'avons plus de guide, et en grande partie à cause de lui.

Moir enfonça sa fibule plus profondément dans l'ouverture. Elle se plia en deux et il jura.

— Chaque chose en son temps, Palni. Sortons d'ici d'abord. Il suffira de retrouver la voie romaine, d'après ce qu'on nous avait dit.

— Sans armes, objecta Palni d'une voix lugubre.

Et il avait raison, évidemment. Pourtant, Moir se refusait à désespérer. Il s'empara d'une pierre assez longue et plate pour lui servir de pelle et recommença à creuser, un sourire aux lèvres. Quand sa Valkyrie viendrait leur apporter leur porridge demain matin, elle trouverait le nid vide. Il compatissait pour le sort de sa famille mais il se devait d'abord à ses hommes et à son *jarl*.

— Il y a quelqu'un dehors, les avertit Hafual, qui faisait le guet, plaquant son œil droit contre une fente dans la porte.

Moir se redressa silencieusement, épousseta ses braies et ferma son manteau. Puis, avançant jusqu'à l'entrée, il se carra dans l'embrasure de la porte afin d'occulter la vue sur l'intérieur de leur prison.

La porte fut ouverte brutalement et la Valkyrie, ses cheveux enroulés en nattes au sommet de son crâne, apparut sur le seuil, telle une furie vengeresse. Derrière elle, le ciel était obscurci par l'orage et on entendait le roulement sourd des marteaux de Thor sur l'enclume des nuages. Des éclairs jaillissaient sous le dur métal. Il se força à respirer calmement. Elle ne pouvait connaître leurs projets.

— Je ne sais pas si le moment est bien choisi pour les visites de courtoisie, ironisa-t-il d'une voix plaisante. Thor semble terriblement contrarié et il pourrait bien déchaîner sa colère sur ceux qui le provoquent.

La visiteuse fronça les sourcils.

— Je te demande pardon ?

— Je parle de l'orage. Chez nous, le tonnerre est produit par le marteau de Thor qui frappe sur son enclume.

— Ah ! très bien. Et tes hommes ? Comment vont-ils ?

— Ils se rétablissent… Si leur état s'aggrave d'une manière ou d'une autre, je te le ferai savoir.

Moir évitait soigneusement de poser le regard sur le trou qui commençait à s'élargir au fond de l'étable. Cet orage était l'occasion parfaite pour achever les préparatifs de leur fuite.

Les roulements de tonnerre s'accrurent mais Ansithe ne bougeait pas, l'air perplexe.

Moir fronça les sourcils.

— Y a-t-il quelque chose d'autre, Lady Valkyrie ?

Elle tendit vers lui une main fine, beaucoup trop fragile pour avoir manipulé cet arc qui les avait tenus en respect, ses compagnons et lui, de façon aussi magistrale.

— Vos fibules, s'il vous plaît. Les tiennes et celles de Bjartr.

— Nos… fibules ?

Maintenant, le cerveau de Moir fonctionnait à toute vitesse. Il pensait disposer de davantage de temps avant l'arrivée de Guthmann.

— Tu disais qu'elles vous aideraient à prouver votre identité. Tu voulais les apporter toi-même à ton *jarl*.

Il fit signe à ses hommes de ne pas bouger. Pas question d'essayer de reprendre leur liberté de force tant qu'il y avait la possibilité de le faire autrement.

— Oui, j'ai l'intention de les apporter moi-même. Mon *jarl* les reconnaîtra sur-le-champ.

— Mais ton *jarl* n'a pas besoin de toi pour ça, n'est-ce pas ?

Moir serra les dents. Le tour que prenait la conversation ne lui disait rien qui vaille.

— Oui, mais…

— Oui ou non ?

— Ton voisin est-il revenu avec une meilleure offre ?

La Valkyrie battit des paupières.

— Messire Cédric ? Il essaye d'exploiter la situation à son avantage. Il reviendra, je n'en doute pas. Mais pas tout de suite.

— Alors, pourquoi cette soudaine urgence ? Guthmann aurait-il envoyé un autre messager ?

Moir réfléchissait. Ils pouvaient attendre la tombée de la nuit pour s'enfuir. Il porterait Palni sur son dos. Les autres s'occuperaient de Bjartr. Ce n'était pas la meilleure solution, mais tout plutôt que de se laisser mener à l'abattoir comme agneaux au boucher. Décidément, les dieux les avaient abandonnés.

Lady Ansithe pressa ses mains l'une contre l'autre, mais Moir eut le temps de voir qu'elles tremblaient.

— J'envoie ma sœur cadette et notre régisseur à la Cour. Les armes que je vous ai confisquées et vos fibules seront la preuve de votre identité. Elene engagera des gardes qui vous escorteront ensuite jusque là-bas où vous pourrez servir de monnaie d'échange pour mon père et le mari de ma sœur aînée.

Moir eut l'impression qu'un poids énorme lui tombait des épaules. La chance était revenue. Thor, avec ses coups de tonnerre assourdissants, semblait donner son approbation. Leur épreuve touchait à sa fin et lui-même pourrait rendre à sa famille l'honneur perdu par son père.

Mais il fallait rester lucide et vigilant.

— Qu'est-ce qui t'a décidée ?

— Guthmann a coupé le doigt de Leofwine avec sa chevalière alors qu'il aurait pu simplement lui ôter sa bague et nous l'envoyer. Il est bien capable de dire que tu ne vaux rien et te chasser ou te faire disparaître pour le simple plaisir de nous contrarier.

— Il peut le faire, en effet.

— Il fallait que je prenne ça en considération. Et que je décide qui était mon véritable ennemi.

Moir hocha la tête et fit un geste à l'intention de ses hommes. Aussitôt, ils dégrafèrent leurs fibules et les laissèrent tomber en tas sur le sol.

Il s'occupa personnellement de celle de Palni, qu'il détacha en faisant attention de ne pas bousculer son ami, avant de la débarrasser de la terre qui la maculait. Puis il alla la mettre sur la pile, avec la sienne.

Ansithe alla les ramasser.

— Et vos hommes ? Vont-ils vraiment mieux ? Je peux les examiner de nouveau.

— Non, ce ne sera pas nécessaire, Lady Ansithe.

— Tiens, me voici tout soudain une lady et traitée avec respect ? Je ne suis plus une Valkyrie ?

L'une des fibules lui échappa et tomba. Moir la ramassa prestement.

— Il ne faut en oublier aucune, lui dit-il en la replaçant

avec les autres dans ses bras. Et je te le répète, Valkyrie est un titre de gloire.

Au contact de la peau tiède de la jeune femme, une agréable sensation de chaleur l'envahit. Il était si près d'elle qu'il pouvait voir le léger voile de taches de rousseur sur l'arête de son nez.

— Parfait ! conclut Ansithe, brisant la magie du moment.

Il recula d'un pas tandis qu'elle ajoutait :

— Je suppose que ma sœur devra mentionner le nom d'un *jarl* en particulier quand elle s'adressera au roi ? En dehors de Guthmann.

— Il faudra nommer le *jarl* Andvarr. Bjartr est son fils unique.

Ansithe battit des paupières. Elle n'avait pas réalisé combien certains de ses otages étaient des personnages importants. Elle serra plus fort les fibules contre sa poitrine.

— Bjartr est le fils de ton *jarl* ? Et tu ne pouvais pas m'en informer plus tôt, naturellement !

— Je te le dis maintenant, quand c'est nécessaire.

Elle porta son regard sur le jeune homme allongé sur le sol. Ses vêtements étaient d'une étoffe plus fine, en effet, comme elle l'avait déjà remarqué en le soignant. Pourquoi ne lui était-il pas venu à l'idée que Moir, homme d'arme expérimenté, pouvait escorter quelqu'un d'important ?

— Cela explique beaucoup de choses…

— Tu connais mon *jarl* ? C'est en partie grâce à lui que nous avons gagné la bataille d'Ashdown[1].

— Je croyais qu'elle avait été gagnée par un cousin du roi normand.

Il écarta les mains, paumes vers le ciel.

1. La bataille d'Ashdown, qui a eu lieu le 8 janvier 871, opposait l'armée du Wessex à la Grande Armée viking menée par deux chefs vikings. En réalité, c'est l'armée du Wessex qui gagne la bataille mais ses troupes ont subi de fortes pertes.

— C'est bien ça. Le cousin en question est mon *jarl*. Guthmann et Andvarr sont plutôt des alliés que des amis. Guthmann essaye toujours de prendre la main. Mais s'il l'emporte dans ce conflit d'autorité, les Merciens ne tarderont pas à comprendre à quel point ils ont perdu au change.

Ansithe opina du chef. Elle comprenait maintenant pourquoi Moir cherchait à cacher l'identité du garçon.

— Et toi, comment se comporterait-il à ton égard ?

Le grand Normand eut un demi-sourire.

— Guthmann a fait le serment d'avoir ma peau. Mais si nous nous battons à la loyale, je suis certain de l'emporter.

— Et pourquoi en a-t-il après toi ?

L'homme à la jambe blessée intervint :

— Une histoire de femme…

Ansithe battit de nouveau des paupières. Évidemment. Avec un séducteur comme Moir Mimirson, elle aurait pu s'en douter.

Mais Palni continua :

— Moir Mimirson s'est interposé quand Guthmann et deux de ses acolytes ont voulu violer une dame. Il les a empêchés de s'amuser un peu, pour reprendre les propos de Guthmann. Puis il a refusé de présenter ses excuses, déclenchant la rage de Guthmann. Alors notre *jarl* a trouvé préférable que Moir se fasse discret pendant quelque temps.

Moir lui décocha un regard contrarié.

— Lady Ansithe ne te demandait pas d'entrer dans les détails.

Son compagnon rit.

— Tu en veux simplement à Andvarr de t'avoir interdit de lancer un défi à Guthmann, comme c'était ton intention. Comme si cela valait la peine de se battre pour ce genre de détails !

Moir le fusilla du regard.

— Ce n'était pas un détail pour la femme impliquée, je te l'assure.

— Qu'est-il arrivé à cette dame ? s'enquit Ansithe, le regard noir.

Moir sourit.

— Je l'ai renvoyée à son mari. Et elle n'a pas demandé son reste.

— On raconte pourtant qu'elle s'accrochait à toi comme une malheureuse en réclamant un baiser, s'interposa Palni, toujours riant.

— Prêter foi aux rumeurs n'est pas bon pour la santé, Palni. Et quoi qu'il en soit, cette femme a regagné le foyer conjugal, heureuse de s'en être tirée à si bon compte.

— Et le cœur en berne. Te souviens-tu au moins de son nom, Moir ? insista Palni, le regard brillant de malice.

— Non. Pourquoi m'en souviendrais-je ? Cette pauvre femme était tombée au mauvais endroit au mauvais moment et je n'ai fait que mon devoir. Comme n'importe quel homme digne de ce nom.

Ansithe sentit une des fibules qu'elle serrait dans ses bras lui rentrer dans la paume. L'affaire était claire. Si elle renvoyait Moir à Guthmann, il avait peu de chance de bénéficier d'un combat loyal.

— Et ta femme, Normand ? lança-t-elle avant d'avoir pu se retenir. Qu'a-t-elle pensé de cela ?

Un rugissement de rire secoua les hommes.

— Moir Mimirson est marié à la guerre, Lady Valkyrie, expliqua encore Palni. C'est là sa seule épouse. Ça l'a toujours été et cela sera toujours ainsi. Ainsi va le monde. Mais les jolies filles n'y perdent rien au change, je te rassure.

Ansithe s'empourpra violemment tandis que Moir rabrouait son ami d'un regard fulminant.

— En effet, milady, dit-il en se tournant vers son hôtesse, je ne suis pas marié et ne projette pas de l'être un jour.

Ansithe recula d'un pas, trébucha et faillit tomber. Aussitôt, les mains de Moir se posèrent sur ses hanches, comme pour la retenir. Elle baissa les yeux sur les longues mains brunies par le soleil, dont la peau tannée tranchait sur l'étoffe claire de sa robe. Et, avant même qu'elle ait pu la tenir en bride, son imagination fertile lui fit se demander l'effet que produiraient ses caresses. Elle se mordit les lèvres devant l'audace de ses pensées. L'anecdote que leur avait racontée Palni avait eu au moins le mérite de lui rappeler le succès qu'il avait auprès des femmes. Au point que l'une d'elles lui était tombée dans les bras en public, s'oubliant jusqu'à mendier un baiser.

— La meilleure chose qui puisse nous arriver, milady, c'est que nous nous fassions mutuellement confiance, murmura-t-il, son visage tout près du sien.

Et Ansithe sentit sa bouche frémir comme s'il l'avait effleurée de ses lèvres. Plus un bruit autour d'eux. C'était comme si le temps s'était arrêté. Que tout s'était figé dans une délicieuse attente.

Elle baissa les yeux sur les dalles. Le Normand l'avait fait intentionnellement, elle en était certaine. Il prenait un grand plaisir à la déstabiliser.

— Je vous remercie de vous être montré coopératif, dit-elle enfin, d'une voix plus aiguë que d'ordinaire. Cela me facilite grandement la tâche.

Une fossette creusa la joue de son interlocuteur, ajoutant encore à son charme.

— Je vous en prie.

Ansithe tourna les talons et s'empressa de quitter l'étable, les fibules cliquetant dans ses bras. Elle sentait les regards des Normands la suivre, à peu près comme des loups guettant un chevreuil. À moins que ce ne soit comme des hommes qui se croyaient condamnés et qui voyaient enfin une chance de s'en sortir.

Avez-vous obtenu les fibules sans trop de difficulté, milady ? s'enquit Ecgbert, le régisseur de son père, quand elle pénétra dans le hall.

Ses traits taillés à coups de serpe paraissaient plus torturés que jamais tandis qu'il s'efforçait de lui sourire.

Ansithe secoua sa cape trempée de pluie avec un sourire aussi peu naturel que celui de son interlocuteur. Elle s'attendait bien à le trouver là, à sa place habituelle près du feu, tant il trouvait toujours une bonne raison pour ne pas sortir alors que le domaine avait tant besoin de ses soins.

Se levant, Ecgbert s'abîma dans un salut ostentatoire.

— Peut-être serait-il bon, précisa-t-il, que Lord Cédric les examine avant qu'on les apporte à la Cour ? J'en ai parlé à vos sœurs. Il faut agir avec la plus grande prudence, milady. Je suis certain que votre père partagerait mon avis.

Ansithe se rembrunit. Elle n'avait plus aucun doute maintenant sur la manière dont Cédric obtenait ses informations sur ce qui se passait au manoir.

— Dites-moi, Ecgbert... Pourriez-vous me rafraîchir la mémoire ? Qui servez-vous, exactement ?

Les petits yeux gris du régisseur papillotèrent.

— Mais... Messire votre père, milady. Cela va sans dire.

— Nous pouvons donc compter sur vous pour accompagner ma sœur Elene à la cour du roi ? Lady Cynehild et moi l'avons chargée d'apporter ces fibules au *jarl* Andvarr afin qu'il les authentifie. Vous l'aiderez ensuite à trouver une escorte afin de raccompagner nos prisonniers jusque là-bas.

Malgré sa grande prudence, Ecgbert ne put retenir un claquement de langue désapprobateur.

— Croyez-vous que vous en obtiendrez un meilleur prix qu'avec Lord Cédric ?

— Vous parlez du fils unique du *jarl* Andvarr, Ecgbert. Il n'y a donc aucun doute là-dessus.

Sous l'effet de la surprise, la bouche du régisseur s'ouvrit tout grand.

— Le… Le fils d'un *jarl* ? Vous avez pris en otage le fils d'un Normand de haut rang ?

— Je n'ai pas besoin de vous dire à vous, qui faites partie de notre maison, quel soulagement c'est pour nous d'avoir appris que nous détenions un prisonnier de cette importance. Ni d'insister sur le fait qu'il est impératif que nous gardions le secret jusqu'au dénouement.

Ecgbert se frottait maintenant le menton du dos de la main, l'air pensif.

— C'est que vous m'avez appris là un fait nouveau… Et d'importance.

— Dois-je trouver quelqu'un d'autre pour accompagner ma sœur à la cour du roi ?

Ecgbert respira un grand coup.

— J'ai toujours servi votre père de mon mieux, milady. Votre sœur et moi, nous accomplirons notre mission aussi vite et aussi bien que possible.

Ansithe hocha la tête. Ecgbert ne ferait pas d'histoire. Quant à elle, elle atteindrait le but qu'elle s'était fixé. Elle libérerait son père et le mari de sa sœur.

— Parfait. Vous partirez demain.

Chapitre 5

Elene, impatiente, fit piaffer son cheval avant de s'élancer vers le portail avec un cri d'enthousiasme. L'expression fermée d'Ecgbert, qui suivait sur ses talons, disait ses réserves quant au succès de l'expédition. Depuis la veille, il n'avait cessé de marmonner de sombres prédictions, commençant par affirmer que les prisonniers ne tarderaient pas à s'enfuir. Mais, au lieu de renchérir, même Cynehild éclata de rire, lui disant qu'il était pire qu'une vieille femme et qu'il ferait mieux de profiter de l'aventure.

Et surtout, de lui ramener son mari !

Ansithe les suivit du regard bien après que la poussière de leurs pas soit retombée sur le chemin. Aucun des deux voyageurs ne s'était retourné pour lui faire un signe d'adieu.

Elle avait beau savoir que c'était mieux ainsi, voir partir sa jeune sœur vers l'inconnu ne la rassurait pas. Et elle ne se cachait pas qu'elle aurait bien aimé faire partie de l'aventure. La Cour, le palais royal, le tourbillon des courtisans, des solliciteurs de tous ordres, les banquets et les fêtes… Elle soupira. Les regrets ne servaient à rien. Si elle voulait que son père retrouve le domaine en bon ordre à son retour, et qu'il lui en sache gré, ce n'était pas l'ouvrage qui manquait.

Elle voulait lire la fierté et la satisfaction dans le regard de l'*ealdorman* quand il mesurerait tout ce qu'elle avait accompli. En espérant que Cynehild ne tirerait pas la couverture à elle en prétendant être à l'origine de la plupart des améliorations ! Ce qu'elle s'était empressée de faire après la mort de leur mère.

Ansithe refoula aussitôt cette mauvaise pensée.

— C'est parfait, Owain, dit-elle en revenant à l'étable après être passée récupérer son arc et ses flèches. Je vais prendre le relais. J'ai à voir les prisonniers. Les vaches t'attendent pour la traite.

— Mais les Normands peuvent s'échapper, milady. Je jurerais qu'une des pierres basses du mur a bougé par-derrière depuis l'autre jour.

Le gros garçon ajouta en se tapotant le bout du nez comme quelqu'un qui chercherait le vent :

— Ils mijotent un mauvais coup, milady, j'en suis sûr.

— Fais ce que je te dis, Owain.

Il lui coula un regard mécontent par-dessous sa coiffe et parut vouloir ajouter quelque chose. Mais, se ravisant, il s'éloigna de sa démarche chaloupée. Ansithe s'assit sur le banc installé près de la porte de l'étable, son arc et ses flèches à côté d'elle. Le soleil achevait de se lever et les ombres rapetissaient dans la cour. Elle attendrait un peu que les Normands se réveillent.

— À l'aide ! appela soudain la voix de Moir, la tirant de ses pensées. À l'aide !

Aussitôt en alerte, Ansithe bondit sur ses pieds. Était-ce un piège ? Les prisonniers savaient qu'Elene et Ecgbert étaient partis et espéraient peut-être les tromper avec leurs manigances. Mais ils n'avaient qu'à bien se tenir. Elle glissa une flèche dans son arc et fit un signe de tête à sa maigre troupe, les deux gardes perchés sur les tours de guet, les autres, simples garçons de ferme, encadrant le portail. Se laissant glisser souplement de leur perchoir, traversant la cour à pas de loup, ils vinrent se masser derrière elle, le visage tendu par l'appréhension autant que par l'excitation de la bataille.

— Quelque chose ne va pas ? appela-t-elle à la cantonade quand elle les sentit tous rassemblés dans son dos.

— C'est toi, Lady Valkyrie ? demanda Moir. Que les dieux soient loués. Ça fait longtemps que j'appelle mais personne ne vient.

Ansithe jeta un regard noir aux garçons de ferme qui traînaient pourtant dans la cour non sans avoir sacrifié longuement au rituel du petit déjeuner.

— Nos prisonniers ont appelé. Pourquoi personne n'a-t-il répondu ?

Deux se rapprochèrent et se mirent à se dandiner sur leurs jambes en marmonnant de vagues explications. N'était-ce pas Owain qui était chargé de la garde ? Effectivement, Owain-La-Charrue avait dû entendre les appels de Moir. Mais Ansithe se rappela qu'il avait perdu l'an passé un frère dans un combat contre la Grande Armée païenne. Il était bien possible qu'il ait fait la sourde oreille, se déchargeant sur autrui du soin de venir à leur secours. Elle serra les lèvres. L'animal ne perdait rien pour attendre.

— Personne n'est venu, en effet, Normand. Mais moi, je suis là maintenant.

— Alors, je t'en supplie, Lady Valkyrie. Fais quelque chose.

Elle poussa un soupir exaspéré.

— Lady Ansithe. Je te l'ai déjà dit.

— Ça ne te va pas aussi bien. Mais je suis content de t'entendre. Tu as la tête sur les épaules, plus que la plupart des femmes. Et que pas mal d'hommes aussi.

Ansithe retint un sourire. Elle aimait ce genre de compliments, inutile de le nier. Et cette fois, ce n'était pas du badinage. Le Normand louait sa raison. Pas sa croupe ou la rondeur de ses seins. Mais elle se ressaisit. C'était un charmeur et un aventurier !

— Au lieu de bavarder comme une vieille femme, ne pourrais-tu me dire ce qui se passe ? s'enquit-elle d'un ton sévère.

— Tu dois m'aider. Tout de suite. Sinon…

— Sinon, quoi ? Te voilà bien autoritaire.

Elle claqua des mains et les gardes levèrent leur masse d'arme ou leur pique. Les garçons de ferme coururent s'emparer des fourches jetées sous l'établi. Et tous poussèrent un rugissement guerrier.

Une rumeur d'angoisse jaillit de derrière les murs de l'étable. Ansithe sentit la sueur couler sur son front. Et si l'un des guerriers normands mourait de ses blessures ? Comment en répondrait-elle devant le chef des Danois, qui tenait ses parents en otage ? Une infection pouvait se déclarer très vite. Elle aurait dû insister pour vérifier plus méticuleusement l'état des blessés la veille au soir.

— Que se passe-t-il ? Qui crie ainsi ? On croirait entendre des bœufs à l'étable !

— C'est Palni, mon compagnon dont la jambe a été entamée par les mâchoires du piège. Il a la fièvre et il commence à délirer. S'il te plaît, Valkyrie. Fais quelque chose. Les Nornes[1] n'ont pas encore décidé de couper le fil de sa vie. Ce n'est pas possible.

— Si tu m'avais laissée l'examiner correctement hier, nous n'en serions pas là.

— Je croyais qu'il allait mieux, je te le jure.

1. Dans la cosmogonie scandinave, les trois Nornes les plus importantes vivent sous le grand chêne Yggdrasil, l'arbre du monde, situé au centre du cosmos, et gravent sur son tronc le destin des humains : « Elles ont fait les lois, elles ont fixé les vies, au fil des temps, elles énoncent le destin » (extrait de la *Völuspà*, poème anonyme en vieux norrois).

— Si c'est un piège… Tu sais que mes hommes sont tous derrière moi, prêts à attaquer ?

— Oui, je le sais. Ils ont poussé des cris terribles.

La voix de Moir était redevenue rieuse. Visiblement, il n'éprouvait pas une grande frayeur.

Ansithe jura entre ses dents, Elle reposa son arc, déverrouilla la porte et l'ouvrit. Les prisonniers étaient tous tapis contre le mur du fond, laissant la place à Moir et à Palni qui occupaient le devant de la scène. Il était évident qu'Owain avait négligé de les nourrir la veille au soir car aucune écuelle ne traînait dans la paille. Il n'avait pas non plus nettoyé les lieux.

Ansithe serra les dents. Eh bien ! Après la traite, ce paresseux en serait quitte pour sa deuxième corvée du jour.

Elle s'agenouilla auprès du blessé et défit les bandages d'une main habile. La blessure était chaude sous la main et tuméfiée. Les dents du piège avaient laissé des marques violacées et profondes dans la chair. Certaines viraient déjà au noir.

— Depuis combien de temps se plaint-il ?

— Cela a commencé un peu avant l'aube. Il s'est mis à parler de Thor qui tapait sur son enclume, des voiles du *langskip*[1] qui allaient se déchirer sous l'orage. Puis il a lancé des accusations sans queue ni tête. Je lui ai donné à boire. Son front était brûlant… Je t'en supplie, Valkyrie, fais quelque chose. Sans ton aide, il va mourir ! Je… Nous te serons reconnaissants à jamais.

Ansithe hocha la tête. Si le malade délirait, c'était que la fièvre était forte. L'amputation était une option, malheureusement. Mais pas avant d'avoir tout essayé. Il était encore possible de trancher dans la chair corrompue

1. Le *langskip* est un bateau viking long, plat et étroit très maniable, improprement appelé drakkar par les romantiques français au XIXe siècle.

et de cautériser les plaies en espérant que l'infection n'avait pas atteint l'os. Et pour cela, elle allait avoir besoin du frère Oswald.

— As-tu déjà vu mourir quelqu'un de ce genre de blessures ?

— Oui. Je suis un guerrier depuis ma prime jeunesse. La gangrène entraîne une mort que je ne souhaite pas à mon pire ennemi. Et dans ce cas, le plus souvent, nos chamans sont singulièrement démunis. Vos prêtres sont peut-être plus efficaces ?

— Les prêtres de notre prieuré ont déjà sauvé des vies en cas de grave infection… Encore faut-il qu'ils le veuillent bien. Et l'autre guerrier ? Le fils du *jarl* ? Où en est-il ? dit-elle en désignant du menton une forme allongée sur la paille et recouverte d'un manteau.

— Bjartr ? Il dort. Enfin ! Il a passé une bonne partie de la nuit à se plaindre de l'inconfort de la paille et des odeurs. Mais il a l'air apaisé et il n'a plus cet horrible œdème autour de la gorge.

Le soulagement dans la voix de Moir était presque palpable.

Bjartr semblait en effet plongé dans un profond sommeil. Sa respiration, irrégulière et bruyante, ne lui disait rien qui vaille.

— As-tu essayé de le réveiller ?

Moir haussa les épaules.

— J'ai cru bon de le laisser dormir.

S'approchant d'un pas vif, Ansithe secoua le jeune homme par l'épaule. Il marmonna une vague protestation mais resta prostré dans un sommeil profond.

Le cœur d'Ansithe manqua un battement. Elle se rappela les derniers jours de son vieux mari. Toujours endormi ou à moitié seulement réveillé, pour avaler quelques gorgées d'un bouillon et sombrer de nouveau dans le sommeil.

Ce jeune homme pouvait être en train de faire une grave réaction allergique aux piqûres d'abeille.

Mais la survie de ces deux hommes, Palni et Bjartr, était sans doute la condition du retour au domaine de son père et de son beau-frère. Ansithe fronça les sourcils. Frère Oswald devrait obtempérer. Il lui faudrait comprendre combien il était important pour tous ici que ces hommes s'en sortent. Refuser d'intervenir par solidarité pour ses frères assassinés n'était plus une option. Le moine avait un devoir plus urgent à remplir.

— Il faut les faire transporter à l'infirmerie du prieuré. Tous les deux.

— Nous allons aider à les transporter. Nous sommes assez nombreux pour effectuer le transport en une seule fois.

Se redressant, Ansithe s'essuya les mains sur son tablier.

— Ce ne sera pas la peine.

Elle appela l'un des garçons de ferme qui attendait avec les autres dans la cour et lui donna ses instructions. En moins d'une minute, quatre hommes étaient là, munis d'échelles sur lesquelles ils allongèrent sans ménagement les deux malades.

Elle adressa un petit salut à Moir qui regardait la manœuvre, une expression indéchiffrable dans son œil bleu.

— Nous aurions pris davantage de précautions, remarqua-t-il finalement d'une voix brève. Ils ont quasiment jeté Bjartr sur l'échelle et heurté la jambe blessée de Palni contre le chambranle de la porte…

Ansithe croisa les bras.

— Ils vont être entre de bonnes mains. Frère Oswald est un excellent soignant. Je te donnerai de leurs nouvelles dès que j'en aurai.

Il la saisit par le bras.

— Pourquoi ne s'en est-il pas occupé plus tôt ?

Ansithe prit une profonde inspiration.

— Parce qu'il a refusé de le faire. Il vous craint et vous hait à la fois. Plusieurs de ses frères ont été massacrés lors de l'invasion de la Grande Armée. Maintenant, si tu le permets, il va falloir que j'aille le convaincre de faire son devoir.

— Sait-il seulement ce que mes hommes et moi avons fait pendant cette campagne ? Nous ne nous en sommes jamais pris à des hommes sans armes. Nous n'avons combattu que des guerriers.

— Oui, tu l'as déjà dit, il me semble.

Ansithe attendait qu'il lui lâche le bras. Mais, au contraire, sa poigne se resserra.

— Moir !

— Attends. Je te demande d'attendre.

Il dit à ses compagnons quelques mots en langue norroise, dont Ansithe ne possédait que quelques rudiments. Plusieurs protestèrent et deux parurent exprimer leur inquiétude concernant le sort de leurs camarades. Tout le monde savait que les prêtres de la Nouvelle Religion buvaient le sang de leurs victimes au cours d'étranges rituels.

Ansithe roula des yeux. Elle avait à peu près compris leurs propos, mais elle aurait été bien incapable de leur expliquer dans leur langue la véritable nature de la foi chrétienne. C'était là la fonction d'un homme d'Église. Et il était grand temps que le frère Oswald se comporte comme tel. Non comme un fanatique aveuglé par ses préjugés. Ces pauvres hères n'étaient que des êtres affamés et apeurés. Non des bêtes sauvages.

Elle regarda avec insistance les doigts de Moir toujours crispés sur son bras et il relâcha lentement son étreinte. Instinctivement, elle posa sa main là où, un instant plus tôt, reposait celle de son interlocuteur.

— Si tu veux voir comment tes amis sont installés, tu peux venir avec moi. Mais tes hommes restent là, sous bonne garde. Je vais demander qu'on leur apporte à manger. Et de la litière fraîche, ajouta-t-elle en fronçant le nez. Ils pourront aller se laver au puits à tour de rôle. Pas question qu'aucun de vous ne tombe malade.

Une lueur fauve traversa le regard de son interlocuteur.

— Trop aimable.

— Je t'en prie… Par contre, il va falloir te lier les mains.

Aussitôt, il lui tendit ses poignets meurtris.

— Bien volontiers, si c'est le prix à payer pour me rassurer sur le sort de mes amis.

Elle alla demander une longueur de corde dans la cour et le ficela soigneusement.

Moir expliqua à ses compagnons ce qu'il allait faire, suscitant chez eux une certaine inquiétude. Mais quand il leur assura qu'ils allaient pouvoir se sustenter de bon porridge et de petite bière, et se laver, leur sourire revint comme à de grands enfants.

— Mes hommes me font confiance, dit-il à Ansithe quand ils eurent quitté l'étable.

Ansithe lança quelques ordres dans la cour et pressa le pas.

— Cela signifie-t-il que je devrais en faire autant ?

Il pencha sa haute taille vers elle.

— Oui. Je parle toujours au plus près de la vérité. Cela m'évite de me demander ensuite ce que j'ai bien pu raconter.

Ansithe chassa l'agréable vague de chaleur que la proximité de Moir suscitait en elle. Il était évidemment conscient de son charme, comme tous les hommes jeunes et beaux. Et qui pourrait lui résister, avec ses longs cheveux blonds retombant sur ses épaules en boucles épaisses, son visage fier et ses yeux couleur de ciel ? C'était assurément un homme habitué à obtenir ce qu'il voulait des femmes, comme l'avait insinué la veille un de ses amis.

Les hommes ne faisaient jamais de charme à Ansithe,

sauf lorsqu'ils voulaient obtenir quelque chose d'elle… qui n'était pas son corps. Elle l'avait compris très tôt, dès l'adolescence. Et elle était prête à parier ses plus beaux bijoux que si le Normand usait de sa belle voix mélodieuse et de ses prunelles d'azur, c'était qu'il espérait d'elle une opportunité de s'échapper. Elle était épuisée et Elene lui manquait, comme si elle devait ne jamais la revoir. Et surtout, elle se sentait ridiculement vulnérable. Prise au sortilège de ce bel étranger.

Ansithe se força à sourire.

— Tu excuseras ma méfiance. Mais après le raid que vous avez mené contre ma maison, sans même songer à nous demander l'hospitalité…

— … Tu n'es pas prête à m'accorder ta confiance. Je le comprends. Un jour, tu auras peut-être l'occasion de t'apercevoir que nous, gens du Nord, nous sommes meilleurs amis qu'ennemis.

Elle fronça le nez. Apparemment, il n'était pas déstabilisé par sa réponse. Il l'avait même prévue.

— Tous les hommes du Nord ? Tu m'as pourtant mise en garde contre Guthmann.

— Guthmann est un Danois, je te l'ai déjà dit. Il n'appartient pas à notre peuple.

Son regard clair soutint celui d'Ansithe, semblant entrer dans son âme jusqu'à une place où peu parvenaient à pénétrer. Elle se redressa sans ciller. Elle n'avait à craindre personne. N'avait pas à rendre de comptes à quiconque. Elle n'avait rien fait dont elle pût avoir honte depuis le jour où sa mère était morte à cause d'elle.

— Je veux gagner ta confiance, répéta-t-il et Ansithe sentit sa voix l'envelopper, dorée et limpide comme le miel de printemps de ses abeilles. Je te jure, Lady Valkyrie, ajouta-t-il, que je ne viole jamais une promesse que j'ai faite librement.

— Pourquoi attaches-tu tant d'importance à ce que je pense de toi ? demanda-t-elle, la bouche sèche.

Il resta silencieux un long moment. Ansithe sentait sa respiration s'accélérer. Elle ne pouvait détacher les yeux des reflets d'or que le soleil allumait dans les cheveux de son interlocuteur. Elle avait conscience que son regard s'attardait trop longtemps, qu'il allait se moquer d'elle.

— Parce que cela compte beaucoup pour moi, dit-il enfin, rompant le charme. Cette réponse doit te suffire.

Le cœur d'Ansithe battait à se rompre.

— Vraiment ?

Il eut un geste de ses mains liées.

— Conduis-moi à mes amis. J'ai hâte d'être rassuré sur leur sort.

Quand ils arrivèrent à l'infirmerie du prieuré, le frère Oswald faisait les cent pas devant la porte. Les deux blessés gisaient sur leurs échelles là où on les avait laissés, dans la poussière. Moir étouffa un grondement.

— Frère Oswald, qu'est-ce que cela signifie ? s'exclama Ansithe en montrant les deux Normands. J'ai fait mener ces hommes ici pour qu'on les soigne. Pas pour qu'on les jette sur le sol comme de vieux sacs de grain.

Frère Oswald, son long corps décharné tremblant de rage, brandit vers elle un index accusateur.

— Vous… Vous l'avez fait exprès, Lady Ansithe. Vous savez que je ne veux pas de ces créatures du Diable ici. Je ne le tolérerai pas. Je vais en parler à votre sœur aînée. Lady Cynehild a toujours fait preuve de plus de bon sens que vous.

— Voulez-vous que je l'appelle ? suggéra Ansithe en montrant du doigt la porte grande ouverte du hall, à peu de distance de là. Tout ce que veut Cynehild, c'est qu'on lui ramène son mari sain et sauf. Et le meilleur moyen d'y parvenir, c'est de soigner ces deux hommes au plus vite.

— Ce ne sont pas des hommes mais des créatures de l'Enfer. S'ils meurent, c'est que Dieu l'a voulu, affirma théâtralement frère Oswald, les bras levés vers le ciel. Irez-vous contre la volonté de Dieu, Lady Ansithe ?

— Si cela fait revenir ma famille saine et sauve, avec joie !

— Mais c'est un blasphème !

— Le blasphème, frère Oswald, c'est de laisser des hommes blessés couchés à même le sol et sans soin, rétorqua Ansithe en scandant ses mots. Ouvrez les yeux, grand Dieu, vous qui n'avez que Son nom à la bouche !

— Je le répète, ce ne sont pas des hommes mais des êtres sortis tout droit des ténèbres.

Ansithe sentit la main de Moir se refermer sur son poignet.

— Calme-toi, Valkyrie, murmura-t-il à son oreille. Tu vas l'irriter davantage et nous aurions tous à y perdre. Moi, toi, ta famille et surtout Palni et Bjartr.

Elle respira un grand coup. Moir avait raison, une fois de plus. Il fallait adopter une autre stratégie. Faire appel à la vanité du frère, peut-être.

Baissant la tête, elle s'approcha de lui et dit d'une voix humble :

— J'ai failli, mon Frère. Malgré votre enseignement, je ne suis qu'une misérable pécheresse.

Le prêtre, désarçonné, se balança d'un pied sur l'autre.

— Je n'irai pas jusque-là, Lady Ansithe. Vos bons réflexes nous ont sauvé la vie, quand ces diables aux cheveux jaunes nous ont attaqués.

— Oui, sans doute… Mais je me suis montrée bien présomptueuse en croyant pouvoir maintenir en vie les prisonniers blessés. Or vous savez que seule la rançon que nous pourrons obtenir en les rendant à leurs chefs pourra payer celle de mon cher père. Et du mari de ma sœur.

De nouveau, elle inclina la tête et ajouta, les yeux baissés, les mains jointes :

— Je me suis trompée et je le regrette du fond du cœur.

Le prêtre toussota, visiblement touché.

— Vous avez toujours eu bon cœur, mon enfant, mais vous ne connaissez rien à la médecine.

Moir décida de jouer lui aussi sa partie. Se laissant tomber à genoux devant le prêtre, il joignit les mains à son tour.

— Je vous en conjure, mon Père, prenez soin de mes amis même si vous pensez qu'ils ne le méritent pas. Montrez que votre Dieu et vous-même pouvez avoir pitié de nous, pauvres mortels.

Le prêtre se signa et commença à réciter le *Notre-Père* en déroulant les perles de son rosaire. Aussitôt, Moir l'accompagna de sa voix chantante. Frère Oswald s'interrompit et le regarda, bouche bée.

— Comment connais-tu cette prière ? s'enquit Ansithe avant que le prêtre ait pu le faire lui-même, visiblement contrarié qu'un païen puisse prononcer les paroles sacrées.

— Dans mes débuts de jeune soldat, j'ai visité Constantinople. Et c'est là que j'ai eu l'occasion d'entendre cette prière dans la grande église qui s'y trouve. C'est une prière très émouvante, et qui convient pour tous les habitants de la Terre, ne trouvez-vous pas ? Pensez-vous qu'elle pourrait aider mes amis à retrouver la santé ?

Il sourit tandis qu'un rayon de soleil illuminait sa chevelure blonde, entourant son visage d'un halo de lumière.

Ansithe se détourna fermement de lui.

— Frère Oswald, je vous en prie, aidez-moi à soigner ces hommes. J'ai besoin d'eux pour payer la rançon de mon père et du mari de ma sœur.

Le moine claqua la langue, irrité.

— Mais je l'ai déjà fait ! Je vous ai apporté pansements et médecines. C'est plus que la plupart ne feraient.

— Je n'ai pas reçu le don de la guérison, contrairement à ma sœur cadette, se lamenta Ansithe en tendant vers lui des mains impuissantes. Mais elle vient de partir pour la cour de notre roi. Vous êtes le seul ici à pouvoir les guérir. Vous seul avez le savoir nécessaire. Si Dieu vous a donné ce don, n'est-ce pas pour soigner vos semblables ?

Le moine eut un haut-le-corps.

— Mon semblable ? Cette créature ? éructa-t-il en tendant un doigt tremblant vers Moir, toujours à genoux. Regardez-le ? N'est-il pas le portrait vivant du Diable, avec ses cheveux jaunes et ses yeux pâles ? Et comment ose-t-il réciter nos prières de cette façon grotesque ?

— Il veut vous honorer, pas vous offenser. Il ne songe qu'à sauver ses hommes.

— M'honorer ? Peut-être est-il sincère, puisque Dieu ne l'a pas encore foudroyé, mais franchement, milady, il me met mal à l'aise.

— Le prêtre fera-t-il ce que tu lui demandes ? interrogea Moir en se remettant sur ses pieds. Il parle trop vite pour que je le comprenne.

— Alors, laisse-moi parler. Ne te mêle de rien.

Il retint son regard prisonnier un long moment.

— Que se passe-t-il, Lady Ansithe ? s'inquiéta frère Oswald.

Elle lui répondit en latin :

— Il est venu avec moi pour s'assurer que ses amis seront bien soignés. Il n'a pas confiance. Voyez-vous, ajouta-t-elle en baissant la voix, on raconte dans leur pays que vous, prêtres chrétiens, vous buvez le sang des infidèles. Je lui ai dit et répété que vous étiez très compétent, mais il a préféré s'en assurer par lui-même. J'ai besoin qu'ils vivent, frère Oswald. C'est le seul moyen pour moi de faire revenir mon père et mon beau-frère.

Le moine ne l'écoutait plus. Il n'avait retenu que quelques mots.

— Ils croient cela, vraiment ? balbutia-t-il, très pâle. Que nous buvons leur sang ?

— C'est incroyable, ce qui peut se raconter, n'est-ce pas ?

Frère Oswald jeta un coup d'œil prudent en direction de Moir, qui le dominait d'une bonne tête.

— Ils ne connaissent même pas notre Dieu, siffla-t-il entre ses dents.

— Ils pourront constater par eux-mêmes l'efficacité de ses œuvres au travers de vous, rétorqua habilement Ansithe avec un sourire angélique.

Tout à coup, la face osseuse du moine s'alluma d'un feu intérieur.

— Peut-être puis-je leur montrer la Voie du Seigneur, en effet… Et si Dieu m'avait mis à l'épreuve pour sonder mon cœur et mes reins et s'assurer de la vigueur de ma foi ? Notre évêque n'a-t-il pas dit récemment quelque chose sur notre devoir de prêcher les païens ?

Ansithe retint son souffle. La première étape était gagnée. Il serait toujours temps de faire son examen de conscience plus tard.

— Vous êtes un homme bon, mon Frère. Je n'en doutais pas.

Frère Oswald parcourut les deux malades d'un œil puis d'une main d'expert et déclara qu'avec de bons soins, ils devraient s'en sortir. Ansithe, le cœur battant, fit signe à ses gens de transporter les hommes dans l'infirmerie du prieuré. Mais Moir s'interposa d'une voix forte. Si on voulait bien lui délier les mains, il s'en chargerait avec le moine.

Quand Palni et Bjartr furent à l'abri, Moir et frère Oswald rejoignirent la jeune femme au milieu de la cour.

— Je ferai de mon mieux pour les soigner, déclara le moine. Je vais montrer à ces païens que notre Dieu est plus puissant que les idoles qu'ils perdent leur temps à honorer.

À son tour, Moir lui adressa un sourire béat.

— Mon Père, en vous suivant jusqu'ici, j'ai eu l'impression que le toit de chaume de votre chapelle avait bien besoin d'être refait. Si Lady Va… Ansithe m'y autorise, mes hommes et moi, nous allons nous en occuper pendant que vous exercez vos talents sur nos deux compagnons.

Frère Oswald leva les yeux au ciel.

— Merci, mon Dieu, de m'envoyer ce miracle ! Mes prières sont enfin récompensées.

— Croyez-vous vraiment que vous pourrez les sauver, mon Père ? demanda Moir.

S'interrompant dans son action de grâce, Oswald abaissa vers lui un regard empli de lumière.

— Je ferai de mon mieux. Ils sont entre les mains de Dieu, mais je déteste perdre un malade, fût-il un mécréant. Maintenant, allez réparer ce toit pendant que je m'occupe de vos frères.

Ansithe s'empressa de rebrousser chemin, Moir sur les talons. Mais elle n'avait pas fait une dizaine de pas qu'elle se retournait pour lui demander :

— Comment savais-tu que cette chapelle avait besoin de réparations ?

Son prisonnier tourna vers elle un regard pétillant de malice.

— D'après mon expérience, depuis que je suis dans ce pays, les toits des chapelles et des églises ont toujours besoin de réparation.

Il étouffa un petit gloussement et demanda à son tour :

— Mais il reste un détail à régler. Lady Ansithe nous accordera-t-elle le loisir de nous en charger ?

Ansithe opina du chef.

— Tes amis et toi, vous disposerez chaque jour de quelques heures pour effectuer ces travaux. Et ne t'inquiète pas pour tes deux malades. Si frère Oswald dit qu'il peut les tirer de là, c'est que c'est vrai. Maintenant qu'il est sur sa lancée, il fera de son mieux.

Moir saisit son pendentif entre deux doigts et en caressa lentement la boule d'ambre.

« Le devoir toujours avant le plaisir », lui avait murmuré sa mère sur son lit de mort. Ces paroles avaient le don de l'apaiser. Depuis, il savait toujours ce qu'il avait à faire.

Il ralentit l'allure et effleura le bras de sa compagne.

Elle tourna à peine la tête vers lui.

— Qu'y a-t-il encore, Normand ?

— Je te dois beaucoup, Lady Valkyrie. Merci d'avoir plaidé la cause de mes compagnons auprès du père guérisseur. J'aurais eu du mal à trouver quelqu'un par ici.

Elle ne retira pas son bras.

— Frère Oswald n'est pas un de vos chamans aux pouvoirs magiques. C'est un frère infirmier, doté d'une solide culture médicale. Quant à mon aide, rien de plus normal. À mes yeux, toutes les vies sont dignes d'être sauvées.

Il eut un sourire.

— Palni et moi sommes de vieux compagnons de route, expliqua-t-il. C'est un vieil ami. S'il est là, à mes côtés, c'est parce que je le lui ai demandé. J'ai assez de sang sur les mains sans y ajouter le sien.

Il connaissait ses torts, du moins ceux de son *felag*. Et la jeune Mercienne était venue les examiner dans l'étable. Elle avait pris les dispositions nécessaires, même en sachant les réticences qu'elle allait rencontrer auprès du moine apothicaire. Il tiqua en repensant à la pierre à moitié descellée dans le mur de l'étable. S'ils avaient réussi à s'échapper, étant donné l'état de la jambe de Palni, ils n'auraient jamais pu regagner le campement d'Andvarr. Et en ce moment, il serait peut-être en train de creuser la tombe de son ami. Contrairement à ce qu'il craignait, Ansithe avait tout fait pour les tirer d'affaire. Elle les avait traités beaucoup mieux qu'ils ne le méritaient.

Ansithe reprit sa marche.

— Il faut que j'aille annoncer à tes hommes que frère Oswald va essayer de sauver deux des vôtres. Dis-leur aussi, ajouta-t-elle avec un petit rire étranglé, que, à ma connaissance, ce brave homme n'a jamais bu de sang humain.

Moir comprit aussitôt qu'il fallait redorer leur blason.

— Si tu me laisses ma liberté de mouvements pour le faire, je te promets que ce toit sera réparé en moins de temps qu'il n'en faut pour le dire. Mes hommes seront heureux de travailler pour gagner leur pain, s'empressa-t-il d'ajouter. Nous travaillerons pour la santé de nos amis. Il est évident que votre domaine a besoin de bras, en ces temps de guerre. Faisons en sorte de le remettre en état pour le retour de ta famille.

Ansithe trébucha et, instinctivement, Moir tendit la main pour la retenir. Leurs deux visages se rapprochèrent et il se perdit dans la contemplation des yeux de la jeune femme. Saurait-il dire un jour quelle était leur couleur exactement ? Brun, vert, gris… Il crut même y distinguer un peu de bleu.

Elle s'écarta enfin.

— Quelles sont tes intentions, exactement ? s'enquit-elle enfin, le regard élargi.

— Il y a amplement de quoi nous occuper par ici jusqu'à ce que ton régisseur revienne avec les gardes qui doivent nous escorter.

Il se mit à énumérer sur ses doigts tous les travaux en attente, outre le toit de chaume de l'église, celui de la grange et les murets écroulés ici et là.

— Si ces travaux n'ont pas été encore entrepris, c'est qu'il y a de bonnes raisons.

— Mais il y en a moins pour laisser les choses en l'état quand on peut faire autrement. Ton père ne sera-t-il pas impressionné par tout ce qui aura été fait pendant son absence ?

Une lueur traversa le regard de la jeune femme. Elle porta la main à sa gorge comme sous l'effet d'une vive émotion, puis son visage redevint impassible.

— Mon père, impressionné ? Ce n'est pas son habitude. Surtout en ce qui me concerne.

Moir fronça les sourcils. Après tout ce qu'elle avait fait et les risques qu'elle avait pris pour défendre leur domaine, l'*ealdorman* avait pourtant de quoi être fier de sa fille. Mais ce n'était pas à lui, étranger, de se mêler de leurs affaires. Ce qu'il voulait, lui, c'était revenir dans son clan la tête haute. Faire travailler ses hommes était le meilleur moyen de les faire patienter dans de bonnes conditions en attendant qu'une occasion de s'enfuir se présente. Sur le chemin du retour avec leur escorte, par exemple. Pas question d'affronter Guthmann s'ils pouvaient l'éviter !

— Un manoir entouré de terres bien entretenues est un atout indéniable.

Ansithe se mit à mâchonner sa lèvre inférieure.

Il s'obligea à porter son regard sur la cour du manoir, qu'ils avaient rejointe. Cette fille n'était pas pour lui, de toute façon.

— Et toi, personnellement ? reprit Ansithe. C'est ainsi que tu payerais ta dette de vie ? En réparant le domaine ?

— Oui. Et tu as ma promesse que les hommes ne chercheront pas à s'échapper. Nous avons tout intérêt à ce qu'on nous ramène chez nous bien tranquillement.

Ansithe balaya les bâtiments d'un regard neuf. Elle ne voyait plus son aspect accueillant et familier, ses vieilles pierres dorées par le soleil, ses rosiers qui accrochaient partout leurs fleurs épanouies. Mais au contraire les trous dans le chaume, les portes qui pendaient sur leurs gonds, et le muret à moitié effondré qui entourait l'enclos aux cochons. Sans compter les bois alentour dont les arbres trop vieux ne pourraient bientôt plus être exploités.

Oui, des bras supplémentaires ne seraient pas de trop. Ces hommes ne seraient plus simplement des bouches à nourrir mais contribueraient à la prospérité du manoir, Après tout, ces prisonniers étaient sous sa responsabilité et c'était à elle de décider. Ecgbert n'aurait pas été d'accord, évidemment. Et il serait parvenu à convaincre Cynehild de le soutenir. Mais puisqu'il n'était pas là…

Moir avait raison. Si elle pouvait montrer une fois de plus à son père ce dont elle était capable, ce serait une raison supplémentaire pour qu'il la garde à ses côtés au lieu de s'entêter à lui trouver un parti avantageux.

— Et vous donnerez tous votre parole que vous ne chercherez pas à vous enfuir ? Vous promettrez sur l'honneur ? Une manière de payer votre dette de vie, en quelque sorte ?

Il eut un rire bref.

— Tu en sais plus sur les coutumes de mon peuple que tu ne veux bien le dire, Valkyrie.

Le surnom flatteur, maintenant qu'elle en connaissait le sens, autant que ce beau rire sonore remplirent Ansithe d'une douce chaleur. Elle prit une profonde inspiration. Elle savait ce que valaient les compliments des hommes. Mais le regard brûlant du Normand lui faisait regretter de ne pas avoir été dotée de plus de charmes.

— Je n'ai pas beaucoup voyagé, mais j'écoute ce que les voyageurs ont à raconter. Jures-tu sur ce que tu as de plus cher au monde que tu ne chercheras pas à t'enfuir ?

— Tout ce que je veux, Lady Ansithe, c'est ramener mes hommes vivants chez nous, dans notre clan. Je veux pouvoir regarder mon *jarl* droit dans les yeux et lui dire : *C'est fait. J'ai franchi les obstacles mis sur ma route, ton fils a fait ses expériences et te revient indemne. Et nous voilà devant toi, tous, sauf celui qui a commis la plus grave erreur. Entraîner ses compagnons à la faute par manque de réflexion.*

Moir frappa sa poitrine d'une claque sonore et ajouta d'une voix forte :

— Je te le jure par Odin et par Frejya. Mes hommes et moi ne nous enfuirons pas d'ici.

Leurs regards se nouèrent. Il y avait dans les yeux clairs de son compagnon une lumière chaleureuse qu'Ansithe n'y avait pas encore remarquée. Il serait si facile de se laisser déstabiliser par un tel regard. Mais il fallait prendre le temps de réfléchir plutôt que de se laisser aller à de telles élucubrations. Son robuste bon sens lui avait évité de sombrer dans la folie durant ses deux années de mariage. Ce n'était pas maintenant qu'elle allait se laisser emporter.

— Pourquoi acceptes-tu si facilement de jurer, Normand ?

Le regard de Moir se détourna.

— J'ai fait une promesse, il y a longtemps et j'ai l'intention de m'y tenir en dépit des embûches rencontrées sur mon chemin. Je ferai tout ce qui est en mon pouvoir pour mener ma mission à bien jusqu'au bout.

Elle l'étudiait sous ses cils baissés. Il ne disait pas tout ce qu'il y avait sous cette promesse, c'était certain.

— Alors, marché conclu ? insista-t-il.

— Marché conclu, dit-elle en lui tendant la main.

Les doigts de Moir se refermèrent sur les siens avec une fermeté mêlée d'une étrange douceur. Rien à voir avec la main molle et tremblotante de son vieux mari. Ni avec celle, moite et grasse, du sieur Cédric, son voisin.

Puis, dans un geste inattendu, il porta la main d'Ansithe à ses lèvres. Elle sentit sa bouche chaude effleurer sa paume aussi furtivement, aussi délicatement qu'une aile de papillon se posant à peine pour déjà repartir. Quelque chose de très doux bougea dans la poitrine de la jeune femme, comme une fleur qui s'ouvre sous la caresse du soleil.

Elle retira sa main d'un geste vif. Elle n'avait pas le droit de s'abandonner à ce genre de fantaisies. Tant que son père et le mari de sa sœur étaient en exil, elle ne devait plus penser qu'à eux.

— Ne me le fais pas regretter…

La voix d'Ansithe était aussi peu assurée que possible. Presque essoufflée. Et ses joues devaient être ridiculement empourprées.

— Je suis ravi que tu fasses enfin preuve de bon sens, Valkyrie.

Elle ouvrit la bouche pour protester contre ce surnom ridicule. Mais, contre toute attente, elle éclata de rire.

— Tu es impossible !

— J'aime t'entendre rire. Tes yeux étincellent comme des diamants. Et je suis sûr, ajouta-t-il avec un sourire taquin, que tu aimes qu'on te compare à une guerrière.

Ansithe se rembrunit. Combien de fois avait-elle regretté de ne pas être le fils dont son père aurait fait un jeune et invincible guerrier ! Combien de fois avait-elle regretté de ne pas pouvoir remplacer ce fils que sa mère avait perdu en tombant de cheval par sa faute !

— Ce que je ne serai jamais. Chez nous, mon sexe me l'interdit. Je ne serai jamais le fils tant désiré par mon père.

Le bleu des yeux de Moir s'assombrit.

— Je ne comprendrai jamais pourquoi vous, Merciens, n'autorisez pas les femmes à prendre part au combat. Si les Merciens avaient eu des archers comme toi à Ashdown, la victoire nous aurait coûté beaucoup plus cher.

— Changer nos lois et nos coutumes est en dehors de

mon pouvoir. Et je ne suis pas certaine que je prendrais plaisir à tuer mon prochain. Même pour sauver mon pays.

Les yeux de Moir parcoururent lentement sa compagne, depuis la couronne de ses nattes enroulées sur sa tête, jusqu'à ses pieds.

— Chez nous, personne ne trouverait anormal qu'une jeune femme aussi bien bâtie, souple, mince et puissante à la fois devienne une combattante. Ce serait un honneur pour notre clan de l'avoir parmi nous. Et ce serait un honneur pour elle de se battre.

— La vie est ainsi faite, trancha Ansithe, qui voulait autant le remettre à sa place que se rappeler elle-même à la raison. Tu es un Lochlannah[1], et moi je suis de Mercie. Et surtout, tu es mon prisonnier. La seule chose qui m'intéresse, pour ce qui vous concerne tes hommes et toi, c'est la rançon que vous représentez pour me permettre de racheter mon père. Et quand il reviendra, je retournerai à ma place. Aux tâches pour lesquelles je suis habile. M'occuper de cette maison, élever des abeilles et tisser la laine et le lin.

— Et ces gens de ta famille que tu veux libérer, en valent-ils la peine ?

Elle se croisa les bras, soudain songeuse. Son père, oui, sans aucun doute. Du reste, son devoir l'exigeait. Elle ne pouvait être responsable de la mort de ses deux parents. Et non plus être tenue responsable du malheur de Cynehild et de son enfant. Si Leofwine revenait, peut-être son aînée lui pardonnerait-elle le rôle qu'elle avait joué dans l'accident qui avait causé la mort de leur mère ? Mais elle n'était pas tenue de fournir des explications à Moir. Il ne l'avait jamais encore interrogée sur sa vie et elle n'aimait pas se donner en spectacle.

1. Terme scandinave qu'on employait au Moyen Âge pour désigner les habitants des actuels pays scandinaves, Suède et Norvège, et qui signifie littéralement habitant du Pays des Lacs.

Menteuse, chuchota une petite voix tout au fond d'elle. *Tu ne veux pas qu'il apprenne que tu es une meurtrière, tout simplement.* Car c'était bien cela, n'est-ce pas ? Elle avait tué sa mère. Du moins, c'était l'accusation que lui avait lancée son père à la figure après l'accident.

Et sitôt qu'il l'avait pu, il l'avait mariée. Comme pour se débarrasser d'elle. Et sans se soucier que le mari en question avait trente ans de plus qu'elle.

— Mon père est un homme juste. Ses fermiers et ses paysans l'apprécient et le respectent. Il a toujours fait de son mieux à l'égard de ses filles, même si ce n'était pas toujours facile.

Elle ne mentait pas tout à fait. Après la tragédie, son père ne l'avait pas complètement abandonnée. Et quand son vieux mari, Eadweard, était mort, et que son beau-fils avait exigé qu'elle quitte la maison, n'ayant aucune raison de la garder puisque son père et elle n'avaient pas eu d'enfants, l'*ealdorman* l'avait autorisée à regagner le manoir familial. Il avait continué à se soucier d'elle, à sa façon, bien qu'il n'ait jamais pu dissimuler la rancune qu'il éprouvait à son encontre.

De nouveau, une fossette se creusa sur la joue brunie de Moir.

— Tu es la personne la plus compliquée que j'aie rencontrée depuis longtemps. Mais personne ne pourra dire impunément devant moi que tu ne vaux pas un guerrier de notre pays.

— Nous sommes arrivés, le coupa Ansithe en s'arrêtant devant la porte de l'étable. Informe tes hommes de la promesse que tu viens de faire, veux-tu ?

— Avec plaisir, Lady Valkyrie.

Moir s'inclina galamment devant elle et, poussant la porte, regagna d'un pas allègre sa prison.

Chapitre 6

— Ansithe ! Les Normands sont sur le toit de l'église.

Cynehild fit irruption dans le rucher où Ansithe avait trouvé refuge après avoir sermonné Owain et informé ses gens des nouvelles décisions concernant les Normands. Elle avait l'intention d'informer sa sœur de l'accord qu'elle avait conclu avec Moir au sujet des travaux dans le domaine quand elle se serait ressaisie. De toute façon, les rayons des ruches détruites lors de l'attaque devaient être écrasés et mis dans des seaux pour récupérer le miel. Elle regarda le soleil, déjà bas sur l'horizon. Ses travaux lui avaient pris plus de temps que prévu.

— Je sais, répondit-elle à sa sœur en transférant les derniers rayons de miel dans le seau. Ils sont en train de le réparer.

Cynehild la dévisagea, bouche bée.

— Et tu ne m'en as pas parlé ?

— Je te l'aurais dit si je t'avais vue. Je te savais occupée à superviser le travail des femmes pour le tissage. Il n'y avait aucune urgence, que je sache.

Le regard de Cynehild se rétrécit.

— Es-tu en train de me dire que tu laisses errer à leur guise dans le domaine des hommes qui ont failli nous tuer ? Et que tu n'as pas jugé bon de me prévenir ? Comment veux-tu que je ne désespère pas de tes capacités à tenir correctement une maison et à assumer des responsabilités ?

— J'ai parfaitement tenu cette maison jusqu'à ton retour.

— En faisant régner la terreur, oui. Nos gens ne se seraient pas risqués à te désobéir, de peur de recevoir une flèche au travers de la gorge.

Ansithe, furieuse, reposa brutalement la ruche sur le sol.

— Vraiment ? Je fais peur à nos gens, dis-tu ? Il me semble que, jusqu'à présent, la seule personne dont j'ai failli transpercer le cou d'une flèche, c'est ce Normand qui nous attaquait chez nous. Avant cela, tout le monde ici riait bien de mes manies de tirer à l'arc et de me comporter comme un garçon manqué. Ne te moquais-tu pas toi-même à ce propos le matin même de l'attaque ?

Cynehild, l'air soudain navrée, plaqua ses deux mains sur ses joues.

— Grand Dieu, ma sœur ! Je ne sais pas pourquoi j'ai dit cela. Tu nous as sauvé la vie, à nous tous. Et tu as sauvé mon petit garçon. Pardonne-moi. Ma langue va parfois plus vite que ma pensée… Mets-toi à ma place. J'étais tellement surprise de voir ces Normands libres de leurs mouvements et perchés sur ce toit. Je te cherchais partout et ne te trouvais pas…

Ansithe, la gorge serrée, concentra son attention sur son ouvrage. Les accusations de sa sœur n'avaient rien de nouveau, mais cela faisait toujours aussi mal.

— Il faut que j'en termine avec cette ruche, marmonna-t-elle, les yeux baissés sur son travail.

Cynehild s'approcha d'elle, les mains tendues.

— Ansithe, s'il te plaît. J'aimerais vraiment que nous soyons amies. Je voulais seulement comprendre ce qui se passait avec ces hommes. Après tout, ce sont des prisonniers !

— S'ils sont sur ce toit, c'est parce que frère Oswald

souhaiterait qu'il soit réparé avant qu'ils fassent d'autres travaux sur le domaine. Nous étions d'accord sur le fait que j'étais responsable de nos prisonniers. Et, à mon avis, c'est le meilleur usage que nous puissions en faire.

— Je n'ai jamais dit que tu n'étais pas responsable d'eux. C'est justement pour cela que je viens te voir. Pour que tu saches qu'ils ont un comportement tout à fait indécent et qu'il faut qu'ils descendent de là au plus vite.

— Pourquoi ? Que se passe-t-il ?

— Figure-toi que je voulais aller prier saint Oswald et saint Aidan pour le retour de Leofwine, commença à expliquer Cynehild en s'essuyant les yeux avec le coin de son tablier... Comme je le fais chaque soir depuis leur disparition, à notre père et à lui. Mais, franchement, il est impossible de se concentrer. Si tu les voyais...

Cynehild priant tous les soirs ? Première nouvelle.

— Si je voyais quoi ?

Cynehild se mordillait les lèvres, visiblement gênée.

— Viens voir et tu comprendras ce que je veux dire.

— Si c'est le seul moyen d'avoir la paix !

Ansithe alla se rincer les mains dans un baquet d'eau fraîche et suivit sa sœur.

Et elle s'arrêta net au milieu de la cour.

Il faisait tellement chaud que Moir et ses hommes avaient retiré leur tunique et travaillaient à moitié nus. Les larges épaules, le torse bruni par le soleil de Moir, sa taille souple attiraient irrésistiblement le regard. Et celui de sa sœur comme le sien.

Ansithe sentit sa bouche s'assécher. Elle frémit au souvenir du contact des lèvres du jeune homme sur sa paume.

Puis elle comprit que Cynehild attendait sa réponse.

— Je vois ce que tu veux dire, dit-elle après avoir repris son souffle. On pourrait être distrait à moins, en effet.

Elle espérait que ce qu'elle venait de bredouiller avait un sens.

— Oui, n'est-ce pas ? Tu entends ce vacarme ? Dans la chapelle, c'est tout à fait assourdissant. J'en ai la tête qui tourne.

Ansithe s'arracha à la contemplation du torse de Moir.

— Ce vacarme ?

— Oui. De quoi pensais-tu que je parlais ? Je ne m'entends pas prier.

Ansithe s'humecta les lèvres.

— Oui, bien sûr. Je vais voir ce que je peux faire.

— Oui, s'il te plaît. Qu'on ne puisse prétendre que je n'ai pas fait tout ce qu'il fallait pour que Dieu me rende mon cher Leofwine.

Ansithe prit la main de sa sœur entre les siennes. La jeune femme avait l'air anxieuse, presque égarée. Elle n'avait jamais imaginé que l'opinion des autres puisse compter pour Cynehild à ce point.

— Personne n'oserait jamais penser cela de toi. Tout le monde ici sait combien tu es une bonne mère et une bonne épouse.

Sa sœur la gratifia d'un sourire reconnaissant.

Ansithe se rapprocha de la chapelle et, les mains en porte-voix, appela Moir. Se laissant aussitôt dégringoler en bas de son perchoir, le jeune Normand vint les rejoindre en s'essuyant les mains sur ses braies. De si près, le fin réseau de cicatrices qui ornait son poitrail était bien visible. Il portait un drôle de collier autour du cou, fait d'un lacet de cuir et d'une grosse perle d'ambre qui bougeait à chacun de ses mouvements.

Ansithe détourna les yeux.

— Vous avez fait du bon travail, commenta-t-elle pour dire quelque chose. Frère Oswald sera content, lui qui s'est plaint tout l'hiver de la pluie qui lui tombait dans le cou quand il disait la messe.

— J'espère que, de son côté, il respecte notre engagement et qu'il prend soin de mes amis.

— Je connais bien frère Oswald et je lui fais confiance. Je voulais te dire… Tes hommes et toi, vous dérangez ma sœur pendant ses dévotions.

Le jeune Normand lui adressa un regard interrogatif.

— Nous dérangeons ?

— Oui, précisa Ansithe. À cause du bruit.

Comme si elle avait besoin de préciser !

La fossette sur la joue du jeune Normand se creusa.

— Ah ! Le bruit… Oui, bien sûr. Dans ce cas, nous terminerons demain matin. La journée est bien avancée.

Il lança un ordre bref à ses hommes qui remirent leurs tuniques, ramassèrent leurs outils et regagnèrent le plancher des vaches.

— Serait-il possible de se baigner ? De là-haut, j'ai vu un lac, pas très loin.

L'imagination fertile d'Ansithe fit aussitôt se matérialiser dans son esprit échauffé le spectacle de Moir entrant, complètement nu, dans l'étang aux poissons. Elle déglutit péniblement.

— Se… baigner ?

— Oui. Nous avons travaillé dur. Un bon bain frais nous revigorerait agréablement. C'est presque aussi bien qu'un sauna.

— Nous n'avons pas de sauna ici. Et nous n'en avons guère besoin.

Il leva un de ses blonds sourcils.

— Dommage. Se baigner dans l'eau glacée après une bonne séance de sauna, je ne connais rien de tel. Tu auras peut-être l'occasion de découvrir ce plaisir-là un jour…

Ansithe haussa les épaules.

— Le garçon d'écurie va vous accompagner. Cynehild lui donnera de quoi vous sécher.

Les yeux de Moir dansaient tout en la regardant, comme s'il avait pu voir, aussi clairement que des fresques peintes sur un mur, les audacieuses images qui traversaient la cervelle de la jeune femme.

— Mes hommes te sont très reconnaissants. Cette liberté nouvelle leur fait beaucoup de bien.

Tournant brusquement les talons, Ansithe se dirigea vers le manoir. Autant éviter d'avoir le moindre commerce avec ce Normand. Elle aurait vite fait de se débarrasser de ce trouble qui s'emparait d'elle en sa compagnie.

La journée avait été aussi chaude que la veille. Moir essuya la sueur qui inondait son torse puis, s'asseyant un instant sur le faîte du toit, examina son travail de la journée. Les travaux s'étaient avérés plus complexes qu'au premier abord, mais le dernier carré de chaume venait d'être mis en place. Les autres avaient, eux aussi, bien travaillé mais Hafual, l'un des deux jeunes compagnons de Bjartr qui l'encourageaient sans cesse à prendre de mauvaises initiatives, avait déclaré qu'il lui fallait aller chercher une dernière provision de lattes de bois pour le toit. Moir avait le désagréable sentiment que le jeune homme cherchait tous les prétextes pour s'éloigner.

Et justement, voilà qu'il manquait à l'appel.

— Quelqu'un a vu Hafual ? N'est-il pas encore revenu avec ses lattes ?

Les deux hommes qui étaient encore avec lui sur le toit baissèrent les yeux sur leur tâche, comme soudain pressés d'en finir.

— Rassurez-moi, les gars. Il n'a pas fait de bêtise ?

Ses deux interlocuteurs haussèrent les épaules d'un

même geste. L'inquiétude commençait à tarauder Moir. Ils savaient tous pourtant ce qui leur pendait au nez. Si un seul homme manquait à l'appel ce soir, ils seraient de nouveau séquestrés dans l'étable. Personne ne pouvait avoir envie de repasser par là.

— Quand l'avez-vous vu pour la dernière fois ?

— Il n'y a pas bien longtemps, répondit enfin un des deux hommes. Juste quand je suis redescendu la dernière fois pour aller boire. Il m'a dit qu'il allait chercher une dernière ration de bois, au cas où on en aurait besoin.

Le plus jeune des deux, un rouquin à l'air intelligent, se mit à se dandiner.

— Rien d'autre ?

— Hier soir, il nous a parlé de sa femme, qui est sur le point d'accoucher. Il se faisait du souci pour elle.

Son camarade haussa encore les épaules.

— S'il est parti, il n'y a plus qu'à lui souhaiter bon vent.

Moir grinça des dents. À sa connaissance, Hafual n'était pas marié. Il était plutôt atteint du même mal qui avait fait que son père avait abandonné ses compagnons prisonniers pour tenter sa chance tout seul, il y avait des années de cela, causant leur mort à tous. Leurs geôliers s'étaient vengés sur eux de la trahison d'un seul.

— Je vais partir à sa recherche. Et souhaitez-moi de le retrouver avant les gens d'ici. Sinon, je ne donne pas cher de sa peau, ni de la vôtre.

— Et nous ? gémit le plus jeune, qui mesurait soudain les conséquences de leur erreur de jugement.

— Continuez à travailler. Il ne faut pas éveiller les soupçons. Si quelqu'un me demande, vous direz que je suis parti chercher du chaume… Je ne suis pas sûr que vous ayez bien compris, les gars. Nous nous en sortirons tous ensemble, ou pas du tout. Pas question que l'un de nous rentre tranquillement chez lui pendant que les autres serviraient d'amuse-gueule à Guthmann.

Les deux hommes opinèrent du chef, terrifiés. Ils venaient de mesurer le poids de leur erreur.

Moir embrassa la cour du regard, tâchant de se mettre à la place d'un gars pas très malin qui chercherait à jouer pour son compte. Même lui, pourtant habitué à se déplacer en toutes circonstances, ne se hasarderait pas à s'échapper en plein jour. La cour paraissait vide mais on entendait des cris étouffés, comme des appels provenant d'on ne sait où. Son corps se tendit, prêt à s'élancer, mais il se contraignit à rester tranquille. Il n'allait pas se mettre, comme Palni, à s'exciter au moindre bruit.

Maintenant, quelqu'un tapait et grattait à la porte de la porcherie.

S'y précipitant, Moir donna trois petits coups discrets contre le panneau de bois.

— Sors de là, Hafual. Ça sent meilleur dehors.

— Je ne peux pas. C'est bouclé de l'extérieur. Quelqu'un m'a enfermé en prétendant que je trouverais des lattes supplémentaires ici. Mais il n'y a rien et cet imbécile m'a enfermé.

En effet, en y regardant de plus près, Moir vit que la porte avait été bloquée avec un pieu qui n'avait pas pu arriver ici tout seul. Il le fit tomber d'un coup de pied, intrigué et mal à l'aise. Quelqu'un avait-il suivi Hafual ? Ce quelqu'un était-il parti prévenir Ansithe ? Et pourquoi l'avait-il enfermé ?

— Dépêche-toi de sortir d'ici.

Le jeune homme émergea de la porcherie, sa tunique maculée de fumier.

— Comment m'as-tu retrouvé ?

Moir rit de soulagement.

— Tu as beau faire, mon vieux, tu ne grognes pas

encore comme un cochon. Et les lattes de bois ne sont pas entreposées ici… Qui a bien pu te faire croire que c'était là que tu les trouverais ? demanda-t-il encore, remettant le pieu en place.

Hafual fit la grimace.

— L'un des garçons de ferme. Le blond avec une grosse tête. Il m'a même accompagné jusqu'ici, m'a laissé rentrer et a bloqué la porte avec ce pieu. J'ai bien cru ma dernière heure arrivée. Imagine qu'il m'ait enfermé là avec les cochons !

Moir haussa un sourcil.

— Alors, tu n'essayais pas de t'échapper ?

Hafual secoua la tête frénétiquement.

— Ça ne risque pas. Mon oncle faisait partie des otages qui sont morts quand ton père s'est échappé. Ce n'est pas moi qui trahirais mon *felag*.

Moir serra les poings.

— Et tu fais bien. Au cas où tu en douterais, moi non plus. Je ne suis pas mon père.

Le jeune homme hocha la tête.

— Je n'ai jamais pensé ça.

— Si nous restons bien soudés, nous nous en sortirons tous.

Moir ajouta en poussant son camarade vers le portail :

— Mais avant de rejoindre les autres, va donc te baigner dans l'étang. Sinon, cette nuit, personne ne voudra de toi dans l'étable.

— Mais, le jour va bientôt tomber…

— Va te baigner, je te dis. Peut-être que, par la même occasion, cela te rafraîchira les idées. Désormais, tu ne feras plus un pas sans me prévenir, compris ?

Hafual acquiesça piteusement et fila vers l'étang sans demander son reste.

— Quel est le problème, Moir ? Je croyais que tu réparais le toit, pas que tu t'amusais avec les cochons ?

La voix claire d'Ansithe traversa la cour tandis qu'Hafual émergeait de l'étang, nu et ruisselant comme l'enfant qui vient de naître.

— Il n'y a pas de problème, rétorqua Moir. Mon camarade s'est égaré en allant chercher des lattes de bois. Mais le voilà réapparu. Juste à temps pour le souper.

— C'est ce que je vois. J'ai entendu des bruits bizarres par là-bas.

Une légère brise plaquait le bliaud de la jeune femme sur ses cuisses, moulant ses longues jambes. Elle portait son arc et son carquois en bandoulière.

Moir jouit du spectacle un moment puis se ressaisit. Donner libre cours au désir qu'il éprouvait pour Lady Ansithe ne ferait que compliquer les choses. Mais c'était une personne qu'il commençait à admirer et même à apprécier.

— Ce n'est rien. Un simple malentendu.

En espérant qu'elle le croirait. Inutile de compliquer les relations avec les gens du cru.

— Un malentendu ? Admettons. Veillez à ce que cela ne se reproduise pas, tous les deux.

Avalant sa salive, Hafual hocha la tête puis il s'empressa de rejoindre ses camarades sur le toit de l'église.

— Le toit est presque terminé, annonça Moir, s'abritant les yeux de la main pour mieux voir. Il ne nous faut plus qu'une bonne pluie pour vérifier qu'il est bien étanche.

— Vous, Normands, vous êtes de fameux ouvriers, il faut bien l'admettre. Suis-moi, ajouta-t-elle en posant sa main sur son bras. J'ai à te parler.

Moir se raidit. Ce n'était donc pas pour admirer leur ouvrage qu'Ansithe était sortie. Il fit signe à ses hommes de continuer leur travail et rejoignit la jeune femme qui s'était éloignée de quelques pas. En s'approchant, il remarqua ses sourcils légèrement froncés et sa bouche crispée.

— Qu'est-ce qui ne va pas ? Quelque chose est arrivé à Palni ? À Bjartr ? s'enquit-il, anticipant les mauvaises nouvelles.

Décidément, rien ne sortirait de bon de cette expédition.

— Frère Oswald nous a donné des nouvelles de ses patients. Bjartr a repris conscience et vient d'avaler un grand bol de porridge. Il a fait une grave réaction aux piqûres d'abeilles mais s'en remet parfaitement. Une chose est sûre, il n'a pas d'avenir dans l'apiculture…

Elle s'interrompit, se mordillant nerveusement la lèvre.

— Et Palni ? interrogea Moir.

Son cœur se mit à battre douloureusement. Son ami méritait mieux que de mourir sur une terre étrangère.

— Frère Oswald craint que l'infection ne s'étende à la jambe tout entière. Il est possible que l'os soit atteint. Peut-être saurons-nous un jour guérir ce genre de choses, mais pour l'heure, il faut se mettre entre les mains de Dieu.

Moir grinça des dents. Les infections de ce genre pouvaient progresser très vite. Si l'os n'était pas atteint, on pouvait sauver le malade en pratiquant une amputation.

— Il craint ou il est sûr ?

— Il pense qu'il va falloir opérer. Mais il ne sait pas jusqu'où. Il voulait que je te consulte avant l'intervention. Mais tu étais parti à la recherche de ton homme disparu.

— L'intervention a-t-elle commencé ?

— J'ai ordonné de commencer mais…

— Puis-je le voir ?

— Le père a demandé qu'on le laisse travailler tranquillement. Je suis chargée de… de te contenir, ajouta-t-elle avec un demi-sourire.

Moir serra les lèvres.

— Je suis décidément très prévisible.

— Frère Oswald a ajouté qu'il fallait dire à tes hommes que s'il parvenait à juguler l'infection, Palni pourrait sans doute survivre. Mais que c'était à Dieu d'en décider. Pas à lui.

— J'espère que son Dieu est plus fiable que celui de mes ancêtres.

— Le diras-tu à tes hommes ?

— Quel est le problème ? Cherches-tu à me dire que frère Oswald craint des représailles de notre part si Palni ne survit pas ?

Ansithe fit la moue.

— Bjartr a refusé qu'on opère son camarade. Il a insisté pour que je te consulte d'abord.

Moir s'élança au travers de la cour, franchit en quelques enjambées celle, plus petite, du prieuré et poussa la porte de l'infirmerie.

Le frère Oswald, debout devant la fenêtre, semblait attendre, le visage impassible. Bjartr, penché au-dessus du patient, le veillait, le regard farouche. Dans sa main, Moir vit luire la lame d'un couteau de table.

— Je vois que tu vas beaucoup mieux, mon ami, dit-il à Bjartr en s'efforçant de garder une voix égale. Tant mieux. Tu vas pouvoir aider tes camarades au lieu de paresser dans un lit.

— Tu vois bien que je ne suis pas dans un lit, objecta Bjartr d'une voix aiguë. Je suis occupé à sauver la vie de Palni. Ce charlatan veut prendre le sang de mon ami.

— Absurde.

Bjartr battit des paupières. Le sang lui monta au visage.

— Comment ? Nierais-tu l'évidence ? Serais-tu devenu son complice ?

Bondissant sur lui, Moir lui arracha le couteau des mains.

— J'ai dit absurde. Complètement absurde. La mission de ce moine est de sauver les âmes. Et aussi, s'il le peut, de sauver des vies. S'il déclare qu'il peut démontrer le pouvoir de son Dieu, qu'il en soit ainsi. Je veux tout mettre en œuvre pour sauver Palni... Maintenant, tu sors de là. C'est un ordre.

Bjartr commença à reculer.

— Mais moi aussi, je veux le sauver.

Moir se tourna vers le père apothicaire.

— Votre Dieu et vous, vous pensez pouvoir sauver notre camarade ?

Le prêtre, visiblement soulagé, se laissa tomber sur un tabouret.

— Sauver sa jambe, rien n'est moins sûr. Mais sa vie, oui, je pense que c'est possible.

— Alors, faites votre devoir.

Sur ces mots, Moir saisit Bjartr à bras-le-corps et le jeta sur son épaule comme un vulgaire sac de grain.

— Faites-moi savoir quand c'est terminé, lança-t-il avant de sortir. Je reviendrai le voir.

Il regagna l'étable avec sa charge et jeta Bjartr sur la paille fraîche. Puis il ressortit aussitôt et verrouilla soigneusement la porte derrière lui tandis que le jeune homme tapait contre le panneau en protestant.

Alors, la colère de Moir s'échappa de lui d'un seul coup et il se laissa tomber sur le sol, adossé contre le mur. Un bruit de pas lui fit rouvrir les yeux. Ansithe était devant lui.

— Frère Oswald m'a demandé de rester avec toi, expliqua-t-elle. Il t'est reconnaissant de ton intervention et pense que tu as besoin de soutien.

— Le sort en est donc jeté, soupira Moir.

Il tapota le sol à côté de lui.

— Assieds-toi donc ici. Toute forme de distraction est bonne à prendre.

Elle obtempéra sans relever l'ironie et s'assit si près que leurs deux corps se touchaient presque.

— Ton ami a-t-il de la famille ?

— Une fille mariée et mère de famille. Il a un petit-fils et un autre en cours de route. Cela fait des années qu'ils ne se sont pas vus mais Palni me disait il n'y a pas longtemps qu'une fois la situation stabilisée en Angleterre, il ferait venir sa famille ici. Ils s'installeront tous ensemble sur de nouvelles terres, plus fertiles que par chez nous.

Moir concentra son attention sur le toit de chaume dont la paille toute neuve, d'un beau jaune d'or, brillait dans le soleil. Les projets de Palni de se retirer dans une ferme avaient tout l'air de l'ultime morceau de bravoure d'un guerrier vieillissant. Avec une jambe en moins, c'en serait évidemment fini de sa carrière militaire. Et, hélas, peut-être aussi de ses projets de devenir fermier.

— Et ce ne sera plus possible maintenant ? s'enquit Ansithe d'une voix douce.

— S'il perd sa jambe, cela restera à jamais un rêve. Il y a peu de chances que notre *jarl* confie une terre à un infirme.

Moir se frappa les poings l'un contre l'autre, rageur.

— Je le lui ai dit cent fois : « Il ne faut pas rêver. Si tu es gravement blessé, tu risques de tout perdre. Retire-toi tant qu'il est temps. » Mais il a toujours été un homme d'action. Il a perdu sa femme il y a longtemps et il a toujours préféré courir par monts et par vaux… Par les mers, surtout. C'est avec lui que j'ai visité Constantinople. Ceci dit, quand j'aurai une terre, il trouvera toujours une place chez moi, si sa famille ne veut pas de lui.

— Pourquoi ferait-elle cela ? Les enfants ont des devoirs vis-à-vis de leurs vieux parents, n'est-ce pas ?

Moir soupira.

— On verra… Palni est un vieux loup solitaire.

— Frère Oswald croit qu'il va pouvoir sauver sa jambe. C'est quelqu'un de très expérimenté.

Ansithe posa une main légère sur le bras de Moir et une douce sensation de chaleur lui remonta jusqu'au cœur. Il chercha dans ses souvenirs la dernière fois où quelqu'un avait essayé de lui apporter du réconfort en le touchant. Sa mère, probablement, juste avant de mourir.

— Espérons, souffla Ansithe, si près qu'il sentit son souffle tiède sur sa joue. Peut-être pourra-t-il se construire l'avenir qu'il désire.

— Pourquoi frère Oswald t'a-t-il envoyée ?

— Je ne servais à rien, là-bas. J'aurais été capable de m'évanouir. Il nous fera prévenir quand ce sera fini.

Elle ajouta en haussant les épaules :

— J'ai pourtant passé des jours et des nuits à veiller sur mon vieux mari malade ! Je détestais cela.

— Ce n'est tout de même pas pour ça qu'il t'avait épousée ?

— D'une certaine manière, si… Il était mal en point depuis longtemps. Une blessure de guerre mal guérie. Mais cela n'a plus aucune importance. Il est mort, maintenant.

La jeune femme détourna son regard plein d'ombres et Moir contempla pensivement son profil. Il ne lui était pas venu à l'esprit que sa Valkyrie était veuve. Elle paraissait si jeune. Cette idée le choqua. Jamais il n'aurait voulu prendre femme pour qu'elle le serve et se dévoue à lui corps et âme.

— Avez-vous eu des enfants, tous les deux ?

Ansithe tourna la tête vers lui. Sa bouche n'était plus qu'une ligne mince.

— Malheureusement, non. Mon mariage était un mariage de raison, avec un homme bien plus vieux que moi et déjà pourvu d'enfants. Je suis retournée chez moi sitôt après sa mort. Mon père a accepté de me reprendre parce que sa seconde femme venait de mourir en couches avec son fils. Il avait besoin de moi pour tenir la maison.

— Pourquoi ton père t'a-t-il mariée à un vieil homme ?

— Par intérêt. Ou par raison. Comme tu voudras.

Moir serra les poings. L'*ealdorman* avait sacrifié sa fille pour satisfaire ses ambitions et n'avait pas dû se montrer particulièrement chaleureux avec elle à son retour. Malgré tout, Ansithe prenait des risques énormes pour le faire libérer. Qu'avait-il fait pour susciter chez elle un tel dévouement ? Ce n'était tout de même pas par simple sens du devoir ?

Comme ses hommes étaient maintenant tous redescendus du toit, il leur lança quelques ordres concernant les travaux du lendemain. Ils acceptèrent de bon gré, Hafual approuvant plus fort que tous les autres, et s'en allèrent dans la grande salle où ils étaient accueillis maintenant pour les repas.

« Les hommes vont mieux quand ils ont quelque chose à faire », disait sa mère, remarquable meneuse d'hommes. Et, joignant le geste à la parole, elle lui envoyait un cordage à enrouler ou une lame de couteau à aiguiser.

Il sentait encore le doux parfum de sauge qui émanait des vêtements de celle qui était devenue le chef de leur clan à la mort de son mari. Et elle avait raison. Lui qui était torturé par les circonstances honteuses dans lesquelles était mort son père, le travail lui apportait toujours une forme d'apaisement.

— Si tes hommes accomplissent vraiment toutes les tâches que tu as prévues pour eux, mon père ne va pas reconnaître son domaine.

— Cela fait combien de temps que votre intendant travaille pour vous ?

Ansithe se mit à triturer nerveusement un coin de son tablier.

— Assez longtemps, je crois. Mon père s'en est toqué et il ne supporte pas la moindre critique à son égard. Surtout venant de moi.

— Il est évident que cet individu néglige son travail et ne mène pas ses hommes comme il le devrait, affirma Moir en indiquant d'un geste large des enclos effondrés, des toits de chaume à moitié défoncés, des portes qui pendaient sur leurs gonds, et des mauvaises herbes partout dans la cour. Ce n'est pourtant pas la main-d'œuvre qui manque. C'est comme s'il encourageait les gens à ne rien faire.

Ansithe opina du chef.

— Il y a un bout de temps que je m'en suis aperçue. J'en parlerai à mon père à son retour. Cette fois, peut-être m'écoutera-t-il. Surtout si je lui démontre la collusion évidente d'Ecgbert avec Cédric. Mon père n'a jamais toléré le manque de loyauté.

— Tu en as déjà parlé avec lui ?

— À plusieurs reprises depuis que je suis revenue vivre ici.

La bouche de la jeune femme ébaucha un sourire plein de tristesse.

Moir haussa les sourcils.

— Ton père met son régisseur au-dessus de sa propre fille ?

— Ecgbert sait lire et écrire. Rares sont ceux qui possèdent ces connaissances, en dehors des moines. C'est très utile pour tenir les livres de compte et rédiger les contrats.

— À son retour, en tout cas, il te récompensera pour tout ce qui aura été fait.

— C'est bien là mon idée. Il verra enfin ce dont je suis capable et ne s'obstinera pas à me chercher un nouveau mari.

Le cœur de Moir se serra. Encore une toute jeune femme dont on décidait de l'avenir comme d'une génisse à qui il s'agissait de trouver un maître.

— Oui, bien sûr. Ce n'était qu'un constat. Il est difficile de ne rien dire quand on voit comment on pourrait améliorer les choses, n'est-ce pas ? Et cela m'évite de penser à mes deux compagnons dans la douleur.

Elle posa un doigt sur ses lèvres.

— Écoute… Tout me semble calme. Veux-tu que j'aille voir si frère Oswald est prêt à te recevoir ?

Les jambes de Moir lui parurent soudain de plomb. Il regarda la porte fermée de l'infirmerie, là-bas, dans l'autre cour.

— C'est un peu comme si j'étais à un moment crucial de ma vie, confia-t-il. Les dés ont été jetés mais je n'ai pas trop envie de connaître le résultat.

Elle lui tapota amicalement la manche.

— Tu ne peux pas rester sans savoir.

Moir se figea. Comment pouvait-on être au comble de l'anxiété et désirer à ce point une femme ? Lady Ansithe tentait seulement de lui offrir du réconfort. Pas de partager son lit.

Son fin visage rosit délicatement.

— Pour vous porter chance, à toi et à tes compagnons… Je… Je m'excuse. Je ne le ferai plus.

Ansithe se remit sur ses pieds et Moir l'imita aussitôt. Elle leva vers lui ses yeux couleur de mousse et de fougère. Il ne put s'empêcher de lui caresser la joue.

— Merci pour tout ce que tu as fait pour mes hommes, Lady Valkyrie.

— Je n'ai fait que mon devoir, souffla-t-elle.

La langue d'Ansithe passa vivement entre ses lèvres pour les humecter. Sa jolie bouche aux lèvres pulpeuses prit aussitôt cette jolie teinte rouge des framboises qui, dans son pays du Nord, indiquent au premier coup d'œil qu'elles sont mûres à point.

Il répondit sans la quitter des yeux :

— C'est déjà beaucoup.

Puis ils ne dirent plus rien. Les mains de Moir se posèrent sur les hanches de la jeune femme et il l'attira doucement à lui. Il voulait goûter ces lèvres, vérifier qu'elles avaient ce goût de framboise bien mûre qu'on obtient seulement à la fin de l'été. Elle s'inclina vers lui en vacillant doucement, comme une herbe dans le vent, et il lui prit les lèvres avec un gémissement. Leurs langues se mêlèrent et il approfondit son baiser.

Le cri rauque d'un faisan retentit derrière l'étable, rompant brusquement le charme. Ansithe fit un bond en arrière. Moir n'essaya pas de la retenir. Tout le monde pouvait les voir. Et il était encore son prisonnier.

— Lady Ansithe…

— Va ! chuchota-t-elle d'une voix rauque en pointant un doigt vers l'infirmerie. Va prendre des nouvelles de ton ami. Tu es parfaitement capable d'affronter les bonnes et les mauvaises nouvelles… Moi, j'ai un essaim d'abeilles sauvages à capturer.

Sans attendre sa réponse, elle tourna les talons et se dirigea vers le portail. Il la regarda s'éloigner, les plis de son bliaud de soie verte dansant autour de ses hanches.

Maintenant, il ne désirait plus qu'une chose : découvrir la femme passionnée qui se dissimulait derrière cette froide vestale.

Le rucher avec ses petites maisons bourdonnantes de vie était un des endroits favoris d'Ansithe. Elle introduisit précautionneusement dans l'une des ruches désaffectées l'essaim sauvage qu'elle avait trouvé au creux d'un des tilleuls du verger.

L'attaque inopinée des Normands lui avait coûté plusieurs colonies, certes, mais les autres semblaient avoir repris leur paisible routine. Elle les compta soigneusement. En dépit des sinistres prédictions de Cynehild, ses sœurs et elle pourraient encore récolter du miel jusque tard dans l'hiver.

— Concentre-toi, s'intima-t-elle, encore bouleversée par ce qui venait de se passer entre Moir et elle. Les abeilles savent quand tu as l'esprit ailleurs. C'est à ce moment-là que les accidents arrivent. Ce baiser stupide devrait être déjà oublié.

Mais elle avait beau s'activer, elle ne pouvait chasser de son esprit la haute et mince silhouette du jeune Normand, debout contre le soleil dans la cour du prieuré. Seul mais déterminé. Il avait eu besoin de réconfort. Ansithe l'avait senti tout au fond d'elle, comme un appel sombre et primitif. C'est pourquoi elle avait posé sa main sur son bras, et lui avait rendu ses baisers.

Pour comprendre très vite son erreur.

Elle redressa la ruche qu'elle venait de remplir, s'efforçant de se concentrer sur son travail. Quand leurs lèvres s'étaient jointes, un feu s'était répandu dans ses veines. Jamais Ansithe n'aurait pu imaginer qu'un baiser pût produire en elle un tel bouleversement. Un baiser à la fois tentant et terriblement dangereux. Car on ne pouvait s'en arracher.

Et Moir s'en était allé sans même un regard en arrière.

— Rien d'important ne va arriver, chuchota-t-elle aux abeilles qui s'activaient dans leur nouveau logis comme si elles étaient là chez elles depuis la nuit des temps. Je sais bien à quoi je ressemble et combien je suis singulièrement dépourvue de charme.

Le bourdonnement des abeilles s'accentua, comme si les jolies petites bêtes aux ailes d'or et de lumière protestaient contre cette affirmation. Comme si elles étaient en accord avec son cœur qui semblait répéter à chaque battement : « Qu'as-tu à perdre, Ansithe ? Pourquoi avoir peur de l'amour ? »

Moir avait voulu lui aussi de ce baiser.

Peut-être le voudrait-il encore.

Chapitre 7

— L'intervention est-elle terminée ? Palni va-t-il survivre ?

Le père apothicaire, occupé à prendre quelques notes sur un parchemin, leva les yeux.

— Vous êtes revenu plus tôt que je le souhaitais... Mais, oui, je pense que votre ami va s'en sortir.

Moir se laissa tomber sur un tabouret et se prit la tête entre les mains. Palni était vivant. Par Odin, il était vivant !

— Que votre Dieu soit loué, mon Père. Et sa jambe ?

— Par chance, l'infection n'avait pas encore atteint l'os. Mais si nous avions différé plus longtemps...

Moir avala la boule douloureuse qui lui obstruait la gorge.

— Vous avez sauvé sa jambe... Lady Ansithe disait qu'on pouvait vous faire confiance. Grâce lui soit rendue, à elle aussi. Je n'osais pas espérer...

Lady Ansithe. La femme qu'il venait d'embrasser. Il n'avait pas voulu que cela arrive. Il imaginait ce que diraient de lui Palni et le moine s'ils savaient. C'était la seule femme qu'il n'avait pas le droit d'offenser, et il l'avait fait.

— Nous ne sommes pas des bouchers. Nous respectons les vies humaines.

Sur ces paroles qui faisaient allusion sans ambiguïté au comportement des envahisseurs venus du Nord depuis un siècle, frère Oswald retourna à ses écritures.

Moir alla dans le petit dortoir où reposait Palni, le visage aussi blanc que le drap immaculé sur lequel il reposait. Les yeux du patient s'ouvrirent brusquement.

— Que me reste-t-il de ma jambe ? demanda-t-il d'une voix pâteuse, encore sous l'effet de la forte dose d'opium avec laquelle on l'avait endormi. J'ai perdu la tête, très certainement. Je jure pourtant par le marteau de Thor que je sens encore le sang couler dans mes veines jusqu'à mon pied ! Je peux même remuer les orteils !

Se penchant sur lui, Moir lui administra une tape joyeuse sur l'épaule.

— C'est parce qu'ils sont toujours là, mon vieux ! Frère Oswald a pu trancher la chair malade sans toucher à l'os. Encore une preuve que son Dieu est grand, a-t-il conclu.

S'asseyant au bord de la couche de Palni, il referma sa main sur sa perle d'ambre. Puisque Palni était sauvé, il ferait tout pour devenir un homme meilleur.

— Le pouvoir de son Dieu, grogna Palni. Bah ! Je ne me hasarderais pas à discuter de cela avec lui. Dans ce domaine, il est intarissable.

— As-tu abordé ce sujet ?

— C'est possible. À dire vrai, j'avais le cerveau embrumé par l'opium. Je crois bien lui avoir promis que, si son Dieu me sauvait la jambe, je jetterais au feu mes vieilles idoles.

Il tourna vers la porte entrebâillée des yeux pleins de larmes et ajouta plus haut :

— Je tiendrai parole, mon Frère. Dès que je serai en état de t'écouter, tu pourras me parler de ce Dieu qui fait de si grands miracles.

Le moine posa sa plume et vint se mettre sur le pas de la porte.

— La Charité et l'Amour de mon Dieu sont inépuisables, mon fils, dit-il en regardant Moir droit dans les yeux, comme s'il connaissait toutes ses fautes, y compris sa récente passion coupable pour Ansithe. Il croit au Pardon. Examinez votre conscience et devenez meilleurs, voilà ce qu'il dit à tous ceux en qui il espère.

Les couleurs chatoyantes du couchant fascinaient Moir depuis toujours. Ce soir, le ciel à l'horizon lui rappelait les nuances d'or sombre et de rouge de la chevelure d'Ansithe. Il se reprit aussitôt. Il devait plutôt préparer les excuses qu'il devait lui faire. Et veiller à ce que cela ne se reproduise pas.

Les paroles du moine hantaient son esprit. Le pardon et la pitié étaient deux qualités dont la religion de ses pères était singulièrement dépourvue. Et lui-même, dans ce domaine, avait du pain sur la planche.

Après avoir quitté l'infirmerie, il avait travaillé au côté de ses hommes tout l'après-midi, espérant rencontrer Ansithe pour lui présenter ses excuses, mais elle avait brillé par son absence. Désormais, elle devait le considérer comme son ennemi.

Et lui ne pouvait penser qu'au goût de ses baisers.

— Ne devrais-tu pas être dans l'étable avec les autres ? dit une voix bien reconnaissable dans son dos.

— J'aime regarder le coucher du soleil. C'est ma manière à moi de remercier les dieux. Encore un jour ajouté sur le fil de ma vie.

Il évitait soigneusement de poser les yeux sur la bouche d'Ansithe. En s'astreignant à ne pas penser à ce qui s'était passé entre eux, peut-être parviendrait-il à éviter que cela ne se reproduise ?

— Palni va se rétablir sans dommage pour sa jambe, précisa-t-il sans attendre que son interlocutrice ne le lui demande. Et, ajouta-t-il avec un sourire, pour couronner le tout, il semble en bonne passe de devenir un bon chrétien.

Contrairement à moi, à en juger l'amabilité de votre bon moine à mon égard.

Ansithe lui adressa un sourire éblouissant.

— Il faudra plusieurs semaines à Palni pour recouvrer l'usage de sa jambe. Si Elene revient d'ici là et que vous devez nous quitter, nous lui offririons volontiers l'hospitalité jusqu'à ce que frère Oswald l'estime apte à voyager.

— Vous feriez cela pour lui ?

Moir se passa la main dans les cheveux. Il comprenait la jeune femme à demi-mot. Sa sœur cadette devait être arrivée à la cour, maintenant. Le séjour des Normands au manoir tirait à sa fin. Une vague de nostalgie l'envahit. Jamais il ne s'était senti en paix autant qu'ici, dans ce lieu solitaire à la lisière de la forêt d'Arden.

— J'ai promis et Palni pourra rester. De toute façon, je ne me risquerai pas à contrarier frère Oswald. Il peut devenir féroce, quand il s'agit de protéger ses patients.

— Je vais rassurer de ce pas mes camarades. De toute façon, ils savent que je ne suis pas mon père.

Ansithe se raidit, aussitôt en alerte.

— Que vient faire ton père dans cette affaire ?

Moir jura intérieurement. Ne pouvait-il tenir sa langue ?

— Oh ! Ce n'est rien… Une histoire de trahison sans aucun intérêt. On apprend de ses propres erreurs comme de celles de ses parents.

— Crois-tu que le fils de ton *jarl* va essayer de reprendre les commandes ? s'enquit-elle, changeant avec délicatesse de conversation.

Moir se détendit. La jeune femme manifestait assez de délicatesse pour ne pas l'interroger davantage sur ce terrain sensible.

— Bjartr ? Ça m'étonnerait. Je crois qu'il a compris la leçon. Tout ce qu'il a fait depuis sa sortie de l'infirmerie, c'est de geindre, roulé en boule sur sa paillasse comme un petit chien de manchon.

— Peut-être a-t-il honte de son comportement ? Il n'est pas facile de faire face aux siens quand on a failli.

Ce fut au tour de Moir de s'étonner. Mais lui ne put s'empêcher de formuler sa question à voix haute :

— Parles-tu par expérience ?

— En quelque sorte…

Elle leva vers lui un regard sombre. Moir aurait voulu la soulager mais il se sentait singulièrement démuni.

— Tes prêtres ont raison, je crois. La force du pardon est infiniment précieuse, dans ce cas. Je n'y avais pas songé jusqu'à aujourd'hui.

— J'aime à le penser, moi aussi.

Spontanément, Ansithe posa sa main sur sa manche, et il ne put retenir un sourire tant ce geste lui paraissait maintenant familier. Ils restèrent ainsi de longues minutes, admirant l'ultime feu d'artifice du soleil couchant. Sous son chaud rayonnement, le teint de la jeune femme avait pris la délicate nuance des fleurs de pêcher.

Puis elle retira sa main, et Moir détourna les yeux.

— Apparemment, frère Oswald et son pensionnaire partagent le même amour pour le jeu de la Table du Roi. Ils n'ont cessé d'enchaîner les parties depuis que Palni a repris conscience. Frère Oswald est ravi d'avoir un partenaire à la hauteur… Quand nous jouons ensemble, il prétend que, quand j'en ai assez, je fais exprès de perdre.

— Tu n'aimes pas ce jeu ?

Son interlocutrice fit la grimace.

— Cela me rappelle trop la maladie de mon défunt mari. Il me contraignait à enchaîner partie après partie et appréciait plus que tout de me faire la leçon.

Moir hocha la tête.

— Cela occupe intelligemment les longues soirées

d'hiver. Mais par un temps comme aujourd'hui, je préfère être dehors.

— Voilà un homme selon mon cœur, approuva Ansithe en riant. Cynehild n'aime pas que je passe autant de temps à courir par monts et par vaux. Selon elle, la place d'une dame est à l'intérieur, à filer, à coudre et à chanter. Elle me reproche surtout mon teint, aussi cuit qu'un pruneau, pour reprendre son expression.

Le regard de Moir se posa, comme fasciné, sur les taches de rousseur qui s'égayaient sur le joli nez droit de son interlocutrice. Une idée absurde s'empara de lui. Il aurait voulu humecter son pouce et les recueillir un à un pour les goûter.

Mais il se ressaisit.

— Ta sœur n'est pas objective. Comment surveiller un domaine si on ne voit pas de ses propres yeux ce qui ne va pas ?

Ansithe se détourna.

— Ma destinée est de décevoir toujours mon père. Je ne suis pas le garçon qu'il aurait aimé avoir et je n'ai pas le comportement d'une dame.

— Est-il important de se soucier de son image ? Ne faut-il pas toute une vie pour devenir ce que l'on est ?

La voix de Moir était aussi légère, aussi douce que la brise du soir qu'Ansithe sentait passer dans ses cheveux.

— C'est pourtant ainsi que ma vie a toujours été. Je savais depuis toujours ce que la vie me réservait et ce que mes parents attendaient de moi. Et je sais aussi en quoi j'ai échoué. Pourquoi je ne serai jamais à la hauteur.

— N'est-il pas plus important, parfois, de saisir ce que le présent vous offre ? Le passé est le passé, et le futur se règle souvent de lui-même. Comme pour Palni, par exemple.

Elle tourna vers lui ses grands yeux brun-vert presque trop grands pour son visage. Jamais aucune femme ne l'avait regardé ainsi. Moir sentit ses paroles mourir d'elles-mêmes sur ses lèvres.

— Est-ce pour cela que tu m'as embrassée tout à l'heure ? demanda la jeune femme. Juste pour saisir ce que le présent veut bien te donner ?

Ansithe voulait savoir. C'était le moment ou jamais de trouver une réponse à la question qui lui hantait l'esprit tandis qu'elle travaillait dans le rucher.

— Kyrie… Ma petite Valkyrie…

Ce n'était qu'un murmure, presque une plainte, très douce.

Leurs doigts se nouèrent. Moir l'attira dans le cercle de ses bras. Sa bouche s'arrêta à un souffle de la sienne.

— Kyrie…, chuchota-t-il encore.

Elle bascula la tête en arrière pour rencontrer sa bouche.

Les bras de son compagnon se refermèrent sur elle et l'étreignirent.

Combien de temps restèrent-ils soudés l'un à l'autre, leurs langues se mêlant dans une danse endiablée… ? Elle n'en avait aucune idée.

Quelqu'un toussa dans l'étable, derrière la porte fermée.

Moir s'écarta. Et Ansithe eut soudain très froid.

— Et c'est ainsi que tu crois me répondre ? Par d'autres baisers ? demanda-t-elle d'une voix rauque, essoufflée, qui lui fit presque honte.

— Mais il me semble que, toi aussi, tu m'as embrassé, rétorqua-t-il en souriant dans la pénombre. Mais puisque tu me demandes des comptes pour les baisers que je t'ai donnés, le premier, c'est simplement parce que tu étais là, et que tu avais l'air d'un de ces anges peints qu'on voit dans vos églises.

Elle le dévisageait toujours, se mordillant la lèvre inférieure.

— Et le second ? Il va te falloir trouver une autre

explication. Je ne suis pas ce genre de femmes à qui les hommes volent des baisers. Et je ne l'ai jamais été.

Moir sourit encore.

— Mais je l'ai, cette explication. Parce que tu te tenais là, à mes côtés, dans la lumière du couchant, et que tu me demandais raison de mon premier baiser. Tu paraissais étonnée que je puisse te désirer. J'espère t'avoir prouvé le contraire.

Il ajouta en lui caressant la joue, qu'il trouva aussi doux qu'un pétale de rose :

— Comment mieux te prouver que tu es une femme infiniment désirable ?

Ansithe s'écarta lentement de la chaleur de sa paume. Un geste bien plus difficile qu'elle ne l'aurait cru. Elle aurait voulu se tourner de nouveau vers lui, lui effleurer les lèvres de sa bouche. Voir si ses paroles et ses gestes étaient bien dictés par l'attirance qu'il éprouvait pour elle. Ou si c'était un stratagème pour mieux parvenir à s'enfuir.

— Notre relation n'a pas d'avenir, déclara-t-elle tout à trac. Je ne peux pas décevoir ma famille une fois de plus.

Elle se reprit aussitôt. Elle devait lui donner l'impression d'attendre une demande en mariage. Ou du moins une grande déclaration.

— Je ne demande rien de définitif, Kyrie. Je sais que c'est impossible. Je ne veux rien à quoi tu ne sois préparée. Je sais que ton peuple ne considère pas le mariage du même œil que le nôtre, surtout entre deux personnes d'origines différentes. Je connais le pouvoir de vos prêtres à ce sujet. Je ne veux vivre que dans l'instant. Je suis prêt à recevoir ce que tu es prête à me donner.

Ansithe détourna le regard, pensive.

Vivre dans l'instant. Recevoir ce qu'elle pouvait lui donner… Il ne pouvait imaginer à quel point c'était tentant.

Être dans les bras d'un homme et apprendre ce que c'était que de se sentir chérie. Être appréciée pour autre chose que ses talents à ravitailler la maisonnée en nourriture et à veiller à ce que chaque lit ait des draps propres. Elle soupira. Elle était surtout l'esprit pratique et raisonnable de la maison.

Elle porta ses doigts à ses lèvres. Sa bouche lui paraissait plus vivante depuis que Moir y avait déposé ses baisers. Le soir de sa nuit de noces, elle avait craint plus que tout le lit nuptial. Ce soir, au contraire, elle sentait tout son être fondre de désir, ses entrailles n'étaient plus qu'un feu liquide, tout cela grâce à un seul homme, cet étranger qui devrait être son ennemi et qui pourtant lui paraissait plus proche que la plupart des siens.

— Je dois rentrer…

Mais ses pieds restaient fichés dans le sol et Moir était bien trop près. Si elle se penchait à peine, ses seins frôleraient son torse. La bouche d'Ansithe s'assécha.

— Je t'adresse toutes mes excuses, Lady Ansithe. Du fond du cœur. Je ne t'embrasserai plus, murmura-t-il en la dévisageant de ses yeux brillants.

On aurait dit deux fanaux de lumière bleue.

— … Mais, reprit-il, je veux savoir une chose. As-tu déjà aimé ? Dis-moi la vérité, Kyrie.

— Oui, j'ai aimé tes baisers, admit-elle, incapable de mentir. Mais… la situation est compliquée. N'es-tu pas mon prisonnier ? Et donc mon ennemi ?

— Moi, je ne te considère pas comme telle. Tu as soigné nos blessures, tu as sauvé la vie de deux de mes hommes. Tu nous nourris et tu nous loges. Tu nous as donné la possibilité de préserver notre dignité en nous permettant de travailler. Et tu vas nous aider à rentrer chez nous.

Elle baissa les yeux.

— Permets-moi de trouver cette attirance suspecte. En règle générale, je ne plais pas aux hommes.

Une flamme rousse traversa le regard de Moir.

— Tous les hommes ne préfèrent pas les jolies blondes aux courbes arrondies et au cerveau aussi léger qu'une plume. Pour ce qui me concerne, ajouta-t-il en lui caressant la joue, je suis tombé sous le charme d'une belle archère aux cheveux de flamme et au tir infaillible.

— Tu es une exception.

— Peu importe.

Ansithe ne put retenir un soupir. Pourquoi ne pouvait-elle faire comme ces femmes qui savaient échanger un baiser, se laisser aller avec un homme, sans y attacher d'importance ?

Après tout, ce qui se passait entre Moir et elle, ce n'était que cela, n'est-ce pas ? Une histoire sans importance.

— Il va faire nuit. Cynehild va s'inquiéter. Il faut absolument que je rentre.

Des vociférations leur parvinrent soudain de l'intérieur de l'étable.

— Grand Dieu ? Que se passe-t-il ?

Moir haussa les épaules.

— C'est la voix de Bjartr. Notre jeune homme est de nouveau contrarié. Nous continuerons cette conversation une autre fois.

Il se pencha sur Ansithe qui s'esquiva, si bien qu'elle reçut son baiser sur l'oreille.

Elle rougit, confuse, et quand elle leva les yeux, Moir n'était plus là. Elle entendit sa voix forte dans l'étable, appelant au calme, et aussitôt le tumulte s'apaisa. Ansithe posa sa main sur son oreille. Les baisers des étrangers ne valaient rien. Cela ne pouvait qu'apporter des ennuis. Il valait mieux les oublier. Et, à sa connaissance, le seul remède, c'était le travail.

— À quoi t'amuses-tu, Bjartr ? hurla Moir en entrant dans la grange. Que signifie tout ce raffut ?

Bjartr poussa un soupir à décorner les bœufs.

— Rien, Moir, rien du tout, gémit-il en levant les yeux au ciel. Tu étais bien trop occupé à admirer le soleil couchant avec ta belle pour te soucier de mes ennuis de santé.

Bjartr alla s'asseoir dans son coin, le dos tourné à l'assemblée. La joie de ses camarades devant son retour et les bonnes nouvelles qu'on leur avait rapportées de l'infirmerie avaient laissé place à une tension presque palpable. Hafual marmonna un commentaire que Moir ne parvint pas à entendre. On sentait les prémices d'une sourde querelle, une de celles qui pouvaient gravement compromettre l'entente d'un groupe.

— Je veux davantage de nourriture et un endroit plus confortable, réclama Bjartr d'un ton d'enfant gâté. Tu n'aurais jamais dû me faire quitter l'infirmerie, Moir. Ramène-moi là-bas tout de suite.

Moir souffla furieusement par les narines.

— Ne penses-tu donc jamais qu'à toi-même et à tes petites satisfactions ?

Bjartr le dévisagea, bouche bée.

— Tu oses me parler sur ce ton ?

Cette remarque ne fit qu'attiser la colère de Moir. Il parvint pourtant à rester calme.

— Mesures-tu exactement ce que signifie notre statut de prisonniers, Bjartr ? interrogea-t-il d'une voix plus calme.

— Je veux retrouver la déesse blonde que j'ai vue en rêve. Celle qui m'a apporté le baume qui m'a guéri. Ses mains étaient si douces…

Moir serra les mâchoires. Décidément, ce gamin ne comprendrait jamais rien à rien.

— Elene est l'une des filles du maître de ce domaine. À ce titre, elle mérite notre respect.

Bjartr se leva d'un bond.

— Où est-elle, cette déesse qui m'est destinée ? Amenez-la-moi ! Tout de suite.

— Lady Elene s'est rendue à la cour du roi de ce pays pour y apporter les preuves de notre identité, expliqua Moir, se réfugiant dans la vérité. Quand elle reviendra, nous connaîtrons notre sort. Nous deviendrons les prisonniers de celui des différents seigneurs de guerre réunis là-bas qui aura payé le plus cher pour nous avoir. J'espère seulement que, suivant mon conseil, elle aura réussi à convaincre ton père avant de rencontrer le seigneur Guthmann.

— La jeune déesse est partie ? gémit Bjartr en se laissant de nouveau tomber sur la paille.

Il reprit après un moment de silence :

— Je me suis mal comporté, Moir… Ce n'est pas facile d'être le fils d'un chef.

Moir, désarçonné par la soudaine humilité de l'enfant terrible, battit des paupières. Ansithe avait raison. Si on lui en laissait l'opportunité, le garçon apprendrait peut-être de ses erreurs.

— Nous sommes traités bien mieux que nous n'aurions pu oser l'espérer, Bjartr. Nous travaillons dur pour mériter le peu de liberté que nous avons. Il n'est pas question de gâcher tout cela…

Moir décocha un regard flamboyant à leurs compagnons qui baissèrent les yeux sur leur litière de paille, fraîchement renouvelée.

— Et vous aussi, tonna-t-il à leur intention.

Bjartr, bien que déstabilisé, ne put s'empêcher de revenir à la charge.

— Mon père va payer ma rançon, n'est-ce pas, Moir ?

Moir décida de se montrer optimiste.

— La plupart des pères le feraient.

Bjartr se laissa retomber, la tête entre les mains.

— Mon père ne payera pas. Il ne supporte pas les ratés. Et c'est exactement ce que je suis.

Moir lui jeta un regard de compassion. Bjartr n'était qu'un gamin, finalement. Pas beaucoup plus qu'un adolescent que son père, un homme puissant, traitait alternativement comme une idole ou comme un bon à rien. Mais qui était malgré tout la prunelle de ses yeux.

— En tout cas, il tient à ce que tu reviennes. Et je te ramènerai à lui, contre vents et marées. Tu peux te fier à moi.

Bjartr changea de conversation sans crier gare.

— En tout cas, déclara-t-il en se redressant sur un coude, je vois très bien ce que tu as en tête avec la jolie rousse. Tu vas lui conter fleurette jusqu'à ce qu'elle tombe dans ton lit… Enfin, dans la paille de cette bauge. Ensuite, tu vas t'empresser de prendre la poudre d'escampette. Comme pour les autres !

Moir avança sur son compagnon, l'air menaçant.

— Tais-toi immédiatement ! Tu ne sais pas ce que tu dis.

— On n'aime pas s'entendre dire ses quatre vérités ? Comme c'est curieux, ironisa le jeune homme. Pourtant, la trahison, la rupture des promesses données, c'est une spécialité de la famille, non ? Peut-être même as-tu l'intention d'en faire autant avec nous ?

Moir serra les poings. Bjartr avait le talent de surprendre l'adversaire par ses coups bas. Et lui qui croyait avoir caché son intérêt pour Ansithe. Il ne lui restait plus qu'à oublier le goût de sa bouche, la tendresse de son regard brun-vert, et à se concentrer sur la manière de maintenir la cohésion de son petit groupe. Pas question de trahir son *felag* pour une femme.

— Combien de fois faudra-t-il que je le répète, Bjartr ? rugit-il. Je tiendrai ma promesse.

Après avoir été délivré de leur prison dès l'aube avec ses compagnons par l'un des garçons de ferme, et s'être copieusement restauré dans la grande salle, Moir partit chercher des matériaux pour s'atteler au toit de la grange de battage. Quand il arriva à proximité du bâtiment, des chocs sourds et réguliers sur le sol le surprirent.

En entrant dans le vaste espace encore plongé dans la pénombre, il vit Ansithe occupée à manipuler de lourdes bottes de foin avec sa fourche.

— Il est encore tôt pour se livrer à pareille besogne, remarqua-t-il, se dissimulant difficilement le plaisir qu'il éprouvait à la trouver là.

— Je dois porter du foin dans les prés avant d'aller au rucher. Il y a encore des ruches vides et il va falloir que j'aille chercher des essaims dans la forêt.

— Mais ne serais-tu pas mieux dans la grande salle, à te restaurer en compagnie de ta sœur ?

Ansithe souleva une autre botte avec sa fourche.

— Pour y faire quoi, je te le demande ? Des travaux pour dames ? Depuis que mon père est parti avec ses hommes, je suis plus utile ici.

— Tu as encore des employés de ferme. Et nous sommes là, mes camarades et moi.

Elle s'interrompit dans sa besogne et tourna la tête vers lui. Une longue tige de foin s'était prise dans ses cheveux et Moir brûlait de le lui ôter. Il commanda à ses mains de rester à leur place.

— Je me suis réveillée tôt, et en vérifiant que tout allait bien pour les animaux dans les prés, j'ai vu qu'il allait falloir leur ajouter du foin. Je réfléchis mieux quand mes mains sont occupées. Owain-La-Charrue et les garçons d'écurie ont déjà bien assez de travail avec la traite, le poulailler, les travaux des champs et la garde qu'ils doivent assurer devant l'étable toute la nuit.

— Je t'ai donné ma parole que nous ne chercherions pas à nous échapper.

— On n'est jamais trop prudent.

Elle s'essuya le front d'un revers de main et le haut de sa cotte de toile se plaqua sur ses seins, soulignant leur forme ronde. La gorge de Moir se noua.

— Il faudrait bien qu'il pleuve, poursuivit Ansithe sans se rendre compte de son trouble. Sinon, nous allons devoir entamer le foin emmagasiné pour l'hiver.

— L'air est très lourd. À mon avis, un autre orage ne devrait pas tarder à arriver.

Il parlait machinalement, l'esprit ailleurs.

— Peut-être, approuva son interlocutrice, s'attaquant à une autre botte. Si cela ne t'ennuie pas, j'ai du travail, et toi aussi.

— Veux-tu que j'envoie un de mes hommes pour t'aider ?

Ansithe secoua vigoureusement la tête.

— Je te l'ai déjà dit. Cela m'aide à réfléchir.

— Ou à ne pas réfléchir. Est-ce que ce sont tes rêves qui t'ont réveillée ?

Les joues d'Ansithe se colorèrent d'un vif incarnat.

— Pas précisément. La chaleur m'empêche toujours de bien dormir et Wulfgar fait ses dents. Cynehild a essayé de le calmer mais il a une voix particulièrement perçante. Dans ces moments-là, je me réjouis de ne pas avoir d'enfant.

— Cela arrivera sans doute un jour.

— Cela n'est pas arrivé avec mon défunt mari et je n'ai pas l'intention de faire en sorte que cela arrive à l'avenir.

Moir retint un soupir. Sa Valkyrie était malheureuse et il le sentait.

Il lutta contre son envie de la prendre dans ses bras. Elle avait besoin de lui. Il lui avait offert l'opportunité de choisir la nature de leur relation et il devait respecter sa décision. De nouveau, Ansithe le regarda comme si elle attendait qu'il s'en aille.

— Je voulais te parler de Bjartr…

Elle releva vivement la tête. C'était un sujet sensible car Bjartr, le fils d'un *jarl*, représentait une bonne monnaie d'échange.

— Il redoute de revenir auprès de son père en tant que prisonnier. Évidemment, lui qui voulait jouer au petit chef de guerre, devenir un otage, c'est la honte. J'ai eu beau prétendre que cela lui ferait une bonne histoire à raconter en hiver, cela n'a pas paru le consoler.

Le regard d'Ansithe se concentra soudain sur lui.

— Et toi, qu'as-tu l'intention de faire, quand l'hiver sera venu ? Resteras-tu ici ou as-tu l'intention de rentrer chez toi, dans le Nord ?

— Plus rien ne m'attend là-bas. Mes deux parents sont morts et je n'ai plus de famille. Mon *jarl* a promis aux plus méritants d'entre nous de négocier pour nous des terres.

Elle regarda ailleurs, comme pour signifier que la conversation ne l'intéressait pas tant que cela. Pourtant, elle demanda encore :

— C'est ton intention ? Vas-tu t'installer par ici ou préfères-tu conserver l'état de guerrier jusqu'à la fin de tes jours ?

— À dire vrai, je ne sais pas, expliqua Moir en secouant la tête. Il m'arrive parfois de rêver, comme tout le monde, à une famille, à des enfants que je ferais sauter sur mes genoux.

Une douleur inconnue lui étreignit la poitrine. Il vivait seul depuis la mort de ses parents et il ne lui serait jamais venu à l'esprit que cela pouvait changer. Jusqu'à ce matin, dans cette grange. C'était cette jolie fille qui avait fait naître cette nostalgie en lui et cela lui faisait peur. À quoi bon rêver à des choses qui ne pouvaient se faire ? Ansithe avait sa vie ici, auprès de son père. Sa famille avait besoin d'elle.

— Je me chargerais bien d'exploiter un domaine, dit-il en posant la main sur sa boule d'ambre. Mais pas tout de suite.

Ansithe hocha lentement la tête.

— Je comprends.

Et elle se remit à travailler de plus belle, manipulant ses ballots de paille avec une incompréhensible fureur.

La veille au soir, en faisant sa prière agenouillée au pied de son lit, Ansithe s'était juré de ne plus se jeter à la tête de Moir. Et le soleil s'était à peine levé sur un nouveau jour qu'elle lui faisait presque des avances. Ils s'étaient embrassés deux fois. Et personne ne les avait vus, semble-t-il. Mais Dieu sait comment Cynehild réagirait si elle l'apprenait !

Elle devait oublier le bonheur qu'elle éprouvait dans les bras du Normand. Voilà à quoi devaient servir les corvées qu'elle s'imposait. Sinon, elle le sentait, la journée ne se passerait pas sans qu'elle se jette à son cou. À quoi bon se le cacher ? Ansithe brûlait de sentir de nouveau sur les siennes les lèvres chaudes de Moir. Et voilà qu'il était là, la regardant de ses yeux clairs, comme s'il allait la dévorer. Et bien plus séduisant que tous les rêves de sagesse et de raison qu'elle s'était bâtis durant la nuit.

Et, déjà, elle sentait le feu se rallumer.

— À propos de ce qui s'est passé hier, déclara Moir en se massant la nuque. Je… J'ai agi de manière un peu précipitée. Je m'en excuse. Cela ne doit rien changer entre nous.

— Moi aussi, j'ai réfléchi. Et tu as raison. Nous devons oublier.

Ansithe était douloureusement consciente que sa voix manquait de conviction. Elle avait surtout prononcé ces mots pour se convaincre elle-même. Pour en informer son propre cœur. Depuis que Moir l'avait embrassée, elle ne parvenait pas à penser à autre chose. Ce serait certainement plus facile une fois qu'il serait parti, n'est-ce pas ?

— Oublier, vraiment, murmura Moir, tout près d'elle, faisant écho à ses propres pensées. Oublier nos baisers ? Mais j'y ai songé toute la nuit et j'y songe encore. Je veux t'embrasser encore et encore, Lady Valkyrie. Je ne pense qu'à cela.

Il s'interrompit pour plonger son regard dans le sien.

— Mais je respecterai ta volonté. Je ne veux pas te blesser. Tu as épargné nos vies, à mes amis et à moi. Tu nous as soignés. Et nous avons conclu un pacte.

— Tu ne m'as pas blessée, Moir, articula Ansithe, la gorge nouée. Mais il faut toujours quelqu'un pour se montrer raisonnable, et je l'ai toujours été.

Il hocha la tête, l'air peu convaincu.

— Tout va bien, dans ce cas.

— Bien sûr. Tout va bien.

Elle se remit à son travail, étonnée de ne pas y trouver l'apaisement habituel.

Moir lui prit la fourche des mains et jeta l'outil contre un mur.

— Tu parais bouleversée. Il ne faut pas t'inquiéter, Lady Valkyrie. Je n'ai jamais contraint une femme. Rappelle-toi, je vis dans le présent. Ce qui peut arriver, ou ne pas arriver, ne vaut pas la peine de se tracasser à son sujet. Et j'apprécie par-dessus tout notre amitié, pour aussi longtemps qu'elle durera.

Ansithe baissa la tête. « Notre amitié… » Dieu sait pourquoi, ce mot avait un goût amer dans sa bouche. Il n'était pas question d'amour, évidemment.

— Nous ne pouvons être amis, Moir. Je croyais avoir été claire à ce sujet. Tu es mon prisonnier et rien d'autre.

Il eut un de ses sourires irrésistibles, taquins et tendres à la fois.

— Quel dommage ! Moi qui croyais que nous étions en si bon chemin !

— Eh bien ! Il va falloir changer de direction, rétorqua Ansithe avec aigreur.

— Amants, alors ?

Elle se figea. Impossible qu'elle ait bien entendu.

— Je te demande pardon ?

— Si tu refuses d'être mon amie, peut-être accepteras-tu de devenir mon amante ?

Dieu sait pourquoi, Ansithe se rappela les jeunes gardes que son beau-fils avait incités à tenter de lui voler des baisers dans la maison familiale. Quelques-uns n'avaient pas hésité à lui faire ce genre de propositions déplacées. Son cœur lui murmura qu'il n'y avait aucune comparaison possible entre ces jeunes inconscients et Moir. Mais elle refusa de l'entendre.

— Au revoir, Normand. Je crois avoir autre chose à faire que d'entendre des insanités.

Le regard de son compagnon s'obscurcit.

— Je te demande pardon, Lady Valkyrie. J'essayais simplement de comprendre quelles étaient nos relations exactement.

Ansithe plaqua les mains sur ses tempes. Elle sentait la colère monter en elle autant contre elle-même que contre le beau Normand. Contre lui parce qu'il voulait se servir d'elle et contre elle parce qu'elle ne demandait que ça.

— Toi et tes hommes, vous avez attaqué notre maison, émit-t-elle entre ses dents serrées. Il ne peut rien y avoir entre nous. Les intérêts de mon père doivent passer avant toute chose.

— Mais tu es une jeune veuve. Tu as une certaine indépendance, maintenant, surtout quand il s'agit de mener ta vie. Pourquoi ton père passerait-il en premier ?

— Parce que j'ai fait son malheur jadis et que j'ai enfin l'occasion de me faire pardonner.

Moir ramassa la fourche qu'elle avait laissée tomber et la lui tendit.

— Qu'as-tu fait pour lui déplaire, Kyrie ? Aide-moi. J'essaye de comprendre.

Ansithe serra sa fourche contre sa poitrine, comme pour se protéger. S'il s'approchait encore d'un pas, elle allait lui tomber dans les bras. Lui tendre ses lèvres. Et fermer les yeux pour retrouver ce merveilleux sentiment de sécurité. Il valait mieux qu'il la regarde ainsi, avec une expression sceptique, presque méfiante.

— Un jour, il y a longtemps, commença-t-elle d'une voix lente, j'ai cru que les Danois nous attaquaient et j'ai sonné l'alarme. Nous nous sommes échappés, et, dans sa hâte, ma mère a pris un cheval trop vigoureux pour elle. Il a rué et elle est tombée. Elle s'est rompu le cou et l'enfant qu'elle portait est mort. Le pire de cette histoire, c'est qu'il ne s'agissait pas de Vikings mais d'un groupe de moines qui se rendaient à la cour et qui venaient demander l'hospitalité au prieuré pour la nuit.

Contre toute attente, au lieu de la condamner, Moir lui jeta un regard empli de compassion.

— Quel âge avais-tu ?

Elle resserra plus fort ses bras autour d'elle, s'efforçant de chasser de sa mémoire le visage pâle de sa mère allongée sur le sol, et tout ce sang autour d'elle.

— Neuf ans.

— Et ton père a rejeté la faute sur toi ?

— Je l'avais bien mérité.

— Est-ce toi qui as dit à ta mère de s'enfuir ? De prendre ce cheval plutôt qu'un autre ? Et surtout, de quitter l'enceinte du manoir où vous étiez certainement plus à l'abri que dans la forêt ? Il me semble que c'est surtout ton père qui a des torts.

Ansithe se cacha le visage de ses deux mains jointes.

— Ce n'est pas la question. C'est moi qui ai donné l'alarme, sans réflexion. Cela fait des années que mon père m'en veut pour tout ça. Si le manoir est sauf quand il reviendra, si c'est à moi qu'il doit sa libération, alors, il sera obligé de me traiter au moins avec considération. Et de ne pas me traiter comme une marchandise.

— N'aurait-il pas déjà de bonnes raisons d'être fier de toi ?

Laissant retomber ses mains le long de son corps, la jeune femme le regarda bien en face.

— On voit bien que tu n'as jamais rencontré mon père.

— Mais je connais ses filles. Et en particulier celle que j'ai là, devant moi.

Il fit encore un pas vers elle, la bouche entrouverte dans un demi-sourire. Malgré elle, Ansithe se cambra, prête à recevoir le baiser qu'elle espérait avec ferveur. Mais il se contenta de repousser une de ses mèches de cheveux.

Puis il recula avec un petit salut.

— Je vais organiser la journée avec mes hommes. Objectif : refaire le toit de la grange de battage. Bjartr nous a promis de se remettre au travail. Sois prête à entendre sa mauvaise humeur se répandre dans toute la cour.

Ansithe poussa un soupir. Le poids qui l'empêchait de respirer librement depuis quelques jours s'était allégé sensiblement. Elle était heureuse que, sachant tout d'elle, Moir ne la considère pas comme un monstre.

— Cette fois, rétorqua-t-elle en riant, je vais dire à Cynehild de se boucher les oreilles…

Quand il fut parti, Ansithe se laissa tomber sur une botte de foin. Oublier les baisers de Moir, éprouver pour lui de la haine ou du mépris était de plus en plus difficile. Et, inutile de le nier, lui avoir confié son secret lui faisait du bien. Elle commençait même à se demander s'il n'avait pas raison. Était-elle vraiment coupable de cette tragédie qui avait assombri son enfance ? Ou bien son père avait-il trouvé plus confortable de rejeter la faute sur quelqu'un d'autre que lui ? Elle eut une moue sceptique, s'excusant presque pour cette pensée déloyale. Mais le soupçon était toujours là, persistant.

Pourtant, devenir l'amante de Moir ne se pouvait pas. Elle n'en avait pas le droit. Plongeant de nouveau son visage dans ses mains, elle s'efforça de chasser le souvenir de ses baisers, les sensations enivrantes que faisait naître sa bouche sur la sienne. D'oublier combien elle se sentait de nouveau vivante. Enfin femme.

Se levant d'un bond, Ansithe épousseta ses mains sur sa jupe et alla contempler son visage à la surface de l'eau de pluie, dans la barrique à l'entrée du fenil. Toujours les mêmes traits si grossiers qu'on les aurait cru taillés au couteau, toujours ces lèvres trop généreuses et cette bouche trop grande. Une chose était claire. Les compliments de Moir n'avaient qu'un seul motif : la manipuler pour qu'elle les laisse s'échapper, ses compagnons et lui, sans donner l'alarme. Quelle fille ne perdrait pas la tête devant les attentions d'un homme aussi séduisant que lui ?

Ansithe se redressa, le visage fermé. Si seulement, au moins une fois dans sa vie, quelqu'un pouvait l'aimer pour elle-même, au lieu de chercher à tirer profit de la situation !

Chapitre 8

— Baldwine vient de nous faire parvenir un message. Il demande de l'aide, de toute urgence, annonça Cynehild le lendemain matin quand sa sœur entra dans la grande salle pour se restaurer. Il prétend qu'une de ces bandes de maraudeurs qui traînent dans les bois ou des Norrois sont venus lui voler des moutons pendant la nuit.

Ansithe, qui avait, contrairement à son habitude, décidé de passer la journée à l'intérieur pour éviter toute rencontre avec Moir, se laissa tomber sur l'un des bancs encadrant la table. Elle refoula l'irritation qui s'emparait d'elle, comme à chaque fois qu'on évoquait le *ceorl*[1] qui avait jadis sauvé la vie de son père et en avait été récompensé par une métairie. Elle n'avait jamais rencontré homme plus faux et plus manipulateur. Quoi qu'il arrivât d'ennuyeux, ce n'était jamais sa faute. Toujours celle des autres.

— Eh bien, Baldwine attendra ! Il me déteste et ne tient aucun compte de ce que je dis. En temps normal, c'est Ecgbert qui s'y rend.

— Sans doute, mais pour l'heure, rétorqua sa sœur avec cet air supérieur de matrone qui avait le don de mettre

1. Dans l'Angleterre médiévale anglo-saxonne, le *ceorl* appartient à la catégorie la plus basse des hommes libres. Mais il est néanmoins propriétaire terrien.

Ansithe hors d'elle, il est parti avec Elene pour exécuter la mission dont tu les as chargés.

— Oui, je sais, merci. Tu te souviens de ce jour où j'ai laissé par mégarde les vaches s'échapper du pré d'en haut et qu'elles ont piétiné son potager ? Il ne me l'a jamais pardonné. Et il n'a pas fini de faire rire les gens à mes dépens au prétexte que c'est lui qui a dû capturer les pauvres moines que j'avais pris pour des Danois.

— Tu n'avais que neuf ans, Ansithe ! rétorqua Cynehild, laissant son rouet tourner à vide. Personne ne se souvient du rôle que tu as joué dans cette affaire il y a plus de dix ans.

Ansithe dévisagea sa sœur, abasourdie. Ce terrible événement avait bouleversé sa vie entière et Cynehild le réduisait à un simple incident.

— Mais enfin, ma sœur ! Ma mère en est morte.

— Notre mère est morte parce qu'elle montait un cheval trop impulsif pour elle… Je sais que père s'est empressé de blâmer tout le monde sauf lui-même, mais notre mère-grand n'a cessé de lui reprocher d'avoir laissé son épouse enceinte choisir une telle monture. Elle insistait pour qu'on n'aborde jamais ce sujet avec toi car, tout de suite, tu te mettais à pleurer.

Ansithe ne répondit pas, toujours perplexe. En effet, elles n'étaient jamais revenues ensemble sur ce jour sinistre. Elene, quant à elle, était beaucoup trop petite à l'époque pour en garder le moindre souvenir. Cynehild avait raison. Quand on évoquait ce triste événement, leur mère-grand changeait toujours de conversation.

— Cédric y a fait allusion quand il nous a rendu visite. D'après lui, c'était la raison pour laquelle on ne pouvait me confier plus longtemps la garde de nos prisonniers.

Le fil du fuseau de Cynehild se rompit. Elle eut un petit cri de contrariété.

— Cédric ferait mieux de garder ses remarques pour

lui. Du reste, ce n'est pas parce que tu as donné l'alerte en croyant voir arriver des Danois que notre mère est morte.

Une fois de plus, Ansithe dévisagea sa sœur, sidérée.

— Et… Et comment le sais-tu ?

— Parce que j'étais là, dans la cour. Je lui ai dit de ne pas prendre ce cheval qui faisait peur à tout le monde, mais père lui a hurlé d'obéir sans plus tarder. Alors, elle s'est mise en selle, a tiré sur la bouche du cheval qui s'est cabré.

— Mais… tu ne m'en as jamais rien dit jusqu'à aujourd'hui !

Cynehild prit le temps de renouer son fil de laine avant de répondre :

— Parce que mère-grand nous l'avait interdit, comme je te l'ai déjà expliqué. Toi, tu n'en parlais jamais non plus et je ne voulais pas raviver ta peine. Demande, la prochaine fois.

Ansithe hocha lentement la tête. Cela ne changeait rien à cette triste affaire. Son père, lui, lui en voulait toujours. Après tout, c'était elle qui avait commis une terrible erreur en donnant une fausse alarme.

— Père s'est empressé de me marier avec n'importe qui parce qu'il ne supportait pas ma vue.

— Détrompe-toi. Il avait désespérément besoin de cette alliance avec Eadweard. Il pensait que ses terres et ses guerriers le protégeraient de ses voisins du royaume de Wessex. Jamais il n'avait imaginé que la Grande Armée pourrait nous envahir par le nord et l'est. Tu ne parles que de toi et de tes erreurs, Ansithe, ajouta-t-elle avec un soupir excédé. Ne te vient-il jamais à l'esprit que d'autres aussi peuvent en commettre ?

— Tu ne t'es pourtant pas privée de me les rappeler, toi aussi.

— C'était avant que tu ne sauves ma vie et celle de

mon fils. Et que tu sauves aussi notre domaine par la même occasion.

— À ta place, avant de chanter mes louanges, j'attendrais que père et Leofwine soient bel et bien libérés.

Cynehild leva vers elle un regard lumineux.

— Ils rentreront. Les Danois n'ont aucun intérêt à les garder. Surtout avec la monnaie d'échange que tu leur proposes. Et quand ils seront là, je ferai en sorte que père sache ce que tu as accompli. Plus question qu'il te marie de force à n'importe qui.

— Il l'a pourtant fait pour toi aussi.

Reposant son fuseau, Cynehild saisit son fils qui jouait à ses pieds et le serra dans ses bras.

— Les mariages arrangés ne sont pas toujours des échecs, ma sœur. Tu n'as pas eu de chance, voilà tout. En ce qui concerne Leofwine et moi, l'amour n'est pas arrivé tout de suite. Mais quand Wulfgar est né, tout s'est miraculeusement arrangé.

Ansithe qui avait rejoint sa sœur auprès de la fenêtre pour se mettre elle aussi au travail entreprit de démêler ses fils. Un tel miracle ne pourrait survenir, en ce qui la concernait. Son prochain mariage, si elle ne parvenait à l'empêcher, avait toutes les chances de rester stérile. Comme le précédent.

— Tu sais bien que je ne peux pas avoir d'enfants.

— Qui peut l'affirmer ? C'était peut-être la faute de ton mari.

— Il a eu une abondante progéniture avec sa première femme, tu le sais bien.

— Cela ne veut rien dire. J'ai connu d'autres jeunes femmes dans ton cas, elles aussi pourvues d'un vieux mari. Quoi qu'il en soit, ajouta Cynehild en reposant sur le sol son petit garçon qui courut rejoindre les poules qui caquetaient dans la cour, je suis bien heureuse et je t'en souhaite autant. Et puisque Cédric s'est montré désagréable lors de sa visite, il ne te reste plus qu'à aller voir toi-même de quoi il en retourne chez Baldwine.

— Qu'est-ce que Cédric a à faire avec tout cela ?

— Baldwine lui aura parlé à coup sûr de ses moutons volés. Et tu connais notre sourcilleux voisin. Il va vouloir s'assurer que les prisonniers sont bien tous là. Au cas où l'un d'entre eux serait coupable…

— S'il vient, Cédric n'aura-t-il pas l'impression que je fuis mes responsabilités ?

— Tu ne peux pas être à la fois au four et au moulin. Du reste, c'est aussi bien car tu risques de perdre ton sang-froid. Je m'en sortirai très bien, ma chère sœur. Vas-tu pour une fois me laisser prendre des responsabilités sans me renvoyer à mon rouet et à mes fourneaux ?

Ansithe s'interrompit dans sa tâche. C'est vrai, elle était de plus en plus irascible et ne supportait pas les airs de propriétaire de leur encombrant voisin.

— Tu as raison, souffla-t-elle. Je n'ai aucune patience devant cet individu. Je ne supporte plus grand-chose en ce moment. Fais comme tu l'entends, Cynehild. Après tout, c'est toi l'aînée.

Sa sœur lui serra affectueusement la main.

— Merci.

— Je vais aller voir Baldwine. Peut-être ses moutons se sont-ils simplement égarés.

— Emmène ton beau Normand, suggéra encore Cynehild. Il semble avoir de bonnes idées sur la manière de gérer nos terres. Peut-être s'y connaît-il en moutons fugueurs ? C'est un bon meneur d'hommes, en tout cas.

Le regard d'Ansithe se rétrécit. Pourquoi Cynehild tenait-elle à ce qu'elle fasse appel à Moir ? Était-ce une tentative de rapprochement ? Les aurait-elle vus s'embrasser ?

— Pourquoi demanderais-je à Moir de m'accompagner ? Je me suis toujours déplacée seule, jusqu'à présent.

— La région n'est plus aussi tranquille qu'elle l'était. Il pourra te servir de garde du corps.

Ansithe haussa les épaules.

— J'ai mon arc.

Cynehild ne répondit pas. Elle paraissait soudain passionnée par le mince fil de laine qui s'étirait sur son rouet.

— Oh ! Je ne sais pas. Ce sera plus sûr, voilà tout. Et puis, c'est quelqu'un de très rassurant. Ses hommes sont bien assez nombreux pour finir le toit de la grange de battage. Je garderai un œil sur eux, je te le promets.

— Comment connais-tu le programme de leur matinée ? insista Ansithe, soudain méfiante.

Cynehild sourit.

— Il n'y a pas que toi qui as le droit de parler au Normand, n'est-ce pas ? Alors, pour une fois, me fais-tu confiance, oui ou non ?

La gorge d'Ansithe se serra. Se pouvait-il que sa méfiance à l'égard de sa sœur, son mépris même, se voient à ce point ?

— Tu es vraiment impossible, dit-elle enfin. Mais tu es ma sœur et je t'aime !

Après cette conversation, Ansithe n'avait d'autre choix que d'aller rendre visite au métayer avec Moir. L'aisance de leurs rapports avait disparu et, tandis qu'ils marchaient, le silence s'appesantissait désagréablement. Pourtant, à chaque pas, elle était sensible à la vigueur des longues jambes de son compagnon et à l'élégance de sa démarche. Leurs mains s'effleuraient de temps à autre, et, à chaque fois, Ansithe sentait son cœur manquer un battement. Le faisait-il exprès ? Quand elle lui jetait un regard furtif, le visage du Normand était dépourvu de toute expression.

Ils s'arrêtèrent devant la métairie, tous les sens en alerte.

— Je préfère te prévenir tout de suite. Baldwine est comme la plupart des gens d'ici. Il hait les guerriers de la Grande Armée, d'où qu'ils viennent. Son fils aîné est mort lors des premiers combats.

— Je ne suis pas venu avec toi pour me faire des amis mais pour te fournir une protection.

— Une protection ? Je suis parfaitement capable de me défendre moi-même, rétorqua Ansithe en montrant son arc.

Moir haussa les épaules.

— Cynehild m'a demandé de te servir de garde du corps. C'est ce que je fais.

— Ma sœur imagine toujours le pire. Il ne s'agit que d'un voisin qui a perdu des moutons !

— Ta sœur s'inquiétait pour toi. J'ai sauté sur l'occasion pour passer un peu de temps en tête à tête.

Ansithe se raidit. Il voulait passer du temps avec elle ? Après tout ce qu'ils s'étaient dit dans la grange ?

Mais déjà, Baldwine sortait de chez lui, le bonnet de travers et les poings sur les hanches.

— Ce sont les sauvages de la Grande Armée, j'vous dis, Lady Ansithe, décréta le métayer en se grattant le nez. Ce sont eux et personne d'autre.

— Mais pourquoi auraient-ils pris sept moutons et pas les autres ? objecta Ansithe. Ils sont nombreux à nourrir et c'est tout de même plus facile que de multiplier les razzias.

Les oreilles de Baldwine s'empourprèrent.

— Comment j'pourrais l'savoir ? J'ai pas eu l'occasion d'leur demander, figurez-vous. Pas comme vous, quand vous êtes tombée nez à nez avec eux. Hein, Lady Ansithe ?

— Moir, coupa Ansithe en se tournant vers son compagnon. Qu'en penses-tu ?

— Ce sont des rôdeurs, pas des Normands ni des Danois. Si c'était le cas, ils auraient pris du bétail ou des chevaux, pas des cochons. Trop compliqués à transporter.

La large face de Baldwine vira au rouge brique.

— Et pour sûr, Lady Ansithe, vot'ami, y s'y connaît mieux qu'moi dans c'genre d'affaires !

— Moir Mimirson est le lieutenant d'Andvarr, grand chef de guerre normand, et mon prisonnier. Je suis certaine que vous avez entendu dire que nous avons défait une bande de guerriers normands. Non sans avoir demandé en vain l'aide de nos plus proches voisins.

Baldwine, qui avait très bien compris l'allusion, battit des paupières. Puis un sourire perfide s'étala sur son gras visage.

— Oui, je l'ai entendu dire, milady. Mais on raconte tant de choses… Franchement, j'ai eu du mal à y croire. Tout le monde par ici se rappelle le fameux épisode de ces pauvres moines devenus tout soudain de dangereux envahisseurs.

— L'hypocrisie faite homme, marmonna Moir dans le dos d'Ansithe.

Baldwine se hérissa.

— Tu dis quelque chose, Normand ?

— Oui, et je vais parler plus fort, puisque tu es sourd. Montre un peu plus de respect pour ta dame, veux-tu ? Elle en a le droit par son rang et par sa bravoure.

Moir fit un pas vers son interlocuteur, la main sur la garde de son glaive.

Baldwine détourna le premier les yeux.

Ansithe s'interposa.

— Je suis capable de me défendre toute seule.

Moir couvrit sa main de la sienne, large et chaude, avant de s'écarter.

— J'en suis convaincu, milady, mais vous ne devriez

pas laisser vos gens vous insulter. Surtout quand ce sont eux qui sont dans leur tort.

Elle le dévisagea. Bien sûr, il avait raison. Baldwine et les autres essayaient d'utiliser le passé pour l'intimider. Et pourtant, Dieu sait que, pendant toutes ces années, elle avait fait ses preuves.

— Baldwine, si je suis venue jusqu'ici, c'est pour retrouver des moutons disparus, pas pour commenter ce qui s'est produit quand je n'étais qu'une petite fille.

Le métayer lui jeta un regard torve.

— J'dis pas l'contraire, milady, dit-il en frottant son menton hérissé de poil rêche. Mais faut bien r'connaître qu'on s'ra bien contents quand vous aurez trouvé un nouveau mari et que vous s'rez installée chez vous. C'est pas bon pour nous qu'une femme s'mette en tête de tout diriger comme vous l'faites. Messire Cédric a la réputation d'être un bon maître et il a promis…

— Qu'a-t-il promis ? Je ne savais pas que mon voisin s'arrogeait le droit de faire des promesses à nos gens, rétorqua Ansithe d'une voix vibrante. Il ne faut pas vendre la peau de l'ours avant de l'avoir tué, Baldwine. Ne vous l'a-t-on jamais appris ?

Elle regarda Moir d'un air entendu. Eh bien ! Cédric complotait donc derrière leur dos et essayait de soudoyer leurs gens ! Cela valait la peine d'être venu jusqu'ici pour apprendre une chose pareille.

Baldwine, le regard fuyant, ne cédait pourtant toujours pas un pouce de terrain.

— Messire Cédric s'fait beaucoup d'souci à vot'sujet, milady. Il a justement l'intention d'vous rendre visite à propos d'ces moutons qu'ont disparus. C'est pourquoi j'ai été bien surpris quand j'vous ai vue arriver ici avec vot'… prisonnier. Peut-être devrions-nous l'attendre ici. Quand il aura appris chez vous qu'vous étiez v'nue me voir…

Oui, décidément, c'est quelqu'un sur qui on peut compter, messire Cédric.

Ansithe fronça les sourcils. Elle imaginait fort bien le discours de Cédric et sur qui il rejetterait le blâme. Elle savait aussi que si elle ouvrait la bouche avant d'avoir compté jusqu'à dix, elle ne pourrait contenir sa colère.

— Et si nous procédions à une petite enquête plutôt que consulter quelqu'un qui n'a aucune autorité sur ce domaine ? Peut-être trouverions-nous une explication toute simple ?

La voix calme de Moir pénétra le cerveau d'Ansithe que la rage remplissait d'une fureur bouillonnante.

Baldwine dévisagea le Normand comme s'il lui était poussé une deuxième tête.

— Parce que, pour toi, Normand, y en a une aut', d'explication ?

— Montre-nous d'où se sont enfuis les moutons, trancha Moir sans commenter la soudaine familiarité du métayer. Ces bêtes-là sont très habiles à se faufiler partout. Surtout qu'avec les derniers troubles, les gens n'ont pas eu le loisir d'entretenir les clôtures… Le loisir ou la volonté, parce qu'il faut bien reconnaître que votre régisseur néglige ses devoirs, milady. Ce n'est pas la première fois que nous nous en apercevons.

Baldwine semblait sur le point d'exploser mais sa femme, qui était venue les rejoindre, étonnamment vive malgré sa petite taille et son corps replet, le retint d'une main sur le bras.

Ansithe prit une profonde inspiration.

— Voici le propos le plus sensé depuis le début de cette conversation. Allons inspecter ces clôtures immédiatement.

Quand ils en eurent terminé avec l'affaire des moutons disparus de Baldwine, ayant fini par découvrir que les moutons en question s'étaient faufilés par un trou dans la clôture pour goûter l'herbe nouvelle du pré du haut, la chaleur du jour s'était encore accrue. De gros nuages noirs s'amassaient vers l'ouest, annonçant un nouvel orage.

Le temps qu'ils atteignent un bosquet de chênes, sur le chemin du retour, la robe d'Ansithe était trempée de sueur et lui collait au dos et sur le ventre.

— Ton habileté à retrouver des moutons fugueurs n'a d'égale que ton talent à réparer les toits, remarqua-t-elle en se laissant tomber sur un tronc couché pour souffler un instant. Tu ferais un parfait propriétaire terrien.

Se postant devant elle, les mains sur les hanches, son compagnon haussa un sourcil.

— Pour devenir propriétaire terrien, encore faut-il avoir une terre. Et je crains que mon seigneur et maître ne me préfère dans ma panoplie de guerrier.

— Ton père a-t-il perdu ses terres ? Est-ce pour cela que tu participes à cette campagne de conquête ?

Le visage de Moir se ferma.

— Voici un sujet à éviter… Mais tu t'es confiée à moi sans défiance. Je peux bien en faire de même. Oui, en effet. Mon père a tout perdu parce qu'il a trahi ses hommes et s'est ainsi déshonoré.

Ansithe hocha la tête. Mais elle préféra ne pas pousser l'indiscrétion plus loin.

— Et ces moutons ? Comment savais-tu où ils étaient ? As-tu été berger dans ton enfance ?

Moir eut un sourire triste.

— Berger, non, mais, en effet, j'aimais plus que tout partir à la recherche de nos moutons dans les collines. Et, depuis l'arrivée de notre nouveau roi, nous avions pris l'habitude de cacher notre bétail loin de nos fermes, pour éviter de nous les faire réquisitionner. Ensuite, il fallait les retrouver. Plus tard, j'ai aussi chassé les chèvres sauvages.

Ansithe le dévisagea, horrifiée.

— Tu as chassé des chèvres ?

— Oui, après la mort de mes parents. Il fallait bien manger. Je n'étais pas destiné à l'état de guerrier. Mon père n'était plus là pour payer mon armement. Mais la dame de mon *jarl* a cru en moi. C'est grâce à elle que j'ai pu rejoindre mon premier *felag*.

— La mère de Bjartr, remarqua Ansithe en s'asseyant à l'ombre d'un chêne. Oui, bien sûr…

Cela expliquait pourquoi Moir veillait avec tant de soin sur la santé et la sécurité du jeune homme.

Son compagnon vint prendre place à côté d'elle.

— Ingunn était une femme remarquable. Elle a été pour moi comme une seconde mère. Malheureusement, elle aussi, comme ma propre mère, a été emportée beaucoup trop tôt.

Ansithe hocha la tête.

— Mais sa foi en toi était justifiée et tu es devenu un bon guerrier.

Il ramena un genou contra sa poitrine, le regard lointain.

— En espérant que je pourrai le rester après mon retour. Cette expédition a été un désastre de bout en bout. J'avais pourtant prévenu Andvarr qu'il faisait une erreur en désignant son fils comme chef du *felag* à cette occasion. Bjartr est beaucoup trop jeune… Et beaucoup trop gâté.

Il haussa les épaules et reprit :

— Mais pour l'heure, la question n'est pas là. Je vais avoir bientôt des questions plus graves à régler que des moutons fugueurs. Ta sœur va revenir et mon temps de grâce, comme le diraient tes prêtres, va s'achever… Ce qui n'est peut-être pas plus mal, ajouta-t-il avec un petit rire, parce que, si nous ne levons pas le camp bientôt, Palni, convaincu par les talents d'orateur de frère Oswald, risque bien de prendre l'habit de votre religion.

Ansithe se raidit. Voilà... Il fallait s'y attendre. Maintenant, Moir allait lui demander de fermer les yeux sur leur fuite. Il la regardait, attendant sa réaction, mais elle ne dit rien.

— Tu auras ramené Bjartr vivant malgré ses imprudences, remarqua-t-elle enfin. Cela te sera compté pour quelque chose.

Moir lui décocha un de ses sourires irrésistibles, de ceux qui faisaient voir à Ansithe mille étoiles en plein jour. Elle se ressaisit. Était-il possible que, le connaissant si peu, elle songe à son prochain départ avec tant de nostalgie ? Avait-il déjà pris une telle place dans sa vie ?

Elle prit une profonde inspiration. Autant se montrer réaliste. Moir allait bientôt partir. Et, dans le même mouvement, son propre père, le seigneur de ce domaine, allait revenir. Et, quand il apprendrait ce qui s'était passé, il prendrait enfin la mesure des mérites de sa fille.

— Et quand cette guerre sera finie ? Nos chefs et les vôtres cherchent un accord. Quand ils l'auront trouvé, que feras-tu ?

De nouveau, son compagnon haussa les épaules.

— Il y a toujours des guerres quelque part.

— Mais un jour, tu ne pourras peut-être plus te battre. C'est bien ce qui a failli arriver à Palni.

— Il sera bien temps de prendre une décision, répondit Moir d'une voix lente en se massant la nuque. S'il n'y a pas de terre pour moi ici, j'irai peut-être jusqu'en Islande. J'ai rencontré il n'y a pas longtemps un marchand qui m'a dit que c'était un beau pays, avec des montagnes, des sapins et des cascades, et des champs magiques d'où l'eau jaillit de la terre en gerbes bouillantes... Ou alors, ce sera Constantinople, pour laquelle j'ai gardé une vraie nostalgie. J'y ai été fort bien accueilli à la cour de l'empereur, qui m'a assuré personnellement que je serai toujours le bienvenu.

Il s'interrompit et remarqua :

— Mais tu te moques de moi ?

— Non, pas du tout. Je remarque simplement combien nous sommes différents… Tu as voyagé dans tant de pays alors que je n'ai presque jamais quitté la maison. Et dire qu'on prétend que les hommes du Nord ne sont pas civilisés ! Tu connais bien plus de pays et de peuples que je n'en connaîtrai jamais…

— Voyager est exaltant. Mais c'est aussi inconfortable et dangereux. La plupart du temps on a trop froid ou trop chaud, et chaque matin, en se réveillant, on se dit que c'est peut-être notre dernier jour.

— Alors, pourquoi continues-tu à le faire ?

Une légère brise ébouriffa les cheveux de Moir.

— Parce que je ne me pose pas de questions. Je suis bien comme ça. À chaque jour suffit sa peine. Et la liberté n'a pas de prix.

Ansithe leva les yeux sur les branches du chêne dont le feuillage bruissait doucement au-dessus de sa tête. Elle était un peu vexée que Moir ne discute pas son éventuelle incompétence à voyager. Avec quelqu'un comme lui à ses côtés, elle se sentait capable d'aller au bout du monde.

— Il semblait toujours y avoir une bonne raison pour que je ne puisse aller où que ce soit, constata-t-elle d'une voix pleine de regret. Quand mon beau-fils a voulu me chasser de chez lui après la mort de mon mari, j'ai même envisagé de devenir nonne. Mais lui voulait m'enfermer dans le plus proche couvent… alors que moi, je voulais aller jusqu'à Rome !

— Mais, avec ton mariage, tu as bien dû quitter le domaine ?

— Mon défunt mari a préféré s'installer à cinq mille d'ici, où il avait des terres, plutôt que dans son domaine de l'Ouest, plus près de la ville. C'était un vieil ami de mon père. De toute façon, j'avais peu de chances d'être remarquée par un homme plus jeune. Je ne suis pas la beauté de la famille, comme tu as pu le voir. Mon vieux mari était surtout intéressé par ma dot, précisa-t-elle avec un petit rire sans joie. Et sans doute aussi par mes talents de maîtresse de maison.

Curieusement, le fait de partager cette histoire avec Moir lui faisait du bien.

— Et qui est le propriétaire de ta dot, maintenant ?

Le cœur d'Ansithe manqua un battement. Elle avait espéré, sans oser se l'avouer, que Moir proteste qu'elle était jolie. Mais il semblait plutôt s'intéresser à ses biens.

Elle fit un geste vague en direction des confins du domaine.

— Elles ont été restituées à mon père à la mort de mon mari. Mon beau-fils a vendu le reste de son patrimoine à Cédric pour une bouchée de pain, sans savoir que ses terres valaient beaucoup plus que cela. Il était pressé de partir. Il n'aimait pas cette région. « Une terre de sauvages », disait-il.

Un muscle joua sur la mâchoire de son interlocuteur.

— Je vois. Ton père t'a donc vendue dans son seul intérêt. Il a même réussi à te faire croire que tu étais laide pour réduire ta dot au minimum. Et le plus scandaleux, c'est qu'il a fini par t'en persuader.

Ansithe, bouleversée, battit des paupières.

— M'en persuader ?

Il lui saisit le menton entre deux doigts.

— Ansithe, dit-il lentement, comme pour s'assurer que ses paroles pénétraient bien dans l'esprit de la jeune femme, moi, je te trouve très belle. Et en plus, tu es courageuse et bonne. Tu es exactement la femme que beaucoup d'hommes aimeraient avoir à leur côté.

Elle ferma les yeux, remplie d'une douce chaleur. Mais surtout, ce que venait de dire Moir, avec une voix vibrante de conviction, lui faisait prendre conscience de l'égoïsme monstrueux de son père, de son époux et du fils de celui-ci. Autant d'hommes qui, en effet, n'avaient vu en elle qu'une marchandise.

— Alors, Kyrie, souffla doucement Moir contre son oreille. Vas-tu me répondre, cette fois ? Oseras-tu me prendre pour un menteur ?

— Si je le fais, comment réagiras-tu ?

Les yeux de Moir se plissèrent.

— Que veux-tu que je fasse ? De quel argument puis-je user pour que tu me croies ?

La voix chaude de Moir s'enroulait autour d'elle comme une caresse. Il était sur le point de l'embrasser. Ansithe sentit ses lèvres frémir comme si, déjà, la bouche de son compagnon effleurait la sienne. Il suffisait qu'elle se laisse aller contre lui pour se sentir devenir belle. Elle se souvenait comme d'une enivrante brûlure de toutes les sensations que les baisers de Moir savaient éveiller en elle.

— Quand j'étais enfant, dit-elle avec un demi-sourire, j'aimais regarder la rivière courir au travers des prairies et m'imaginer tous les lieux qu'elle allait traverser. J'avais un poste d'observation privilégié, là-haut, sur la colline.

D'un coup de reins, Moir se remit sur ses pieds, et lui tendit les deux mains.

— Viens me montrer, Kyrie. Et moi, je te raconterai toutes les terres qui existent de l'autre côté des montagnes et des mers.

— Partout où tu iras, tu seras chez toi, Moir. Je le sais bien. Mais j'aimerais tellement…

— Qu'aimerais-tu, ma douce ?

Ansithe frémit. Le souffle de Moir lui caressait l'oreille. Ses bras s'étaient refermés sur elle. Elle voyait son torse se soulever et s'abaisser au rythme accéléré de sa respiration. Le bon sens voulait qu'elle reprenne ses distances, qu'elle décide de regagner le manoir. Mais, comme sous l'effet de ce philtre magique qui liait les amants dans les légendes de son enfance, de ce boire herbé dont Tristan et Iseut avaient été les victimes, elle s'en sentait incapable.

— … J'aimerais tellement que ces terres que tu désires obtenir en récompense, ce ne soit pas aux dépens de quelqu'un de mon pays, dit-elle, le visage enfoui dans les plis de la tunique de Moir.

Elle sentit les bras de Moir retomber.

— C'est nous qui avons gagné la guerre, Lady Ansithe. Une fois les traités de paix établis, nous rétablirons le calme dans ces régions. Et nous les rendrons plus productives qu'elles ne l'ont jamais été.

— Et cette guerre, qui l'a commencée ?

Il eut un sourire sans joie.

— Voilà une question sur laquelle nos seigneurs de guerre pourraient argumenter sans fin.

Elle dut avoir un air si déconfit que Moir lui prit la main et la porta à ses lèvres.

— En tout cas, pour nous, les choses tirent à leur fin. Mes hommes ont leurs ordres et ils me semblent même prêts à y obéir. Ça les changera des jérémiades de Bjartr.

Ansithe serra les dents. Elle savait être courageuse quand il s'agissait de défendre ses biens et sa famille mais, devant Moir, et surtout devant la perspective de son départ, elle se sentait prise d'une étrange et condamnable faiblesse.

Aurait-elle le courage de saisir la chance qui se présentait à elle ? Céderait-elle à ses avances ? S'ils rentraient maintenant au manoir, elle ne connaîtrait jamais ne serait-ce qu'un avant-goût du bonheur.

Ansithe s'élança en avant.

— Mon endroit préféré, c'est par là.

Son estomac se contracta comme si elle venait de se jeter du haut d'une falaise.

— Très honoré, dit Moir en s'inclinant.

Et il lui emboîta le pas.

Chapitre 9

— C'est vraiment l'endroit que j'aime le plus au monde, s'exclama Ansithe.

Puis, se retournant légèrement vers son compagnon, elle guetta sa réaction. S'il pouvait apprécier autant qu'elle la beauté des lieux et comprendre l'importance qu'ils avaient pour elle, alors il saurait pourquoi elle tenait tant à préserver le domaine de sa famille.

Moir lui sourit.

— Alors, je suis heureux que tu aies bien voulu le partager avec moi.

Le léger promontoire leur offrait une vue panoramique sur les terres et les forêts qui entouraient Baelle Heale. D'ici, on voyait se dérouler la rivière comme un ruban d'argent au travers des champs, des bois et des prés d'eau qui formaient comme une tapisserie aux mille nuances.

Une branche qui craquait soudain sous le poids d'un léger animal les fit sursauter. Moir l'attira à l'abri d'un bosquet de noisetiers. Son corps puissant s'appuya légèrement contre celui d'Ansithe qui s'arrêta un instant de respirer. Elle n'avait plus conscience que de ce grand corps contre le sien, de son odeur sauvage, de la manière dont le col de sa tunique dégageait sa gorge brunie.

Pendant quelques secondes bénies, elle oublia la proximité d'un danger… Puis elle entendit un rire bas gronder au fond de la poitrine de son compagnon.

Elle posa ses mains sur son torse, tâta ses muscles souples de ses doigts.

— On peut savoir ce qu'il y a d'amusant ?

Il montra quelque chose dans les feuillages, sa main gauche toujours posée sur la hanche d'Ansithe.

— Regarde.

Une laie suivie de ses cinq marcassins traversait la clairière. La petite famille s'arrêta au beau milieu et les examina avec intérêt. Le marcassin qui fermait la file avait son petit derrière maculé de boue.

Ansithe exhala un long soupir. Tout allait bien. Ce n'était que les bruits paisibles de la nature.

— Et dire que, pour certains, les soucis de la journée se résument à trouver une mare de boue pour se baigner et une touffe de cresson pour se nourrir…

Les deux mains de Moir se posèrent autour de son visage et il lui effleura les joues de ses deux pouces.

— Je t'aurais protégée, Kyrie. Je suis là.

— Moi aussi, j'aurais pu te protéger, plaisanta-t-elle, la voix rauque. J'ai mon arc.

Elle percevait la proximité de son compagnon dans les plus infimes particules de son corps. Il lui suffisait de basculer la tête en arrière, de tendre ses lèvres…

— Et que tu sais t'en servir, oui, je sais.

De nouveau, le rire mélodieux de Moir résonna gravement.

Elle leva les yeux vers lui, prête à répondre, mais quand elle rencontra son regard lumineux, les mots moururent sur ses lèvres.

La bouche de son compagnon rencontra la sienne. Contrairement à leurs baisers précédents, celui-ci fut plus profond, plus lent, plus exigeant. Comme s'ils avaient enfin tout leur temps. Ansithe ouvrit la bouche pour recevoir sa langue. Elle sentait son corps se fondre dans celui de Moir. Ne faire plus qu'un avec le sien.

Elle se cambra contre lui, ses seins plaqués contre son torse dur et musclé. Il n'avait pas un pouce de graisse. Que du muscle, et cette peau souple et douce, malgré les cicatrices. Les doigts de Moir s'emmêlaient dans ses cheveux, les libéraient en lourdes cascades sur ses épaules.

Quand sa bouche descendit dans son cou, que ses mains ouvrirent tout grand sa camisole, dégageant sa poitrine, elle poussa un cri.

Tout de suite, il se redressa. Ses yeux n'étaient plus que deux puits de lumière bleue.

— Nous devrions rentrer, dit-il d'une voix rauque. Avant de regretter quoi que ce soit…

Ce fut pour elle comme un coup au cœur.

— Regrettes-tu tout ceci ?

— Seulement si tu le regrettes, toi.

Il la tenait toujours sous le feu de son regard, comme pour lire au plus profond de son âme.

Si elle le regrettait ? Comment Ansithe aurait-elle eu la force de mentir ? Les baisers de Moir éveillaient en elle d'irrépressibles désirs. Une faim inconnue qui la brûlait tout entière. Elle avait passé sa prime jeunesse à croire qu'elle était laide, qu'aucun garçon séduisant ne s'intéresserait jamais à elle. Elle n'avait connu que les étreintes d'un vieux mari et découvrait enfin les flammes de la passion amoureuse.

Elle vit le beau regard de son compagnon s'assombrir. Il s'écarta légèrement et elle eut froid.

— Tu… Tu regrettes, n'est-ce pas ? murmura-t-elle.

— Comment le pourrais-je ? Si je suis resté à l'écart jusqu'à présent, c'était pour ne pas te mettre en danger. Je ne veux pas que tu risques ta vie à cause de moi.

Ansithe frémit. Il ne s'agissait pas seulement des convenances. De la manière dont les gens de Mercie, les gens de sa famille et du voisinage, accepteraient qu'elle ait une liaison avec un Normand.

— Est-ce à cause du conflit qui t'oppose à Guthmann ?

— Guthmann est un ennemi puissant. Il a juré de me tuer et de mettre à mal tous mes alliés. En particulier la femme qui me serait chère.

Ansithe sentit un frisson glacé lui descendre le long du dos. Guthmann n'hésitait pas à mutiler ses otages pour réclamer une rançon à leur famille. Il ne se contentait pas de menaces. Il agissait.

— Je doute de jamais faire la connaissance de cet énergumène. Il est lointain et ne connaît pas mon existence… Non, ce qui m'intéresse, c'est toi et moi, et tout ce qui peut se passer jusqu'au prochain lever de soleil. Pas au-delà. Je ne veux plus vivre dans l'ombre de la peur. Je veux connaître le bonheur dans la lumière.

Moir se figea.

— Que veux-tu dire, Ansithe ?

Elle poussa un long soupir. Peut-être aurait-elle mieux fait de se taire ?

— J'aime comment mon prénom sonne dans ta bouche.

— Réponds-moi ! insista-t-il en la transperçant de son regard.

Elle ne baissa pas les yeux. Ne s'était-elle pas déjà assez humiliée ? S'il la rejetait, au moins, ce serait clair.

— Je ne parviens pas à oublier les baisers que nous avons échangés. J'y pense sans cesse, quand je travaille dans la grange, quand je m'occupe de mes abeilles. Et même tout à l'heure, tandis que nous cherchions les moutons. Sans parler de mes rêves…

Il se pencha sur elle avec un demi-sourire.

— Tes rêves… Si j'ai l'honneur de figurer dans tes

rêves, j'espère que je m'y comporte honorablement, Lady Valkyrie.

Ansithe reporta son regard sur la rivière qui sinuait à leurs pieds. Soudain, elle avait la chair de poule, comme le jour où le Normand et ses hommes s'étaient attaqués à coups de hache au portail du manoir. Ne se trouvait-elle pas à un carrefour de sa vie ? Elle avait le choix entre se recroqueviller sur elle-même et avoir des regrets jusqu'à la fin de sa vie ou aller de l'avant, courageuse et fière.

— Dans mes rêves, je rejoins ta couche. Et tu m'y attends.

Les mots restèrent un instant suspendus dans l'air ambiant, et Ansithe regretta de les avoir prononcés.

Moir la fit doucement pivoter vers lui.

— Pourquoi me dis-tu cela ?

— Parce que, pour une fois, je veux faire quelque chose rien que pour moi. Je veux savoir quel effet cela produit d'être désirée pour soi-même, et de désirer l'homme à qui l'on se donne.

Il allait parler mais elle lui posa un doigt sur la bouche.

— Je sais que nous n'avons pas d'avenir ensemble. Je ne te demande rien. Si je t'ai confié mes rêves, c'est parce que tu me l'as demandé.

Une lueur fauve passa dans le regard de son compagnon.

— As-tu vraiment une si piètre opinion de moi ?

— Elene va revenir d'un jour à l'autre avec l'escorte d'Andvarr et tout va changer. Mais pour une fois dans ma vie, j'aurais été chérie. Ton regard, tes caresses me donnent l'impression d'être belle.

Elle le dévisageait, le regard élargi, se tordant nerveusement les mains. Il ne fit pas un geste pour la prendre dans ses bras.

Ansithe s'écarta, les yeux baissés sur le sol. Une sauterelle la regardait, cachée sous un brin d'herbe. Un papillon s'éleva soudain, dessina un cercle au-dessus d'eux puis s'éloigna.

— Mais je vois bien que j'ai tout gâché, une fois de plus. C'est par pitié que tu m'as embrassée.

Moir secoua furieusement son épaisse crinière blonde.

— La dernière chose que j'éprouve à ton égard, c'est bien de la pitié. Du désir, oui, de l'intérêt aussi. Et une grande envie de mieux te connaître. Mais certes pas de la pitié.

Il lui emprisonna le menton entre deux de ses doigts pour la contraindre à rencontrer son regard.

Ansithe battit des paupières.

— Vraiment ?

Il eut un sourire malicieux.

— Moi aussi, je n'ai pu dormir, par ta faute. Tous mes rêves étaient emplis de ton image, de tes baisers. Tu m'as presque fait perdre la raison. Alors, si tu hésites encore, dis-le-moi vite avant qu'il ne soit trop tard… Et sache une chose, Valkyrie…

Il la tenait, contrainte, sous le feu de son regard, et Ansithe le dévisageait, les pupilles dilatées.

— … L'intérêt que je te manifeste n'a rien à voir avec mes responsabilités envers mes hommes. Je ferai ce qu'il faut pour les ramener à notre campement, mais je ne chercherai jamais à te manipuler pour y parvenir.

Les doigts de Moir enlacèrent les siens et ils restèrent un moment à regarder la rivière, conscients l'un de l'autre avec une acuité nouvelle, à l'écoute de leur respiration, du moindre battement de leurs cœurs.

— Dans ce cas, murmura-t-elle enfin, qu'attendons-nous ?

Le sourire rayonnant de Moir fondit ses entrailles en un feu liquide.

— Tu ne peux savoir combien tu es irrésistible. Comment un homme pourrait-il te refuser quoi que ce soit ?

— Au moins, murmura Ansithe, quand tout sera fini, nous pourrons nous séparer sans regret.

Il porta ses doigts à ses lèvres, son regard la transperçant au plus profond d'elle-même, comme s'il voulait discerner ses véritables sentiments. Peut-être, après tout, ne s'agirait-il pas seulement de la rencontre de deux corps.

Elle se pencha vers lui, et le regard de Moir s'intensifia encore.

— Nous nous séparerons quand les déesses du Destin en auront décidé ainsi. Mais nous aurons eu ces instants uniques, qui n'appartiendront jamais qu'à nous, et à nous seuls, jusqu'à la nuit des temps.

Il déposa un baiser léger sur l'extrémité de chacun des doigts d'Ansithe, et jamais baiser ne lui parut plus sensuel.

— Attendrons-nous cette nuit ? ajouta-t-il contre sa tempe, lui arrachant un frémissement.

Ansithe se colla à lui comme un esquif ayant enfin trouvé son port. Elle sentit son sexe contre son ventre, dur et exigeant dans la faim qu'il avait d'elle.

— ... Ou accepteras-tu de me dévoiler ton corps à la lumière du soleil ? J'ai si souvent rêvé de ta peau si blanche, de tes longues jambes, de tes petits seins. Le corps d'une déesse. D'une Valkyrie.

La bouche chaude de Moir s'empara du lobe de son oreille, ses dents mordillèrent son cou. Il gratifia son visage d'une pluie de baisers avant de lui prendre les lèvres. Ansithe sentait son plaisir croître et rugir comme un feu dans l'âtre. Jamais elle n'aurait pensé que de simples contacts, légers comme des flocons de neige sous un ciel d'hiver, puissent faire naître de telles sensations.

Il se débattit un instant avec l'agrafe de sa cape qu'il voulait étendre sur le sol, et, posant sa main sur la sienne, Ansithe manipula le fermoir dissimulé dans l'étoffe. Alors Moir étala l'ample vêtement sur l'herbe et la poussa doucement jusqu'à ce qu'elle se retrouve allongée de tout son long, déclenchant un vol de papillons roses.

L'air sentait bon le soleil et les fleurs.

Ouvrant sa camisole, Moir dégagea ses seins.

— Nous irons doucement, à ton rythme, murmura-t-il contre sa tempe. Je veux effacer tous tes mauvais souvenirs.

— S'il te plaît, chuchota-t-elle, sans bien savoir ce qu'elle demandait, mais, pour la première fois de sa vie, son corps était en attente de quelque chose, désirait ardemment d'être comblé.

Elle comprenait maintenant pourquoi tant de femmes désiraient l'acte charnel au lieu de le subir. Pourquoi elles voulaient se montrer dans toute leur nudité à un homme. Partager cette fête des sens au lieu de rester immobile comme une pierre, un bras replié sur le visage en attendant que cesse la tourmente.

— Puis-je ? murmura-t-il encore.

Et comme elle acquiesçait d'un simple mouvement de tête, il la prit tout entière, leur arrachant à tous les deux le même gémissement.

Quand cela fut fini, Ansithe, un sourire heureux sur les lèvres, enserra de ses bras-le-corps détendu de son partenaire avec un sentiment de plénitude jamais éprouvé auparavant.

Moir repoussa du front d'Ansithe ses cheveux trempés de sueur. Il ne s'attendait pas à une telle démonstration de passion de la part de la jeune femme. Jamais il n'avait vu plus beau spectacle que celui qu'elle offrait en ce moment, avec ses cheveux d'or sombre répandus sur l'étoffe de sa cape, sa bouche gonflée par les baisers et ses yeux lourds du plaisir qu'il venait de lui donner. Pendant cette parenthèse merveilleuse, ils s'étaient appartenus l'un à l'autre corps et âme, totalement. Redessinant les contours de son visage, il songea que, désormais, il n'y aurait plus pour lui d'autre femme. Sa Valkyrie était celle qu'il cherchait depuis toujours, et plus jamais il ne désirerait une femme, plus jamais il n'en aimerait comme il venait de l'aimer.

À chaque jour suffit sa peine. N'était-ce pas sa devise ? Comme elle lui semblait vaine et creuse, maintenant. Il s'apercevait qu'il voulait voir se succéder les jours, les saisons et les années à ses côtés.

Mais les jours qu'il leur restait à vivre ensemble étaient comptés. Le seul avenir dont ils pouvaient rêver se limitait peut-être même à ces précieux instants qu'ils venaient de partager.

Il déposa un baiser sur la pommette de sa compagne.

— Merci, Kyrie. Merci pour tout.

Le lent sourire dont elle le gratifia raviva son désir.

— C'est à moi de te remercier puisque tu as transformé mes rêves en réalité.

La gorge de Moir se serra. Il n'avait jamais fait cela pour aucune autre femme. L'envie soudaine, incoercible, de la protéger s'empara brusquement de lui.

— Tout le plaisir était pour moi, plaisanta-t-il avec un petit rire.

Mais jamais il ne s'était senti aussi possessif à propos d'une femme.

Roulant sur le dos, il regarda le ciel qui s'obscurcissait lentement. Si seulement il pouvait emmener Ansithe avec lui… Il poussa un long soupir. Hélas. Les menaces de Guthmann étaient claires. Si l'occasion lui était donnée, le chef de guerre danois n'épargnerait aucun de ses proches. Et surtout pas la femme qui partagerait sa vie. Tant qu'il ne pouvait assurer la sécurité d'Ansithe, il n'avait pas le droit de lui faire quitter Baelle Heale.

Chapitre 10

Quand ils entrèrent dans la cour du manoir, à la lumière déclinante du jour, Ansithe réprima un cri. Un homme était attaché au poteau servant aux chevaux, les mains derrière le dos et torse nu. En les entendant arriver, il leva la tête et elle put voir son visage sillonné de larmes.

Bjartr.

Ansithe serra les poings. Elle avait laissé le manoir sous la responsabilité de Cynehild, et voilà ce qu'elle retrouvait en rentrant. Elle tendit à Moir son couteau à tout faire.

— Libère-le, veux-tu ? Je vais voir ce qui se passe.

— N'y touchez pas !

La voix nasillarde de Cédric troua le silence pesant qui régnait dans la cour. Ansithe fit un geste et Moir poursuivit sa marche. Mais deux des hommes de l'*ealdorman* s'élançaient déjà pour s'interposer.

— Je te préviens, Normand. N'essaye pas d'interférer avec la justice de mon pays ou tu subiras le même sort que ce criminel, déclara Cédric avec la voix vibrante de celui qui possède l'avantage et se croit infaillible. Cet homme est accusé d'avoir tenté d'enlever un enfant et de s'enfuir. Il nie tout, évidemment. J'allais donc le conduire à la ville pour le traduire en justice.

Marchant droit sur Cédric, Ansithe pointa un doigt qui ne tremblait pas sur son torse gras.

— Et de quel droit, messire Cédric ? Ces hommes sont mes prisonniers, pas les vôtres. Libère-le, Moir.

Surgissant de la porte ouverte du hall, Cynehild se précipita sur eux, serrant sur son cœur un Wulfgar trempé et braillard.

— Ma sœur ! Écoute-moi ! Malheureusement, Cédric a dit vrai. Ce Normand a été pris sur le fait. Il était au bord du lac et l'enfant était tout trempé. Peut-être essayait-il de l'enlever… Ou de le noyer.

La voix de la jeune femme se brisa et elle se mit à pleurer.

— Je l'ai vu de mes propres yeux, tonna Cédric. Et quand j'ai voulu intervenir, il m'a frappé. Mais il finira par avouer ! Quand j'en aurai fini avec lui, il ne pourra pas faire autrement. Il fait aussi probablement partie de la fine équipe qui a volé les moutons. Il avait sans doute prévu de libérer ses compagnons et de s'enfuir.

— Fieffé imbécile, rugit Moir. Si tu ne peux pas te servir convenablement de ta cervelle, laisse-moi au moins m'expliquer avec mon compagnon.

Les deux hommes de Cédric firent un pas vers lui, la main sur le pommeau de leur glaive.

Les petits yeux chafouins de l'*ealdorman* lancèrent des éclairs.

— Pourquoi, impossible ? Il a été pris sur le fait, Lady Ansithe. Et il a agressé un de mes hommes. Je suis parfaitement dans mon droit et…

— Cet homme est mon prisonnier, comme tu le sais parfaitement. Sors de ma cour ou je considérerai ta présence comme une déclaration de guerre.

Les hommes reculèrent en grommelant.

— À vous, Lady Ansithe, dit Moir en lui rendant son couteau.

Elle tailla prestement le cordage qui tomba bientôt

sur le pavé. Bjartr, se laissant choir sur les genoux, les regardait, les yeux exorbités, le visage marqué par les coups.

— S'il est innocent, intervint Cynehild, très pâle, que faisait-il avec Wulfgar dans les bras ?

Ansithe dévisageait sa sœur, les mains sur les hanches.

— Le lui as-tu seulement demandé ? Ou t'es-tu contentée de laisser les hommes de Cédric le terroriser et le frapper jusqu'à ce qu'il soit incapable de s'expliquer ?

— Expliquer quoi ? insista Cédric, les pieds solidement campés sur les pavés bien que ses hommes aient quitté la cour. Il tenait cet enfant dans ses bras et l'emportait vers l'étang. Vous êtes incapable de garder ces prisonniers convenablement.

— Je... le... ramenais au manoir, parvint à articuler Bjartr en tenant son cou marqué d'ecchymoses. L'ai sorti de l'eau... Failli se noyer...

— Dans quel sens allait-il quand tu l'as rencontré, Cynehild ? interrogea Ansithe.

La jeune femme secoua la tête à plusieurs reprises, affolée.

— Mon Dieu ! Je ne sais pas. Tout s'est passé si vite... J'ai perdu de vue Wulfgar un moment... Oh ! très peu de temps, je le jure. Nous nous sommes mis à sa recherche avec une servante et un garçon de ferme... Et Bjartr est apparu avec l'enfant dans les bras... Vierge Marie ! Se peut-il qu'il ait vraiment tiré l'enfant du lac ? Il revenait chez nous, en tout cas.

— Quoi qu'il en soit, rugit de nouveau Cédric, furieux de voir sa proie lui échapper, cet homme, un prisonnier ennemi, a refusé de nous obéir. Il ne voulait pas donner l'enfant à mon homme. Et il a levé la main comme pour le frapper. Il a bien fallu le neutraliser, d'une manière ou d'une autre.

— Et s'il ne voulait tout simplement pas confier Wulfgar

à un étranger ? rétorqua Ansithe, tranchante. Auriez-vous appris à vos hommes à cogner d'abord et à réfléchir ensuite ?

— Avec ce genre d'individus, quand on essaye de comprendre, il est souvent trop tard, rétorqua Cédric, la bouche mauvaise.

— Vous avez donc décidé sur-le-champ qu'un homme sans armes et revenant du lac avec un enfant trempé dans les bras était un danger pour vous et vos hommes ? Pour notre pays aussi, peut-être ? Et vous l'avez battu à mort, ou presque, parce qu'il avait agi selon sa conscience ?

Ansithe conclut, tremblante de colère :

— Mais enfin, Cynehild, à quoi pensais-tu ?

Cynehild était éperdue.

— Je n'ai pas pris le temps de réfléchir. Tout paraissait si évident, quand messire Cédric m'a expliqué... Mais tout de même, ma sœur, j'attendais que tu reviennes pour le laisser emmener cet homme chez le shérif.

— Tu n'imagines pas à quel point tu as bien fait. Si tu avais laissé Cédric quitter le manoir avec Bjartr, tu n'aurais eu aucune chance de revoir ton époux.

Mais Cédric ne désarmait pas.

— Parce qu'un barbare, un bandit des grands chemins, un monstre sanguinaire a plus de chance que moi d'avoir raison à vos yeux ? aboya-t-il, les poings sur les hanches.

— Je crois en l'évidence, un point c'est tout. Mon prisonnier revenait ici, dans l'enceinte du manoir, avec l'enfant trempé jusqu'aux os. Et vos hommes étaient armés, pas lui. Pourquoi s'en serait-il pris à eux ?

— Parce que, maintenant, il faut se justifier pour éliminer des païens ?

Ansithe se contenta de lui montrer le pont-levis du bout de son arc.

— Vous feriez mieux de quitter les lieux, Lord Cédric. Je crois que nous avons fait le tour de la question.

Cédric reculait avec beaucoup de mauvaise grâce. En passant devant Moir, il cracha, rageur :

— Ma parole, que vous a-t-il fait, ce diable jaune, pour vous mettre ainsi à sa botte, Lady Ansithe ? Vous aurait-il renversée dans une botte de foin, le jupon par-dessus la tête, pour que vous vous soyez ainsi entichée de lui ?

Ansithe rougit violemment mais ne répondit pas.

— Ma sœur vous demande de quitter les lieux, Lord Cédric, intervint Cynehild qui avait repris ses esprits. Nous attendions son avis. Elle l'a donné. Vous n'avez plus rien à faire ici.

L'*ealdorman* souffla comme un taureau furieux.

— Quand ils seront partis avec ce qui vous reste de vertu et de biens, ne venez pas vous plaindre. Tout ce que veulent ces étrangers, c'est vous manipuler à leur convenance. Ils vous prendront tout, vous m'entendez ? Tout !

Il conclut en portant la main à son chapeau :

— Votre serviteur, Lady Cynehild. Je prie pour que votre époux vous soit rendu dans les délais les plus brefs. Vous commencez à devenir aussi ingouvernable que votre sœur. Votre serviteur, Lady Ansithe…

Il remonta en selle et quitta l'enceinte à la suite de ses hommes.

Se traînant aux pieds d'Ansithe, Bjartr lui enserra les genoux de ses deux bras.

— Merci, Lady Ansithe. Sans vous, et sans votre sœur, j'étais un homme mort.

— Peux-tu me dire à quoi tu t'amusais ? demanda Moir à son jeune compagnon quand ils eurent tourné le coin de la grange.

Bjartr haussa les épaules.

— Je ne crois pas avoir de comptes à rendre. J'ai sauvé

un enfant de la noyade et j'ai bien failli y laisser ma peau à cause d'une bande de sauvages qui n'écoutaient pas ce que je disais.

— N'étais-tu pas supposé travailler avec les autres sur le toit de la grange de battage ?

— J'en ai eu vite assez. Beaucoup trop chaud. Et n'oublie pas que j'ai été gravement malade.

— Parce que tu crois que tu peux te permettre de décider de ce que tu peux ou ne peux pas faire ? Tu es suffisamment rétabli pour travailler comme les autres.

— Mon père…

— Ton père sera informé de tout ça. Tu avais reçu l'ordre de ton chef d'accomplir une tâche, Bjartr Andvarrson. Et tu as failli. Si Lady Ansithe et moi n'étions pas revenus à temps, je n'ose pas penser à ce qu'il serait advenu de toi.

Le visage de Bjartr se défit, il courba les épaules, et soudain, il ressembla à un tout petit garçon.

— J'ai sauvé la vie de ce gamin, je le sais. Préférais-tu qu'il se noie ?

— Évidemment que tu as bien fait. Mais avoue que le hasard fait bien les choses. Et qu'allais-tu faire au bord de cet étang ? Jeter des cailloux dans l'eau ?

De nouveau, Bjartr baissa la tête. Il marmonna une excuse.

Moir accepta d'un geste de la tête. S'il parvenait à ramener vivant Bjartr à son père, cela tiendrait du miracle. Et pourtant, il fallait qu'il y parvienne. Surtout s'il voulait faire sa demande à Ansithe dans des conditions convenables.

Ansithe tenta de se concentrer sur la ruche qu'elle réparait. Elle était allée se réfugier dans son rucher sitôt après le départ de Cédric pour tenter de retrouver son calme.

Que ce tyranneau de province ait osé mettre en doute la fiabilité de Moir la mettait en rage. Malheureusement, il pouvait bien avoir raison. Leurs gens ne manqueraient pas de bavarder et son père serait sans doute furieux d'apprendre l'amitié que le Normand et elle avaient nouée.

— J'étais sûr de te trouver là, dit la voix de Moir dans son dos. Je viens de parler à Bjartr…

Ansithe reposa sa ruche sur le sol.

— Moi aussi, j'ai à te parler, Moir.

Le Normand s'approcha, si près qu'elle sentait la chaleur qui émanait de son corps. Il fallut à Ansithe toute sa force d'âme pour ne pas se laisser aller dans ses bras.

Elle s'étreignit les deux mains.

Son visiteur la regardait à peu près comme un chat guettant une souris.

— Y a-t-il encore un problème avec lui ? s'inquiéta Moir aussitôt. Il m'a promis de ne plus quitter l'enceinte du manoir sans autorisation. Et, après tout, n'a-t-il pas réellement sauvé le fils de ta sœur ?

— Non, ce n'est pas ça. C'est à propos de… de ce qui s'est passé sur la colline, tout à l'heure.

Elle s'interrompit, la gorge serrée. Pourtant, il fallait qu'elle aille jusqu'au bout.

— … Je crois que… qu'il ne faut pas recommencer.

Moir fronça ses épais sourcils blonds.

— Pourquoi ? À cause de ce que le seigneur mercien a dit ? Ce que nous partageons tous les deux ne le concerne en rien. Ni lui ni mes hommes.

Ansithe repoussa une mèche de cheveux derrière son oreille. Son regard se posa sur un point invisible, derrière son interlocuteur. Moir ne faisait aucune allusion à d'éventuels sentiments. Rien de durable. Il n'était question que de désir. D'envie soudaine et passagère. Il fallait mettre un terme à tout cela, si elle ne voulait pas en souffrir.

— Cela doit rester un bon souvenir. Un beau rêve. Mais rien d'autre… Il ne faut pas que cela se reproduise, répéta-t-elle avec un petit sourire crispé.

Il planta son regard dans le sien.

— Et si, moi, je ne veux pas que cette histoire ne soit plus un jour qu'un souvenir ?

— Peu importe ce que nous voulons vraiment, toi et moi. Bientôt, tu ne seras plus là.

— Mais ce que les autres pensent, oui, c'est important ! Moi qui croyais que tu étais assez libre, assez mûre pour ne pas te soucier de l'opinion d'autrui. C'était même une des choses qui me plaisaient le plus en toi.

Ansithe refoula un sanglot. Elle prit une profonde inspiration.

— Je dois penser d'abord à ma famille et à nos terres. Je n'ai plus le droit de les trahir, Moir. Nous avons tous les deux des obligations qui vont au-delà de ce que nous voudrions vraiment. Je… Je te demande seulement de comprendre.

Elle s'en voulait de manquer à ce point d'assurance. De parler de cette voix tremblante. Son corps n'aspirait qu'à se serrer contre celui de Moir, ses narines frémissantes s'enivraient de son odeur. Mais à quoi bon ? Où tout cela les mènerait-il ?

La main de Moir retomba le long de son corps.

— Je fais toujours de mon mieux pour comprendre. Et j'essaye toujours de tenir mes promesses.

Un cri épargna à Ansithe le souci de répondre.

— Désolée, le devoir m'appelle…

— Le devoir ou la peur ?

Se pouvait-il que Moir lise jusqu'au fond d'elle-même ? Qu'il sache à quel point ce qu'elle éprouvait pour lui lui faisait peur ?

Il lui posa sa main sur le bras et elle frémit.

— Nous poursuivrons cette conversation plus tard, Kyrie. Tu n'as aucune raison de te sacrifier.

L'appel se répéta, angoissé. Ansithe se précipita vers le manoir, pénétra en courant dans la grande salle par la porte grande ouverte. Cynehild, assise sur un banc, regardait fixement devant elle, le visage sillonné de larmes.

Plusieurs des gens du manoir, serviteurs, garçons d'écurie et de ferme, étaient assemblés autour d'elle, leur visage affichant toutes les gammes d'expression, depuis la stupéfaction jusqu'au chagrin.

Ansithe s'arrêta de respirer. Grands dieux ! Que s'était-il encore passé ?

Cynehild serrait si fort son petit garçon contre elle que l'enfant se débattait en pleurant. La nourrice regardait la scène, inquiète, mais la jeune mère semblait décidée à ne pas lâcher prise.

Le cœur d'Ansithe s'arrêta de battre. Hélas ! Il était trop tard... Guthmann avait dû s'impatienter et exécuter ses prisonniers. Leur père et Leofwine ne rentreraient pas à la maison.

Elle ne put retenir un gémissement angoissé.

— Pas de cela ! murmura Moir, dont la main s'était posée au creux de ses reins. Ce n'est pas en cédant à la panique que tu pourras être utile.

Ansithe se ressaisit. Il avait raison. Elle s'affolait avant même de savoir de quoi il retournait.

— Que se passe-t-il, ma sœur ?

— Te voilà enfin ! s'écria Cynehild entre deux sanglots.

— Oui, comme tu le vois. Nous étions en quête de ces moutons soi-disant volés. Cédric serait-il revenu avec de nouvelles menaces ?

Cynehild se mit à sangloter de plus belle.

— Ce qu'il se passe, ma sœur, ce qu'il se passe ? Elene a été enlevée ! J'ai besoin de toi et de ton arc, Ansithe. Il faut que tu ailles chercher Elene. Tout de suite.

Les mots planèrent un instant dans la salle. Ansithe se reprochait déjà ce nouveau malheur.

— J'étais… J'étais dans le rucher, balbutia-t-elle.

— Pourquoi tout ne peut-il redevenir comme avant l'arrivée de ces maudits païens ? gémit Cynehild en se prenant les cheveux à pleines mains.

Se précipitant sur sa sœur, Ansithe lui immobilisa les mains.

— Calme-toi, Cynehild. Je te ramènerai Elene. Je te le promets.

— Nous irons la chercher ensemble, déclara Moir en s'avançant d'un pas. Mes hommes et moi, nous sommes volontaires pour aller au secours de Lady Elene. J'ai une dette de vie à son égard. Elle a soigné mes hommes.

— Montre-moi la demande de rançon, intima Ansithe. Es-tu sûre qu'il s'agit bien d'elle ? Qu'elle a vraiment été enlevée ?

Cynehild pointa un doigt tremblant vers Ecgbert, le régisseur, qui, debout devant le feu, se réchauffait les mains à la flamme, une expression maussade sur le visage.

— Ecgbert était là et nous a tout raconté.

— Où l'attaque a-t-elle eu lieu ? interrogea Ansithe d'un ton brusque en se tournant vers le régisseur. Que s'est-il passé ? Pourquoi était-elle sans protection ? Comment avez-vous pu accepter de laisser votre lady derrière vous ?

Ecgbert tourna vers elle un regard à la fois perplexe et ennuyé. Il avait le visage contusionné mais sans gravité.

— Par où commencer, milady, là est la question.

— Commencez à votre arrivée à la cour. Et n'omettez aucun détail.

— Nous sommes arrivés à la cour sans problème,

commença Ecgbert d'un ton morne. C'est sur le chemin du retour, à trois bons jours de marche d'ici, que nous avons été attaqués. Encore un coup des Danois, j'en mettrais ma main au feu.

— Et l'escorte que vous étiez censés ramener ? aboya Moir. Se sont-ils battus, au moins ? Pouvez-vous situer le lieu exactement ?

La face d'ordinaire jaunâtre d'Ecgbert prit une teinte rouge vif.

— Qu'est-ce qui t'autorise à m'interroger, païen ?

— Cet homme m'a prêté serment, intervint Ansithe. Je vous prie de le respecter, Ecgbert.

Ecgbert lui jeta un regard torve.

— Ce qu'on raconte est donc vrai, milady ? Vous êtes ensorcelée par un Normand ? Ça finira par mal tourner, pour sûr.

— Vous venez tout juste de rentrer et vous êtes déjà au courant des racontars ? ironisa Ansithe. Bien sûr, si vous avez été visiter Lord Cédric pour lui raconter nos affaires au lieu de rentrer tout droit au manoir, en effet, ça ne pourra que mal tourner. Pour vous.

Se levant, Cynehild passa son bras autour de la taille de sa sœur.

— Je partage tout à fait l'avis de Lady Ansithe, déclara Cynehild. Racontez-nous ce qui s'est passé et nous verrons ensuite quoi faire de vous.

Le régisseur leva les yeux au ciel, affichant une exaspération difficilement contenue. Mais il avait quelque peu perdu de sa superbe.

— Dès que nous avons été attaqués, la plupart des gardes de l'escorte se sont enfuis. C'était des gens du Wessex, vous comprenez… Ceux qui sont restés ont combattu sans conviction. Ils n'avaient visiblement pas envie d'y laisser des plumes. Et si les Danois ont battu en retraite, c'est parce que nous avons crié comme des *banshees*[1]. Lady Elene m'a envoyé chercher de l'aide tandis qu'elle restait avec les blessés. Quand je suis parti, elle s'agitait beaucoup et donnait des ordres à qui voulait bien les recevoir. Un vrai chef de guerre ! Elle a pensé qu'il valait mieux que je rentre au manoir plutôt que de retourner chercher de l'aide au grand rassemblement. C'était plus rapide. Elle est devenue une vraie force de la nature, exactement comme vous, Lady Ansithe, conclut-il avec un soupir, comme si c'était là un fait regrettable.

Une vague de hourras s'éleva de la foule des assistants et Ansithe rendit grâce au Ciel dans une muette prière. Une fois de plus, Cynehild avait dramatisé et Elene n'avait pas été enlevée. Et elle avait décidé à propos de renvoyer Ecgbert au manoir. Mais on ne pouvait la laisser trop longtemps seule avec les blessés en pleine forêt.

Ansithe alla ouvrir le grand coffre de fer rangé contre un mur et en sortit la carte de la forêt d'Arden que son grand-père avait un jour entrepris de dresser et qu'il n'avait cessé d'améliorer sa vie durant. Elle la déroula sur la table.

— Montre-nous, Ecgbert. Où cela s'est-il passé ? Où est Elene, à présent ?

Le régisseur pointa son doigt sur une tache verte.

— Dans ce bois, là où la rivière fait un coude. Quand je les ai quittés pour venir ici, ils allaient s'en retourner jusqu'à une hutte de charbonnier que nous avions dépassée.

Ansithe opina du chef. En effet, la hutte était bien à trois jours de marche du manoir. Elene était une jeune fille intelligente et de sang-froid. Et elle avait quelques guerriers avec elle. Elle saurait organiser leur survie jusqu'à ce que les secours arrivent. Mais pourquoi diable avaient-ils

1. Les *banshees* ou *bean si* sont des créatures féminines surnaturelles de la mythologie celte. On peut les assimiler aux fées, et en particulier à la Dame blanche des légendes bretonnes.

été attaqués ? Et surtout, pourquoi l'escorte qu'elle avait demandée s'était en partie désolidarisée ?

— Et ceux qui vous ont attaqués, savez-vous qui ils étaient ?

— Ils parlaient dans leur langue, en norrois, estima Ecgbert en se grattant l'oreille. Enfin… c'est ce que je crois. En tout cas, ce n'étaient pas des gens de chez nous.

— Des Normands ou des Danois ? intervint Moir, acerbe.

— Comment savoir ? rétorqua l'homme avec insolence. Il s'agit de toute façon de quelques-uns de vos camarades envahisseurs, venus tuer les braves gens pendant leur sommeil, comme d'habitude. Nous ferions mieux de demander l'aide de messire Cédric avant qu'il ne soit trop tard. Il m'a dit que…

— Donc vous avez bien été le voir d'abord, constata Ansithe, amère. Au lieu de venir tout droit ici…

Ecgbert se frappa vigoureusement la poitrine.

— Pour qui me prenez-vous ? Je l'ai rencontré sur le chemin. Et c'est lui qui m'a interrogé sur notre expédition. Il s'étonnait de ne pas voir Lady Elene… Nous n'avons jamais eu pour habitude de lui cacher quoi que ce soit…

— En tout cas, il ne s'est pas donné la peine de vous raccompagner jusqu'ici, constata Ansithe en croisant les bras.

Ecgbert battit des paupières. Son regard vacillant se leva vers les solives noircies par la suie.

— À dire vrai, Lady Ansithe, il m'a parlé de votre… rapprochement avec le Normand. Il m'a dit que son aide ne lui paraissait plus utile ici. Si vous avez besoin de lui, il faudra aller le solliciter vous-même, milady. À deux genoux.

— Plutôt me jeter moi-même en Enfer, marmonna Ansithe, penchée sur la carte.

Elle ne pouvait se hasarder seule aussi loin du domaine. Il lui faudrait une escorte. Mais certainement pas leur importun voisin.

— Mes hommes et moi pouvons y aller, intervint Moir. Ce sont des guerriers parfaitement entraînés. Nous vous ramènerons votre sœur, milady.

Ansithe poussa un long soupir. À la fois de soulagement et de contrariété. C'était tout de même un peu fort ! Voilà qu'il lui fallait compter sur l'ennemi, et sur des otages, qui plus est, pour la protéger de son propre peuple ?

Le regard brillant de Moir s'empara du sien. Ce fut comme s'il la prenait dans ses bras et lui infusait sa force et sa détermination.

— Ansithe, intervint à son tour Cynehild d'une voix calme. C'est toi qui es chargée de la protection du domaine. Je te laisse décider. Mais je crois que tu ferais mieux d'aller avec Moir. Après ce qui s'est passé avec Wulfgar, je ne fais guère confiance à Cédric, moi non plus… Quant à vous, Ecgbert, vous n'avez pas à émettre le moindre jugement sur notre comportement, à mes sœurs et moi. Sinon, c'est à notre père et à Leofwine que vous aurez à rendre des comptes.

Le régisseur la dévisagea, interloqué.

— Parce que vous faites confiance à pareil individu ? À un étranger ? Un Normand, et votre otage, qui plus est. Vous savez pourtant qu'il en profitera pour s'échapper avec ses acolytes. Et après, nous serons bien avancés. Vous feriez mieux d'aller voir messire Cédric, milady. Reconnaissez votre erreur devant lui et il sera ravi de vous rendre service.

Ansithe serra les poings.

— Et pendant votre absence, qu'ont fait ces Normands, à votre avis ? Ils ont réparé le toit de la chapelle, et refait aussi le chaume des granges du domaine. Ils ont procédé à tous ces petits travaux que vous juriez depuis des mois n'avoir pas le temps d'accomplir. Alors, pourquoi ne leur ferais-je pas confiance ?

Le régisseur, mal à l'aise, commença à se dandiner sur ses deux jambes.

— J'avais de bonnes excuses. Votre père…

Ansithe l'arrêta d'un geste de la main.

— Vous réglerez cela avec mon père à son retour. Vous tâcherez de lui expliquer comment le domaine a pu tomber dans un tel état de déréliction. Et pourquoi vous refusiez de nous obéir.

— Si ça continue, votre père et votre époux ne sont pas près de revenir, objecta Ecgbert, une lueur mauvaise dans le regard. Une fois vos otages enfuis, je me demande bien quelle sera votre monnaie d'échange.

— Chaque chose en son temps. Retrouvons d'abord Elene. Quoi qu'il en soit, si vous êtes revenu ici, c'est parce que vous nous faites assez confiance pour sauver votre maîtresse.

— À moins que les gens qui vous ont enlevés vous aient laissé partir pour servir d'appât ? interrogea Moir d'une voix brève. Nous attendent-ils en embuscade quelque part ?

Le régisseur roula des yeux.

— Vous n'êtes pas obligées de me croire sur parole, ladies, répondit-il en se tournant ostensiblement vers les deux filles du maître du domaine. Mais rien ne vous permet de mettre en doute ma loyauté à l'égard de votre famille.

— Bien… Il nous faut donc vous faire confiance, Ecgbert, conclut Ansithe, forçant un peu la voix pour que tout le monde l'entende, membres de la famille, alliés et serviteurs. S'il arrive entre-temps de mauvaises nouvelles concernant Elene, Cynehild saura prendre les décisions qui conviennent et enverra quelqu'un du domaine nous prévenir.

Se tournant vers Moir, elle ajouta :

— Nous partirons dès que possible, vous, vos hommes, Ecgbert et moi.

— Nous enverrez-vous affronter l'ennemi sans armes ? s'enquit Moir.

Ansithe consulta du regard sa sœur, qui opina du chef.

— Vous disposerez des quelques armes que nous avons encore ici. Mais Palni restera à l'infirmerie. Il n'est pas en état de voyager, surtout s'il y a des risques de combat.

Le visage de Moir se ferma. Son regard devint de glace. C'était une forme de camouflet. C'était comme si Ansithe sous-entendait que, ne lui faisant pas confiance, elle préférait garder le meilleur ami du Normand en otage. Elle savait qu'en agissant ainsi, elle venait d'arracher les derniers liens qui les retenaient l'un à l'autre.

— Je vous remercie de votre sollicitude, milady.

Chapitre 11

Quand Moir entra dans l'infirmerie, Palni et frère Oswald, penchés sur l'échiquier, devisaient tout en jouant. Le moine parut embarrassé d'être surpris en train de fraterniser avec l'ennemi mais Palni, lui, quand il leva la tête, ne manifestait aucun état d'âme particulier.

— On dirait que mon vieux camarade est en train de perdre, comme d'habitude, remarqua Moir avec un petit rire.

Frère Oswald se leva.

— Nous discutions tout en jouant. C'est un bon moyen pour passer le temps. L'ennui est le pire ennemi, même quand il ne s'agit que de guérir.

— Nous parlions de religion, expliqua Palni. Frère Oswald me faisait quelques remarques intéressantes auxquelles je n'avais jamais songé. Il me permet de voir le monde avec d'autres yeux. Comme si je renaissais au monde…

— Vraiment ? ironisa gentiment Moir, une flamme espiègle dans le regard.

Si on en était déjà là, si Palni, fervent adepte de Thor, s'intéressait soudain à la religion du Christ, cela risquait de devenir amusant… et compliqué.

— … Il faut que nous parlions, Palni. Nous avons eu des nouvelles.

— Sûr qu'il a dû se passer quelque chose, mon vieux, remarqua Palni en s'efforçant en vain de se mettre sur ses pieds. Sinon tu serais auprès de ta belle, occupé à lui conter fleurette.

— Nous nous rencontrons de temps à autre. Le domaine n'est pas si grand. Mais dis-toi bien une chose, mon vieux. Je ne tolérerai pas que qui que ce soit manque de respect à Lady Ansithe.

— C'est bien la première fois que je te vois te défendre d'une conquête. Étrange, non ?

— Je ne crois pas que nous ayons du temps à perdre.

Moir expliqua rapidement la situation. Frère Oswald, levant les bras au ciel, fit appel à tous les saints du Paradis. Moir le calma d'un regard acerbe.

— Tu pars au secours d'Elene et tu veux que je vienne avec toi, conclut Palni, après un nouvel effort pour se mettre sur ses pieds. La Valkyrie t'a donné la permission.

— Moi, j'y vais, mais pas toi. Tu ne ferais que nous ralentir, mon ami. Lady Ansithe m'accompagne.

— Si tu as besoin de moi, je le ferai, tu le sais bien.

Un sourire étira la bouche mobile de Palni.

— Lady Ansithe n'est pas seulement une jolie femme. C'est aussi quelqu'un qui n'a pas froid aux yeux. Et elle est très intelligente. Elle veut s'assurer que tu accomplis bel et bien ta mission. Prends bien soin d'elle.

— C'est bien mon intention.

Moir hocha la tête, contrarié. Palni lui aurait été bien utile dans cette aventure. Son vieux compagnon était d'une grande habileté pour suivre n'importe quel gibier à la trace, fût-il humain, et, quand il s'agissait de flairer le danger, il semblait littéralement pourvu d'un sixième sens. Mais pas question de lui demander de voyager dans cet état. Même à cheval.

— Mais j'insiste. Tu resteras ici.

Palni souriait toujours.

— Cela vous fera l'occasion de mieux faire connaissance, reprit-il, toujours à son idée.

Moir haussa les épaules.

— Ça ne s'annonce pas comme une partie de plaisir. Nous devons retrouver Elene et ce qui reste de son escorte. Et qui sait s'il ne s'agit pas d'une embuscade ?

Il rougit lentement sous le regard aigu de frère Oswald. Mais Palni continuait sans se démonter :

— Si tu la rends malheureuse, autant que tu saches tout de suite que tu auras affaire à moi.

— Ce n'est pas mon intention. Je…

Il s'interrompit. Il ne parlait jamais de sa vie privée, même à un vieil ami. Et les moments qu'Ansithe et lui venaient de partager étaient bien trop précieux.

— … Bon, conclut-il, ce n'est pas pour parler de ça que je suis venu te voir.

— Non, mais tu en parles, plaisanta Palni avec un petit rire amusé. J'éprouve le plus grand respect et la plus vive amitié pour Lady Ansithe. Je ne voudrais pas qu'il lui arrive quelque chose, quelle que soit la nature de votre relation. Si les bandits qui ont attaqué Elene ont eu assez de culot pour le faire, alors qu'elle voyageait avec une escorte armée, l'affaire peut être dangereuse.

— Lady Ansithe tient à nous accompagner. Même sa sœur le lui a demandé.

— Cette femme a l'âme d'une Valkyrie. Elle aurait sa place dans les récits légendaires de nos *skaldes*[1]. Mais, hélas, c'est aussi une mortelle, faite de chair et de sang. Souviens-t'en avant de l'exposer au danger.

En entendant la comparaison osée de Lady Ansithe avec

1. Les *skaldes* appartenaient à la tradition orale des légendes scandinaves dont ils chantaient les péripéties. Leurs récits ont été retranscrits au Moyen Âge dans *L'Edda poétique* (manuscrit islandais du XIIIe siècle).

une Valkyrie, frère Oswald émit un cri de protestation, accompagné de plusieurs signes de croix.

Palni sourit.

— Il faut savoir reconnaître les choses telles qu'elles sont, mon Frère. Et réjouissons-nous de cet état de fait. Sans Lady Ansithe et ses talents de guerrière autant que de stratège, nous ne serions pas ici, à jouer tranquillement au jeu de la Table du Roi.

Le moine s'interrompit, bouche ouverte. Puis il opina du chef.

— Dans ce cas, bien que je n'aie jamais trouvé cela très chrétien, je me réjouis des prouesses de notre châtelaine avec son arc.

Agrippant la tunique de Moir, Palni l'attira à lui.

— Encore un conseil, mon ami. Pour autant que je puisse en juger, cette femme serait pour toi une bonne compagne. Mais, outre le danger, pense à l'avenir que tu pourras lui offrir avant de faire ta demande.

Moir sentit ses entrailles se contracter. Il s'écarta brusquement de Palni.

— Comme si je ne le savais pas.

— Une chose est sûre. Si tu touches à un cheveu de sa tête, si tu fais couler une seule de ses larmes, tu peux compter sur moi pour te le faire payer. N'oublie pas que c'est elle autant que notre bon moine ici présent qui m'a sauvé la vie.

— Elle est assez grande pour faire ses choix.

Moir se dandinait d'un pied sur l'autre. Ansithe et lui se connaissaient depuis si peu que le simple fait de penser à elle éveillait en lui des passions diverses. Du désir, évidemment, mais aussi une émotion à laquelle il ne parvenait pas encore à donner un nom. Il aurait voulu pouvoir passer plus de temps avec elle. Dans le train-train paisible du manoir, ils auraient pu apprendre à se connaître. À cultiver leur relation.

Maintenant, ils devaient partir dans une aventure qui risquait de fausser la donne en mettant leur vie en danger. Palni semblait avoir lu en lui à livre ouvert. Il ne restait plus qu'à espérer qu'il soit le seul.

— Quel que soit le choix de ta Valkyrie, je ne vois pas ce que cela changerait. Tu es beaucoup trop dévoué à ton *felag* pour t'attacher à une femme.

— Ne t'inquiète pas, Palni. Ni pour elle ni pour moi. Tout ira bien. Je n'ai pas l'intention de lui faire du mal.

— Délibérément, non, j'en suis bien convaincu. Mais si, en la protégeant, tu dois remettre en question ta loyauté à l'égard d'Andvarr, à ton avis, qui choisiras-tu ?

Moir serra les dents. Cette question le hantait depuis qu'il avait regardé Ansithe s'endormir dans ses bras.

Et il n'avait toujours pas trouvé la réponse. Il voulait pour la jeune femme un avenir solide, radieux. Un avenir qui dure plus longtemps que ce qui se passait d'ordinaire entre un homme et une femme. Elle lui donnait envie de faire des projets, de dévorer la vie à pleines dents au lieu de se contenter de vivre au jour le jour, n'attendant pour agir que les ordres de son *jarl*. Oui, la situation était claire. Il voulait à la fois son statut au sein du *felag* d'Andvarr et Ansithe.

— J'espère de tout mon cœur n'avoir jamais à faire ce choix.

Ansithe s'était réfugiée dans la cour pour ne plus entendre Cynehild se lamenter sur les malheurs répétés de leur famille. L'air était plus frais et le ciel avait pris la couleur noire de l'aile du corbeau. Soudain, un coup de tonnerre retentit et la pluie se mit à tomber en un long rideau d'argent.

Elle poussa un soupir.

Voyager par un temps pareil serait le meilleur moyen de se perdre. Ecgbert, déjà peu futé, serait incapable de voir sa main devant son visage, a fortiori de retrouver la hutte de chasse où il avait laissé Elene avec ses compagnons. Il leur faudrait attendre le lendemain, en espérant qu'il allait s'arrêter de pleuvoir.

Le temps était bien assorti à son humeur. Entre Moir et elle, tout était fini avant même d'avoir réellement commencé. Leur relation n'était qu'un rêve flottant sur les prés comme une brume d'été.

L'échec d'Elene, si près du but, sonnait le glas de leurs espérances. Cela changeait tout. Moir n'était pas des leurs. Il appartenait à la Grande Horde des païens qui avait envahi leur pays en plusieurs vagues, violant les femmes et pillant les récoltes.

Avait-elle été envoûtée par lui, comme le prétendait Cédric ?

Mais le cœur d'Ansithe protestait encore. Ce n'était ni pour piller ni pour violenter les habitants que Moir était venu jusqu'ici. À elle d'essayer de comprendre, de trouver la vraie raison.

— Tu voulais me voir ? dit Moir en se matérialisant soudain devant elle.

Il parlait poliment, avec juste un léger tranchant d'acier dans la voix.

— Oui, je voulais faire le point avant notre départ. Penses-tu que nous devrions prendre des chevaux ?

Il s'approcha d'un pas, mais elle recula aussitôt.

— J'étais sérieuse en disant qu'il était préférable de mettre un terme à notre relation. Je ne t'attendais pas ici, dans le noir, pour que tu me prennes dans tes bras.

En prononçant ces paroles, Ansithe se maudissait de penser exactement le contraire. Elle mourait d'envie qu'il le fasse.

Le regard de Moir ne cilla pas.

— Si nous restons ici, nous allons être trempés jusqu'aux os.

— Cela ne nous prendra pas longtemps. Tu as l'habitude de ce genre d'expéditions. Tu sais ce que nous devons prendre comme provisions et comme équipement.

— Allons au moins nous mettre à l'abri dans l'écurie…

Et, joignant le geste à la parole, Moir se dirigea vers le bâtiment bas au fond de la cour.

Ansithe le suivit à regret. Elle devait trouver une excuse pour rentrer au manoir. Se retrouver en tête à tête dans un espace confiné avec le corps superbe de son ennemi à portée de main était une délicieuse et inutile torture.

Mais la pluie tombait plus fort et il fallait bien prendre une décision.

— Oui, pourquoi pas, murmura-t-elle derrière son dos.

La bonne odeur de foin séché et les doux bruits de mastication des bêtes conféraient au lieu une atmosphère de sérénité et de réconfort. Quand ils se furent rejoints à l'intérieur, Moir tendit les bras comme pour la prendre contre lui. Ansithe recula aussitôt.

— Tu as parlé avec Palni, si j'ai bien compris, commença-t-elle, fronçant les sourcils avec cet air sérieux dont Cynehild se moquait quand elles étaient enfants. Ma sœur m'a promis de veiller sur lui pendant notre absence. À notre retour…

Soudain, en prononçant ces mots, elle prit conscience de ce qu'ils signifiaient. À leur retour, son temps avec Moir toucherait à sa fin. Elle devrait le renvoyer à la cour avec l'escorte ramenée par Elene et Ecgbert, ce qui lui permettrait de récupérer auprès d'Andvarr l'or qui servirait à payer la libération de son père et du mari de Cynehild.

Moir leva vers elle un regard voilé.

— Oui, j'ai parlé avec lui et avec frère Oswald qui est parti dire une messe dans la chapelle pour le succès de notre expédition.

— Tu m'en vois très honorée… Frère Oswald est persuadé que je suis à jamais une fille perdue.

Elle eut un petit rire grinçant et se ressaisit aussitôt. Ça lui apprendrait à faire la fière. Moir devait la trouver pathétique.

— … Pour ce que je me soucie de son avis, conclut-elle en haussant les épaules.

— Mais si, tu te soucies beaucoup de son avis, comme de celui des autres en général. Même si tu prétends le contraire. Et tu retiens toujours la critique, jamais le compliment. C'est pour cela que tu as décidé de mettre fin à notre relation. Il était plus facile pour toi de croire ce qu'un lâche et un imbécile disait plutôt que de reconnaître une fois pour toutes ce qui est bon pour toi.

— Je ne vois absolument pas à quoi tu fais allusion, protesta Ansithe en secouant la tête, contrariée qu'il ait à ce point raison.

La force des sentiments qu'elle éprouvait pour Moir la terrifiait. Jamais personne n'avait eu une telle emprise sur elle.

Le silence s'épaissit. On entendait plus que le bruit de la pluie tombant sur les pavés de la cour et le ruminement des bêtes.

— Je voudrais seulement m'assurer que tout est prêt pour demain, Moir. Nous allons devoir partir très tôt.

Moir hocha la tête.

— Je m'occupe de tout cela. Mes hommes ont l'habitude

de ce genre de choses. Je n'ai qu'une inquiétude. Pouvons-nous faire confiance à Ecgbert ?

— Nous avons besoin de lui. Lui seul sait où s'est réfugiée Elene. Il est notre seul lien avec elle.

— Un homme comme lui, qui n'a rien d'un fier-à-bras, parvient à s'échapper d'une embuscade sans une égratignure alors qu'il y a plusieurs blessés… Et tu trouves cela normal ?

Comme elle hésitait, il ajouta :

— On ne peut pas dire qu'il ait jamais prouvé sa loyauté à ton égard. Pas plus qu'envers ta famille. Il est bien trop familier avec ton voisin, le sieur Cédric, qui se mêle beaucoup trop de vos affaires. Et pas nécessairement dans votre intérêt.

Ansithe soupira. Moir n'avait pas tort, évidemment.

— D'après toi, cette attaque était un coup monté ?… Pourtant, Ecgbert s'est toujours montré loyal à l'égard de mon père. Il lui dit toujours tout.

Moir se croisa les bras.

— Mais il ne manifeste pas un zèle particulier quand il s'agit de faire son travail… Pour moi, la chose est claire. Soit c'est un lâche qui n'a pas eu le courage de défendre ta sœur et s'est sauvé à toutes jambes, soit il est complice avec ceux qui ont attaqué. C'est peut-être un piège dans lequel il va nous conduire tout droit. Tu ferais sans doute mieux de nous laisser aller là-bas tout seuls. En tout cas, moi, ajouta-t-il en lui caressant la joue, je préférerais te savoir en sécurité ici. Palni te sert de garantie, au cas où le pire surviendrait.

— Pas question, Moir. Elene est ma sœur. Je vais avec toi. Je me sentirai plus utile à faire la traque avec vous avec mon arc et mes flèches qu'en restant au manoir à m'occuper de mes ruches.

Moir lui prit les deux mains.

— S'il y a vraiment un affrontement, promets-moi de rester à l'écart.

— C'est ce que tu ferais ? s'enquit Ansithe en l'observant sous ses cils baissés.

— Je suis un combattant aguerri.

Il entremêla ses doigts à ceux d'Ansithe et elle oublia tout, hormis le fait qu'il n'y avait qu'un endroit au monde où elle se sentait bien.

Dans ses bras.

Elle devait s'écarter, elle le savait, mais elle restait comme hypnotisée par le rayon bleu du regard de Moir.

— Je veux seulement te protéger, Kyrie, murmura-t-il sans resserrer leur étreinte. Je veux être sûr qu'il ne t'arrivera rien.

— Il ne m'arrivera rien. Je suis parfaitement capable de veiller sur moi-même, chuchota-t-elle.

Mais ses doigts s'agrippaient à ceux de son compagnon.

Moir l'attira à lui et leurs corps se rencontrèrent. Sa bouche se posa sur la sienne, une langue gourmande se glissa entre ses lèvres. Aussitôt, elle noua ses bras autour du cou de son partenaire et s'abandonna à son étreinte.

— Que veux-tu exactement, Kyrie ? gronda-t-il enfin contre son oreille. Dis-moi la vérité au lieu de me raconter des histoires.

— Tes bras, reconnut-elle en posant sa tête contre son torse pour mieux se laisser bercer par le battement puissant de son cœur. J'avais tort, tout à l'heure, en croyant que tout était fini entre nous avant même d'avoir commencé.

Demain, elle serait plus forte. Demain, elle aurait le courage de lui résister.

— Ne serais-je pour toi qu'un divertissement ? murmura-t-il, son haleine chaude lui caressant la joue.

Il lui mordillait les lèvres, jouait avec sa langue, déclenchant en elle des étincelles de plaisir.

— Ai-je tort ?

Les doigts de Moir jouèrent avec le ruban qui retenait sa natte et elle sentit ses cheveux lui couler dans le cou. Il enfouit son visage dans leur épaisseur.

— Puis-je rester ici avec toi cette nuit ? souffla-t-elle. Je ne veux pas rester seule.

Sans répondre, Moir l'attira à lui sur les ballots de paille et entreprit de la dénuder. Quand il la prit, elle sut que leur attirance physique serait toujours la plus forte. Elle le rejoignit avec joie dans cette chevauchée qui les menait vers l'extase au milieu des coups de tonnerre.

Moir reprit progressivement conscience de son environnement. La paille dure lui meurtrissait le dos, le froid de la nuit avait pénétré son corps et, signe que l'orage était passé, le clignotement des étoiles filtrait par les jointures de la porte.

Il déposa un baiser léger sur le nez de sa compagne et, roulant sur le côté, laissa son regard errer sur les solives. Il avait menti à Ansithe. Leur attirance n'était pas seulement une simple attraction physique. Il aimait tout en elle. Sa manière de penser, sa fidélité à sa famille, sa force et son courage. Elle suscitait en lui un instinct de protection qu'il n'avait jamais éprouvé pour personne et, pour la première fois, il comprenait pourquoi, peut-être, son père avait trahi ses compagnons. Il était si pressé de rentrer chez lui, il avait si peur d'être à jamais séparé de son épouse qu'il n'avait pensé à rien d'autre.

Pourtant, il devait chasser ses rêves d'une vie commune avec cette femme. Comment pouvait-il lui demander de partager sa vie alors que son avenir était aussi incertain ?

Ansithe lui était devenue si précieuse, indispensable même, en si peu de temps. Grâce à elle, il voyait la vie autrement que sous l'aspect d'une longue succession de combats et de conquêtes ponctués de brefs autant que décevants repos du guerrier.

Il était parfaitement conscient de ce qu'elle était venue chercher en le rejoignant dans la grange. Elle avait voulu utiliser son corps, et le plaisir qu'il lui donnait, pour oublier sa peur. Pour trouver un moment de paix. Lui-même l'avait fait assez souvent, cherchant une paire de jolies cuisses pour s'accorder un moment de répit au milieu de la tension des combats.

Son cœur se serra. Mais cette fois, il voulait plus que ce simple corps à corps occasionnel. Il voulait que l'acte sexuel ait un sens pour elle, comme cela en avait un pour lui.

Moir se figea. Oui, il en était sûr, maintenant. Il devait lui demander si elle était prête à l'attendre, à lui laisser le temps d'organiser sa vie pour être prêt à l'y accueillir. Il ne pouvait rien prévoir tant qu'il ne se serait pas assuré que Guthmann ne mettrait pas à exécution sa menace. Qu'il ne chercherait pas à faire du mal à la femme qu'il aimait.

Se forçant à revenir au présent, il déposa un léger baiser sur le bout du nez d'Ansithe qui ouvrit aussitôt les yeux.

— Me suis-je endormie ?

— Oui, de très jolie façon.

Emprisonnant le visage de sa compagne entre ses mains, Moir ajouta :

— Je vais retrouver Elene, je te le promets.

— Nous allons la retrouver. Tous les deux.

— Ne me fais-tu pas confiance ? Penses-tu que je vais en profiter pour m'échapper ?

Ansithe croisa ses bras sous sa nuque. Sa camisole s'entrebâilla sur un jeune sein blond, dardant son mamelon rose, et Moir sentit son désir renaître. Mais l'heure était aux choses sérieuses. Il fallait préparer leur départ.

— Non, dit-elle, je sais que tu reviendras avec moi, et

avec Elene, si Dieu le veut. Tu es un homme d'honneur. Tu tiendras parole. Je ne peux m'empêcher de me demander…

Se remettant sur son séant, elle refit sa natte d'une main preste, et redevint aussitôt la jeune châtelaine efficace et prête à tout pour défendre son domaine et sa famille.

Elle resta un moment silencieuse puis ajouta :

— … Ce qui serait advenu si je l'avais accompagnée dans cette expédition.

— Ce qui est fait est fait, Kyrie. Nul ne peut faire revivre le passé ni décider de l'avenir. Mieux vaut vivre dans le présent.

— Facile à dire, Moir. Mais tu sais comme moi combien c'est parfois difficile.

— Je sais, admit-il se demandant s'il n'avait pas autant parlé pour lui que pour sa compagne.

N'avait-il pas lui-même lutté pendant des années pour s'en tenir à cette règle de vie ?

— … Mon père, reprit-il, était un rêveur qui passait le plus clair de son temps à la chasse ou à festoyer avec ses amis. Quant à ma mère, elle essayait de réparer les pots cassés en se torturant pour comprendre à qui était la faute et pourquoi, malgré ses efforts, leur ménage courait droit à l'échec. C'est comme ça que j'ai découvert qu'il valait mieux vivre dans l'instant.

— Ton père n'était pas un bon mari ?

— Il ne mérite pas la salive qu'on dépenserait pour parler de lui. Il appartient au passé, désormais. Il a fini par perdre son honneur en reniant sa promesse. Et j'ai juré sur sa tombe que je n'en ferai jamais autant.

Ansithe l'observa un moment, songeuse.

— Les familles jouent un rôle important pour notre avenir, n'est-ce pas ? Elles décident de ce que nous sommes.

— Tu fais erreur. C'est nous qui faisons ce que nous sommes. Et personne d'autre.

Les paroles d'Andvarr au moment du départ de Moir résonnaient encore dans sa tête : « Ne fais pas comme ton père, Moir. Donne le bon exemple au *felag* que je te confie avec mon fils. »

Mais Lady Ansithe ne le rendait pas plus faible. Elle le rendait plus fort, au contraire. Il posa sa main sur sa joue et elle s'abandonna.

— Ce que nous avons partagé cette nuit n'est pas un adieu, Kyrie. C'est un commencement. C'est le présent glorieux et vibrant de la joie qui nous anime. Et qui sait combien de temps cela durera ?

Après avoir raccompagné Moir à l'écurie en passant sur la pointe des pieds devant Owain endormi, Ansithe ouvrit la porte du manoir d'une main décidée. Le grincement résonna dans le hall mais rien, ni animal ni humain, ne broncha. L'un des chiens leva la tête puis, en la reconnaissant, la laissa retomber avec un soupir. Dans la cheminée, le feu n'était plus qu'un tas de braise incandescente.

Soudain, une voix appela doucement dans la pénombre.

— Ansithe !

Par tous les saints ! Cynehild veillait encore. Instinctivement, Ansithe porta la main à sa bouche. Sa sœur allait remarquer sa bouche gonflée par les baisers, ses cheveux décoiffés, et ses yeux trop brillants. Elle se raidit. Pas question de lui mentir, mais pas question non plus de se laisser dicter sa conduite.

— Oh ! J'ignorais que tu veillais encore, ma sœur… Je… m'occupais des préparatifs de notre départ. Je ne pensais pas que cela prendrait autant de temps.

Cynehild lui fit signe de s'approcher.

— Viens t'asseoir à côté de moi. Qui sait combien de temps il me faudra attendre pour avoir une conversation tranquille avec l'une de mes sœurs. Viens, te dis-je… Je ne mords pas.

Ansithe prit place sur le banc et tapota affectueusement la petite main blanche et soignée de Cynehild.

— Je suis toujours heureuse de pouvoir te parler.

Elle s'aperçut avec surprise qu'elle était sincère.

Cynehild prit la main de sa sœur et l'étreignit fébrilement.

— Crois-tu réellement pouvoir nous ramener Elene ? Ecgbert n'est pas toujours très fiable, dans ce domaine comme dans d'autres.

— Avec Moir, oui, nous y arriverons.

— Mais, d'après Ecgbert, les bandits peuvent être revenus. Les soldats de l'escorte sont blessés. Elene est la seule femme… Oh ! mon Dieu, ma sœur ! Je n'en dors plus. J'aurais dû y aller à sa place…

Ansithe serra les mâchoires.

— Non, Cynehild, je te l'ai déjà dit. Ton fils a besoin de toi. Elene est notre sœur, je ne l'abandonnerai pas. Moir et moi, nous nous occuperons de cette bande de coupe-jarrets de pacotille ensemble.

— Tu crois vraiment que le Normand nous aidera ? Ne va-t-il pas s'enfuir avec ses compagnons à peine auront-ils mis le pied dans la forêt ?

— Moir est quelqu'un de bien.

— Et si tout cela n'était qu'un piège ?

— Quel piège ? Organisé par qui ? Moir n'y a aucun intérêt, pas plus qu'il n'a intérêt à abandonner ici son meilleur ami. Il tient à ses hommes, même à Bjartr. Il veille sur eux. Et il a juré à son chef de guerre de les lui ramener tous sains et saufs.

Cynehild couvrit la main de sa sœur des siennes.

— Je ne veux pas qu'il t'arrive quelque chose. J'ai un pressentiment… Je ne suis pas prête à perdre mes sœurs.

— Je sais me défendre, Cynehild.

— Oui, tu es très habile avec ton arc. Mais je ne parlais pas seulement de ces blessures-là.

— Que veux-tu dire ?

— J'ai des yeux pour voir, Ansithe. Les regards enflammés que vous échangez quand vous croyez qu'on ne vous voit pas. Comment tu le regardes quand il travaille au chaume de nos toits et qu'il lance des directives à ses hommes… Reviens-moi, Ansithe. Jure-moi que ce cauchemar va bientôt finir et que nous allons tous bientôt nous retrouver ici comme avant, avec père, Leofwine et mon cher petit garçon.

Elle ajouta dans un sanglot qui lui déchira la gorge :

— Je t'en supplie… Ne t'enfuis pas avec cet horrible Viking.

Ansithe dévisagea sa sœur, le souffle coupé.

— Oserais-tu me soupçonner d'un acte aussi lâche ? Crois-tu vraiment, comme le prétend Cédric, que notre otage m'a délibérément ensorcelée ? Je te fais le serment de revenir, ma sœur. Et nous te ramènerons Leofwine, comme promis.

Cynehild la serrait maintenant si fort qu'elle lui faisait mal.

— Non, je ne te soupçonne de rien, ma chérie. Tu es impatiente, primesautière, mais tu aimes les tiens et je sais que tu feras pour le mieux. Mais prends bien soin de toi, ma sœur. Fais attention à ton cœur.

— Je connais mes devoirs et je sais l'avenir qui m'attend, murmura Ansithe, la gorge serrée. Ma vie est ici, parmi les miens. Le retour de père et de ton époux compte plus que tout pour moi. C'est pour ça que nous avons fait prisonniers Moir et ses hommes.

Elle savait qu'elle n'était pas tout à fait sincère. Moir était déjà entré dans son cœur et il l'emporterait avec lui quand il s'en irait.

Chapitre 12

Ansithe jeta un dernier regard à sa sœur qui, debout sur le seuil avec Wulfgar, agitait follement le bras, un sourire trop grand plaqué sur ses lèvres pâles. Son cœur se serra. C'était peut-être la dernière fois qu'elle voyait sa famille et sa maison.

— Ne t'inquiète pas, ma sœur. Nous te ramènerons Elene ! cria-t-elle.

Mais, déjà, les deux silhouettes avaient disparu à l'intérieur du hall.

— Nous ferons de notre mieux, Ansithe. Mais la tâche n'est pas facile, dit Moir en allongeant le pas. Et il vaut mieux que Bjartr reste avec Palni pour veiller sur lui. Cela fera pour ta sœur un otage de plus à échanger au cas où le pire surviendrait.

— Le pire n'arrivera pas, affirma Ansithe d'une voix mal assurée. Je refuse même d'y penser.

— Il vaut mieux que le garçon reste au manoir, tu peux m'en croire, affirma son compagnon à mi-voix. C'est un véritable fomenteur de troubles, même quand il n'y songe pas.

Ansithe battit des paupières. Elle comprenait le message à demi-mot. En laissant Bjartr derrière lui, Moir lui donnait une garantie supplémentaire qu'il ne s'échapperait pas, quelles que soient les circonstances. Elle appréciait l'attention, même si elle était intimement persuadée que ce n'était pas nécessaire. Le Normand était un homme de parole.

— Je sais. Je te fais confiance.

Il décocha à Ansithe un bref sourire, lumineux et plein d'assurance, et son monde intérieur en fut illuminé.

— Tu progresses, on dirait.

Ils s'enfoncèrent dans le sous-bois, Ecgbert ouvrant la marche avec la mule qui portait leur matériel de bivouac, dûment encadré par deux des hommes du *felag*.

Ansithe s'appliquait à suivre l'allure de Moir.

— Espérons qu'Ecgbert est meilleur guide qu'il n'est régisseur, dit encore son compagnon entre ses dents. Ces bois n'ont pas été entretenus depuis des décennies et il serait facile de s'y égarer.

— J'ai emporté la carte de mon grand-père, mais les lieux ont dû beaucoup changer, évidemment. Des allées se sont sans doute refermées…

Moir haussa les épaules.

— À qui la dernière guerre civile a-t-elle profité ? Au *ceorl* ou à l'*ealdorman* ? Regarde autour de toi. Tout pousse en dépit du bon sens. Où sont les huttes de charbonniers ? Les gardiens de porcs menant en pâture leurs troupeaux sous les chênes ? Pourquoi n'entend-on pas la hache des bûcherons, ni leurs chants ? Des arbres de cette taille ne se coupent pas si facilement. Il faut organiser des parcelles de déboisement, et replanter de jeunes arbres, plus faciles à exploiter. Mélanger les essences…

Le regard vif de Moir furetait entre les troncs, repérait les arbres fragilisés qui menaçaient de tomber, supputait la richesse de cette forêt inexploitée.

— … Et il n'y a pas qu'ici, dans ce domaine, conclut-il. D'après ce que j'ai pu constater depuis que je sillonne la région, c'est toute la Mercie qui est dans cet état d'abandon.

Le cœur d'Ansithe battait à se rompre. Elle connaissait

l'importance de ces bois comme ressource pour le domaine. Sous réserve d'une bonne gestion, on pouvait y trouver là du bois de construction, du bois de chauffage et une ressource financière sans cesse renouvelée. Elle était consciente de la manière dont sa chère forêt s'était dégradée depuis son enfance à cause des rivalités incessantes entre les royaumes voisins, Hwicce[1] et Wessex, bien avant l'arrivée de la Grande Armée des païens et même avant la guerre civile. L'invasion viking n'avait fait que précipiter le déclin.

— Tout le monde est las de ces guerres interminables, constata-t-elle. Sauf ceux qui en tirent profit.

— Ne dit-on pas que les bonnes frontières font les bons voisins ?

— Tout ce que je veux, c'est que ma famille vive de nouveau réunie au manoir, saine et sauve.

Moir la saisit par l'avant-bras. Ansithe sentit aussitôt une vive chaleur l'envahir, merveilleusement réconfortante.

— Trouvons d'abord votre sœur et le reste suivra.

— Si Andvarr, ton chef, accepte de me payer votre rançon, quels sont tes projets pour la suite ? s'enquit-elle, le regard fixé droit devant elle.

— Andvarr payera ma rançon. Si je lui ramène son fils, après toutes les bêtises que Bjartr a faites, il me doit bien ça. Il ne sera même pas obligé de puiser dans sa caisse personnelle. J'ai laissé largement de quoi auprès de son trésorier.

— Et après, répéta Ansithe, que feras-tu ?

— Je te l'ai déjà dit, je me soucie peu du lendemain. Mais j'ai assez vu de tout ce qui ressemble à la guerre et au sang. Peut-être chercherais-je une terre pour m'y établir.

Le cœur d'Ansithe manqua un battement. Aurait-il

1. Le royaume de Hwicce, qui a une frontière commune avec la Mercie du Sud, est apparu aux alentours du VIe siècle dans la vallée de la Severn.

besoin d'une compagne ? Envisageait-il de revenir la voir ? Elle se ressaisit aussitôt. Tous deux suivaient des chemins différents que le hasard seul avait fait se croiser.

— Je te vois très bien en fermier. Et pourquoi pas dans ce pays d'Islande dont tu m'as déjà parlé ?

Les yeux de Moir se plissèrent. Un sourire plein d'humour étira sa bouche généreuse.

— Je suppose que je dois prendre cela pour un compliment…

Ansithe, plongée dans ses rêveries, ne répondit pas. Elle imaginait déjà le beau Normand avec à ses côtés une jolie femme, une nichée d'enfants s'accrochant à ses jambes. Nul doute que le soir, à la veillée, il leur raconterait le pittoresque épisode de sa vie de guerrier où il avait été fait prisonnier par des abeilles. Leur parlerait-il aussi de cette femme qui avait le courage d'une Valkyrie ?

— Tes yeux sont tristes, remarqua Moir d'un ton qui l'invitait à lui confier ses pensées.

Ansithe se ressaisit. Se confier à lui ne ferait que compliquer les choses encore davantage. Chaque pas les rapprochait de leur prochaine séparation.

— Je suis inquiète pour Elene. C'était à moi d'y aller. Elle est beaucoup trop jeune.

— Ce qui est fait est fait. À nous maintenant de faire en sorte que le présent répare les erreurs du passé. Quant au futur, mis à part les Nornes, nul ne peut prédire ce qu'il sera. Alors, à quoi bon se torturer ?

— N'est-ce pas toi qui viens de me dire que tu envisages de devenir fermier ? C'est bien là une prévision du futur, il me semble ?

Le rugissement de rire de son compagnon, à la fois mélodieux et sonore, fit frémir Ansithe de la tête aux pieds. C'était comme si la terre s'était mise à trembler. Elle avait beau faire, elle ne pouvait s'empêcher d'apprécier

Moir. Elle aimait chaque parcelle de son grand corps, ses cheveux de flamme claire et ses yeux de la même couleur que les lacs de son lointain pays. Sa présence faisait de chaque jour une fête.

— C'est seulement depuis que je te connais que je me suis mis à y penser, expliqua-t-il, retrouvant enfin son sérieux.

Ansithe ne put retenir un soupir. Et quand le temps viendrait de devoir se séparer ? Le fait que cette relation se soit établie malgré sa volonté rendrait-il les choses plus faciles ?

Ecgbert leva la main.

— Nous devons tourner par là. Je me rappelle ces buissons de mûres…

— Vous ne nous avez pas parlé de buissons de mûres tout à l'heure, objecta Moir.

Le régisseur, buté, détourna le regard.

— Mes bras en portent encore la marque, milady.

— Et avant ces buissons de mûres, qu'est-ce qui vous a servi de repères pour retrouver votre chemin ? insista Moir.

— J'ai suivi la rivière. Je comptais me cacher dedans si nos assaillants revenaient.

— Alors autant contourner ces buissons, décréta Ansithe. On peut rejoindre la rivière par là. Inutile de se faire défigurer par ces mûres si on peut l'éviter.

Les coins de la bouche d'Ecgbert s'abaissèrent.

— Comme vous voudrez, milady. Je n'ai pas la mémoire des lieux.

— Mais moi, si. J'ai passé des années à étudier cette carte. Je connais tous les anciens sentiers qui permettent de traverser la forêt d'Arden… Dépêchons-nous. Nous avons assez perdu de temps.

Soudain, un grand bruit retentit derrière eux. Ils firent une brusque volte-face, craignant un nouvel assaut.

C'était Bjartr qui sortait de la forêt, agitant le bâton

qu'il avait ramassé pour s'aider dans sa marche. Il avait le visage couvert de sueur.

Moir jura à demi-voix.

Le jeune homme les rejoignit enfin, le souffle court, et s'arrêta devant eux, s'appuyant de ses deux mains sur son bâton pour reprendre son souffle.

— Que fais-tu là ? interrogea Moir, les sourcils froncés. Ne devais-tu pas veiller sur Palni ?

Bjartr fit la moue.

— Je viens avec vous. C'est la jeune déesse de mes rêves qui a été enlevée et je ne dormirai pas si je ne vous aide pas à la sauver. Elle m'a guéri et je n'ai jamais pu la remercier. Je dois à cette jeune fille une dette de vie. La sœur aînée de Lady Valkyrie m'a donné son accord. Voici de quoi l'attester.

Bjartr brandit la petite croix de bois que Cynehild portait toujours autour du cou, suspendue à un lacet de cuir.

— C'est exact, acquiesça Ansithe en reconnaissant l'objet. C'est la croix de ma grand-mère.

— Tu retournes immédiatement au manoir pour protéger Lady Cynehild, vitupéra Moir en pointant le doigt dans la direction d'où venait le jeune homme. Lady Ansithe n'a pas besoin de toi ici.

Mais Bjartr, les bras croisés sur la poitrine, ne bougea pas d'un pouce.

— Non, je reste. Je sais que je peux être utile.

— À quoi ? Depuis que nous avons quitté notre campement, tu n'as cessé de nous causer des ennuis.

L'œil bleu céruléen de Bjartr se durcit.

— C'est ce qu'on n'a cessé de me répéter depuis ma plus tendre enfance. Ne fais pas ça, Bjartr, ça va mal se terminer. Arrête, Bjartr, tu sais très bien que tu ne peux pas le faire. D'abord ma mère, puis mon père, et maintenant toi ! Mais je n'ai plus besoin qu'on me dise ce que je dois faire. Tu as besoin de guerriers pour aller au secours de Lady Elene et je sais me battre. C'est toi-même qui m'as entraîné, Moir, et je ne suis plus un enfant. Toi-même, à mon âge, tu participais aux combats.

Moir regarda le jeune homme, partagé entre l'exaspération et la tendresse.

— Ta mère…

— Ma mère veut que je devienne un homme. Et mon père aussi. Je suis le fils d'un seigneur de la guerre, tonna Bjartr d'une voix étonnamment forte. C'est Lady Valkyrie elle-même qui est venue à mon secours, hier, quand j'ai été injustement traité. Sans elle, je serais mort, à l'heure qu'il est. Je veux l'aider autant que je peux… J'ai dit tout cela à Lady Cynehild et elle m'a cru. Pourquoi pas vous ? Pourquoi ne voulez-vous pas admettre que j'ai changé ?

Il se tenait très droit face à Moir. Une brise légère ébouriffait ses cheveux, lui donnant un air enfantin, et il était très pâle. Mais il y avait dans la manière dont il serrait les mâchoires une détermination que Moir n'y avait jamais vue.

Après tout, n'avait-il pas été lui-même un jour ce tout jeune homme avide de faire ses preuves ?

Moir posa la main sur son pendentif et réfléchit un instant.

— Ce n'est pas à moi de décider, dit-il enfin. C'est Lady Ansithe qui commande ce *felag* aujourd'hui. C'est sa mission. Moi, j'obéis aux ordres.

Ansithe soupesa Bjartr du regard. Il avait entrepris de les rejoindre de son propre gré, apparemment seulement désireux de les aider. Elle aussi savait ce que c'était que d'être le vilain petit canard au sein de sa propre famille. Il avait commis beaucoup d'erreurs, certes. Mais n'avait-il pas droit à une seconde chance ?

Si elle décidait de le renvoyer au manoir, il faudrait aussi se défaire d'un des hommes du *felag* pour le raccompagner. Sans compter qu'ils avaient assez perdu de temps.

— Jures-tu sur ton honneur de m'obéir en tout point et du mieux que tu pourras ? De ne pas chercher à t'évader ?

Bjartr tendit vers elle deux mains suppliantes.

— Donne-moi seulement l'occasion de faire amende honorable, Lady Valkyrie, et tu verras, dit-il avec un air de dignité qu'elle ne lui avait encore jamais vu. Je t'en prie. Tu m'as donné l'exemple du pardon quand ta sœur et toi m'avez sauvé la vie devant le sieur Cédric. Et aussi quand tu as réussi à convaincre ton prêtre de sauver la vie de Palni. Je suis prêt à faire tout ce que tu me demanderas et plus encore.

Comment résister à une telle supplique ? Le jeune Normand voulait sincèrement se montrer utile et Cynehild avait abondé sa demande. Parfois, dans la vie, il suffisait que quelqu'un vous donne votre chance…

Elle lui tendit la main.

— J'accueille bien volontiers tous ceux qui veulent venir en aide à ma pauvre famille.

La main longue et fine de Bjartr se referma sur la sienne.

— Tu ne le regretteras pas, Lady Ansithe.

— Espérons-le, commenta Moir entre ses dents.

Ansithe lui adressa un regard qui voulait l'apaiser.

Moir était content de leur progression. Contrairement à ce qu'il avait craint, ni Ansithe ni Bjartr ne se plaignait du rythme soutenu que leur imposait maintenant le régisseur.

Pourtant, le troisième jour, la méfiance de Moir s'accrut.

— C'est encore loin ? demanda-t-il à Ecgbert d'un ton brusque.

— On arrive, regardez ! dit l'homme à tête de fouine qui transpirait abondamment.

Il montrait du doigt une clairière dont l'herbe était abondamment piétinée.

Une odeur de fumée et de sang flottait dans l'air, comme sur les champs de bataille. Il s'était passé quelque chose ici, dont Elene avait peut-être été la victime. L'estomac de Moir se contracta.

— Où vous cachiez-vous, Ecgbert, pendant la bagarre ? s'enquit Ansithe.

Malgré la puanteur insupportable, elle restait impassible. Elle avait l'habitude des guets-apens. Même si elle mourait d'envie de se jeter dans les bras de Moir, elle résista vaillamment. Le regard de son compagnon se fit plus tendre.

Le régisseur montra du doigt un creux profond dans un saule.

— Là, dans le tronc de ce saule. J'avais si peur, devant cette bande d'énergumènes déchaînés, que j'osais à peine respirer. Une fois qu'ils sont partis, Lady Elene a dit qu'elle allait se réfugier avec les blessés dans la hutte de charbonnier que nous avions dépassée, un peu plus haut, sur le chemin.

— Et cette hutte, où est-elle ? s'emporta Moir. Pourquoi ne l'avons-nous pas vue sur notre passage ?

Le visage d'Ecgbert perdit toute couleur.

— Je ne sais pas… Je ne sais plus. J'ai beau me creuser les méninges, je ne me souviens pas. J'aurais dû les accompagner jusque-là avant de partir mais je n'ai pas eu le courage.

Se prenant la tête entre les mains, le régisseur gémit bruyamment :

— Je ne suis qu'un lâche, milady. Un lâche !

Ansithe soupira.

— Mais si un malheur vous était arrivé, ce serait encore pire. Notre chance de la retrouver maintenant est mince, certes, mais elle existe. Nous sommes à pied d'œuvre, il suffit de chercher. Ce ne peut pas être bien loin.

S'accroupissant, Moir entreprit d'examiner le terrain avec un soin méticuleux.

— Une bonne nouvelle… Les assaillants n'ont pas pris le temps de couvrir leurs traces.

Soudain, la voix de Bjartr retentit dans le sous-bois.

— Venez voir ! Il y a bien eu un combat par ici… Je suis tombé sur quelques-uns des gardes Wessex qui manquaient… Ce n'est pas un beau spectacle. Je crois même qu'il y a un Danois.

Moir et Ansithe se précipitèrent dans un bel ensemble.

— Comment sais-tu que les Danois étaient impliqués ? demanda Ansithe d'une voix forte.

Ce fut Moir qui répondit, brandissant une hache.

— Grâce à son arme. C'est une hache de guerre danoise et je ne vois pas comment un simple coupe-jarret aurait pu l'avoir en sa possession. S'il l'avait volée au cours d'une rixe, il se serait empressé de la vendre. C'est trop compromettant.

— Combien y a-t-il de morts ?

— Je vois deux Wessex et trois Danois, dit Bjartr. Il y a aussi le corps d'une femme… Pas Lady Elene, s'empressa-t-il de préciser tandis qu'Ansithe, affolée, accourait, la main à la gorge. Il s'agit d'une vieille femme vêtue d'une cotte de lin bleue.

Ansithe exhala un long soupir. *Pauvre Bridget !* Il s'agissait de la vieille servante de la famille, qui avait insisté pour suivre la petite dernière dans son expédition. Elle murmura une silencieuse prière à son intention.

— Combien de gardes composaient l'escorte qu'on vous avait donnée à la cour du roi ? demanda Moir en se tournant vers Ecgbert qui les avait rejoints.

Le régisseur passa sa langue sur ses lèvres sèches.

— Onze, je crois. Je leur avais pourtant dit qu'il en fallait bien davantage pour surveiller des agités comme vous… Mais en vain. La preuve en est faite. Les pauvres diables n'ont même pas pu se défendre.

— Ils ont tout de même chassé vos assaillants. Sinon vous ne seriez pas là à nous raconter vos histoires, rétorqua Moir d'une voix brève.

— Elene n'a pas voulu se retarder en enterrant les morts, constata Ansithe. Elle a eu raison.

— En attendant, il faut trouver cette hutte.

Après une demi-heure de marche, Bjartr, toujours devant, les alerta de nouveau. Ansithe se précipita, le cœur battant.

— Elene ?

Le jeune homme se tenait devant la porte de la hutte, mais il secouait la tête négativement.

— Il n'y a plus personne. Ils sont déjà repartis.

Ansithe sentit ses jambes lui manquer. Aussitôt, le bras de Moir s'enroula autour de sa taille pour la soutenir.

— Personne ! souffla-t-elle. Comment est-ce possible ?

— Sommes-nous sûrs qu'ils sont entrés là-dedans ?

Il pénétra dans la hutte et en sortit en brandissant une cape vert sombre.

Ansithe s'affola de nouveau.

— Mon Dieu ! La cape d'Elene.

Elle leva les yeux vers le ciel. Elene était vivante, elle en était certaine.

— Et s'il s'agissait de leurs assaillants, revenus pour les récupérer ? suggéra Bjartr. Par Thor ! Après les pertes qu'ils ont subies, ils n'ont pas froid aux yeux pour s'attaquer ainsi à l'escorte du roi de Mercie.

— Elene et ses guerriers ne s'y attendaient pas. Nous, si, déclara Ansithe tandis que sa main se refermait sur le montant de son arc. Nous allons les poursuivre. Ils ne peuvent être très loin.

— La forêt d'Arden est immense, geignit Ecgbert, de moins en moins sûr de lui. Ils peuvent être partis dans n'importe quelle direction.

Ansithe leva le menton.

— Je sais au plus profond de moi qu'Elene est vivante. Si elle est captive, je ferai tout pour la libérer.

— Nous la retrouverons, Lady Ansithe, déclara Bjartr d'une voix forte.

Le remerciant d'un signe de tête, Ansithe se mit à inspecter du regard le sol autour de la hutte.

— Avec mes sœurs, nous avons mis au point un stratagème au cas où l'une d'entre nous serait enlevée. Elene l'aura mis en application, j'en suis sûre. Pourvu qu'elle ait été en état physique de le faire, acheva-t-elle, la voix étranglée par les larmes.

Ecgbert s'essuya le visage d'un revers de manche.

— Si je pouvais rentrer au manoir, milady… Je ne suis pas un guerrier. Je ne vois pas en quoi je pourrais vous être utile. Je serai heureux de retrouver mes livres de compte.

— Il n'en est pas question, protesta Ansithe avant que Moir ait eu le temps de répondre. Nous ne pouvons nous priver d'un homme pour vous servir d'escorte. Et on ne sait jamais… Chacun peut avoir son utilité, même un comptable !

— Mais votre père…

— S'il apprenait que nous n'avons pas tout mis en œuvre pour retrouver ma sœur, mon père serait furieux. Je plains celui qui tomberait sous le coup de sa colère.

Sous son regard fulgurant, Ecgbert se ratatina comme une vieille pomme.

— Si vous le dites, milady. J'ai pourtant toujours pensé qu'il accordait plus de prix à sa propre vie qu'à celle de ses enfants, ajouta-t-il non sans perfidie. À mon avis, il voudra d'abord qu'on paie sa rançon. Ensuite, il se chargera des investigations. Mais je peux me tromper.

Ses propos ne manquaient pas de pertinence. Mais cela ne réglait en rien leur problème.

— Réfléchissons un peu. Qu'a pu faire ma sœur quand elle a compris que, d'une manière ou d'une autre, il lui fallait partir ? Elle se doutait qu'Ecgbert nous mènerait jusqu'ici. C'est pour ça qu'elle a laissé sa cape.

Moir prit la direction des opérations. Laissant Ansithe méditer un plan d'action, il ordonna à quelques-uns de ses compagnons d'enterrer les morts, puis, dans un aparté avec Bjartr, il lui demanda de surveiller le régisseur du manoir. Et, quand il ajouta que lui seul était capable d'accomplir correctement cette tâche, il vit avec plaisir le jeune homme se redresser fièrement.

— Tu tiens à elle ! ajouta soudain Bjartr, alarmé. Souviens-toi de la menace de Guthmann. C'est Palni qui me l'a répétée. Il se vengera de toi sur toutes les femmes que tu portes dans ton cœur.

Moir roula des yeux.

— Il arrive de plus en plus souvent à Palni de parler comme une vieille femme. Dans un combat loyal, je battrai Guthmann à plate couture.

— C'est donc là ce que tu veux ? Un combat avec le chef de guerre danois ? Mon père n'acceptera jamais une chose pareille. Loyal et Guthmann sont deux mots qui ne vont pas ensemble.

— J'ai le devoir de sauver la sœur de Lady Ansithe. Si nous parvenons à la libérer et, par la même occasion, si nous servons de caution pour libérer son père et son beau-frère, alors nous rentrerons chez nous en triomphe.

Bjartr ouvrit la bouche pour répondre, mais Moir le fit taire d'un regard impérieux.

— Trêve de bavardage. Il faut agir. Maintenant.

Pivotant sur lui-même, il se pencha pour examiner de nouveau le sol. Un éclat métallique, à quelques pas de la hutte, venait d'attirer son regard. Il alla le ramasser.

— Ansithe !

Se ruant sur lui, Ansithe lui prit l'objet des mains, les joues aussitôt trempées de larmes.

— Il s'agit de l'une des boucles d'oreilles d'Elene… Et là-bas, accroché à cette branche… Oui, il me semble bien que c'est un fil de son surcot.

— Alors, s'exclama Moir, c'est qu'elle a pu s'échapper.

Quand le soir tomba, encore assombri par une brume épaisse, Ansithe décida non sans réticence de faire une halte pour la nuit. La progression avait été lente, d'autant plus que Bjartr, sans cesse persuadé d'avoir repéré quelque chose de suspect, courait y voir de plus près, faisant perdre à la petite troupe de précieuses minutes.

Ils entreprirent de dresser un campement rudimentaire et Ansithe, en étudiant les étoiles, commença à se demander s'ils n'avaient pas tout bonnement tourné en rond.

Finalement, jugeant que la nuit portait conseil, après un frugal repas de truites pêchées dans la rivière et grillées au feu de bois, la petite troupe s'était retirée chacun dans sa tente pour un repos bien mérité. Bjartr s'était montré d'humeur particulièrement conciliante, se proposant même pour aider à la confection du repas. Le fait qu'on ait décidé de lui faire confiance semblait lui être du plus grand profit.

Ansithe avait du mal à trouver le sommeil. Les hululements d'une chouette retentissaient dans son cerveau en longs échos et, à chaque fois qu'elle fermait les yeux, le fin visage d'Elene revenait la hanter. C'était elle la coupable de la situation dans laquelle se trouvait sa sœur. Elle n'aurait pas dû lui demander d'aller porter les insignes des Normands à la Cour.

— Tu ne dors pas, Kyrie ?

La voix étouffée de Moir déchira doucement le velours de la nuit. Comment, si vite, avait-il pu se mettre en harmonie avec elle au point de percevoir son humeur et ses tourments ? C'était comme s'ils étaient chacun la moitié d'un même tout.

Ansithe, frissonnante sous sa cape de laine, ramena ses genoux sous son menton.

— Non, chuchota-t-elle. J'aimerais bien, pourtant... Même Ecgbert ronfle comme un sonneur, malgré son envie de rentrer au manoir à bride abattue. Le sol est dur, mais personne n'en paraît indisposé... à part moi. Sans le brouillard, nous aurions pu continuer.

Moir eut un petit rire.

— On s'habitue vite à dormir n'importe où. Même Bjartr ne se plaint plus de rien. Il ronfle au moins aussi fort que ton régisseur.

— Mais toi non plus, tu ne dors pas.

— Non. Je me suis proposé pour le premier tour de garde.

Se glissant sur les genoux jusqu'à l'ouverture de la tente, Ansithe coula un œil entre les deux pans de l'ouverture. Le campement était tranquille. Moir était là, paisiblement assis près du feu, les jambes croisées. Au loin, un hibou avait joint ses hululements à ceux de la chouette.

Le Normand tapota l'herbe drue.

— Viens t'asseoir à côté de moi. Un peu de compagnie ne me fera pas de mal.

Ansithe enfila prestement ses bottes et s'enroula dans sa cape avant de sortir dans la fraîcheur de la nuit.

— Crois-tu qu'ils oseraient revenir nous attaquer cette nuit ? demanda-t-elle en prenant place à côté de lui, les mains tendues vers la flamme.

Moir haussa les épaules.

— Le brouillard est trop épais. S'ils nous guettent, ils doivent être tapis dans le sous-bois, en attendant le jour.

— Pourquoi voulais-tu que Bjartr retourne à Baelle Heale ? s'enquit Ansithe, revenant sur le sujet du jeune homme dont la métamorphose était spectaculaire. Jamais Cynehild ne lui aurait confié sa croix si elle ne lui faisait pas confiance.

— J'aurais été plus tranquille, expliqua Moir en se passant nerveusement la main dans les cheveux. Sous beaucoup d'aspects, ce n'est encore qu'un gamin. Et j'ai promis à son père de le lui ramener. Entier, de préférence. Mais je reconnais qu'il paraît décidé à faire ses preuves.

— Pourquoi Andvarr te l'a-t-il confié, s'il se méfie de son manque de maturité ?

Le rire bas de Moir s'éleva dans la pénombre.

— Justement ! Pour s'en débarrasser. Bjartr est un trublion né, comme tu as pu le remarquer. Partout où il passe, il sème la pagaille. Quant à moi, je me suis battu avec Guthmann, dont Andvarr s'était fait l'allié. Alors, en nous envoyant tous les deux loin du campement, il faisait d'une pierre deux coups. Et il m'évitait une très probable rencontre avec Guthmann au rassemblement d'été.

— Espérait-il qu'à ton retour les cendres se seraient refroidies et que Guthmann t'aurait pardonné ?

— Sans doute. À dire vrai, à part au rassemblement d'été, nous avions peu de chance de nous rencontrer avant l'hiver, Guthmann et moi… Au printemps, de l'eau aurait coulé sous les ponts. Il aurait probablement oublié sa querelle.

— Mais toi, tu espérais bien pouvoir l'affronter.

— Je n'ai pas réfléchi aussi loin. Je vis dans le présent, tu te souviens ?

Elle se pencha vers lui.

— Même un bon guerrier… Surtout un bon guerrier,

établit un plan de bataille avant le combat. Tu prévois l'avenir même quand tu prétends le contraire. Si cela n'avait pas été le cas, tu serais mort depuis longtemps et tu n'aurais pas obtenu la confiance de ton seigneur.

Elle n'ajouta pas qu'elle avait parfaitement confiance en lui. C'eût été en dire trop long sur ses sentiments.

Moir resta un long moment silencieux. De nouveau, le hululement de la petite chouette hulotte résonna dans la nuit.

— À dire vrai, je n'y ai jamais clairement réfléchi. Mais j'établis des plans d'action, bien sûr. Comme tous les guerriers, j'attache beaucoup d'importance à la stratégie... Pour moi, chaque combat est un peu comme une partie de Table du Roi. C'est à mon propre avenir que je n'ai pas envie de réfléchir. Il y a une différence entre les projets et les rêves, n'est-ce pas ?

Le cœur d'Ansithe se mit à battre violemment. Elle aurait voulu lui demander pourquoi il pensait ainsi. Mais la dernière fois qu'elle lui avait posé des questions personnelles, il s'était refermé comme une huître.

— Parle-moi franchement, Moir... J'ai vu le regard alarmé de Bjartr, hier, quand nous avons parlé de Guthmann. Crois-tu que le chef danois aurait pu s'en prendre à ma sœur ? Est-ce lui qui l'a enlevée ?

Moir se figea.

— Pourquoi l'aurait-il fait ?

Ansithe hésita un instant.

— Parce que tu t'es battu avec lui. Il a juré de se venger. Il est très possible qu'il ait appris que je te gardais captif au manoir avec tes hommes. Il lui suffisait que des espions le renseignent après avoir vu Elene présenter vos insignes à votre *jarl*.

— Dans ce cas, pourquoi aurait-il attendu qu'elle soit sur le chemin du retour ? Si Guthmann savait qui elle était, il savait aussi que je ne faisais pas partie de la délégation.

J'aurais compris qu'ils nous attaquent, nous, une fois que nous aurions quitté Baelle Heale. Mais avant, cela n'a aucun sens.

L'estomac d'Ansithe se serra. Moir avait décidément des secrets.

— Mais c'est pourtant cela qui te tracasse, non ?

— Nous étions perdus dans cette forêt, mourant de faim, depuis près d'une semaine quand nous sommes tombés par hasard sur Baelle Heale. Il est possible qu'il y ait d'autres troupes de Normands ou de Danois dans la même situation. Sans compter que le grand rassemblement d'été draine beaucoup de monde sur les routes. Ils ont vu le convoi et ils l'ont attaqué.

Ansithe poussa un long soupir.

— C'est possible…

Moir lui prit la main, qu'il serra doucement dans la sienne.

— Mais quoi qu'il advienne, je veillerai sur toi, Kyrie. Avec moi, tu es en sécurité.

Elle eut un petit rire mal assuré.

— Je ne crois pas devoir craindre quoi que ce soit de Guthmann. Je suis sûre qu'il ignore tout de mon existence.

De nouveau, Moir s'abîma dans un long silence.

— Nous ne savons rien de ce qu'il a dans la tête. Guthmann est un individu pervers et extrêmement susceptible. Il est prêt à tout pour démontrer sa puissance. Peut-être se serait-il contenté de te remercier de m'avoir capturé…

— Que lui as-tu fait pour qu'il te haïsse à ce point ? Ce n'est pas seulement cette histoire de femme que tu aurais sauvée de ses griffes, n'est-ce pas ?

— Guthmann est un prédateur et je l'ai privé de sa proie… Et puis… Il me considère comme un individu arrogant qui devrait se montrer plus humble étant donné son héritage.

— Quel héritage ?

Moir resta un long moment silencieux. Puis il parut se décider.

— Contrairement à Bjartr et Guthmann, je n'ai pas pour père un seigneur de la guerre. Et ma famille n'a pas de terres. En outre, jadis, mon père a commis un crime très grave. Au cours d'une mission dont son *jarl* lui avait donné le commandement, il a abandonné ses camarades dans une situation critique et est retourné tranquillement chez lui, sans en avertir quiconque. À son retour, il a été accueilli comme un héros et est devenu le bras droit de son *jarl*. Mais un an plus tard, deux des survivants de l'embuscade fatale au cours de laquelle la plupart de ses compagnons avaient péri sont rentrés dans le campement. Et la vérité a éclaté au grand jour. Mon père a prétendu qu'il s'était enfui pour aller chercher du secours. Mais un jugement a eu lieu qui a démontré sa lâcheté et il a été dépouillé de tous ses biens et condamné à mort.

Ansithe, suffoquée, ouvrit de grands yeux.

— Grands dieux ! Quel âge avais-tu, quand tout ceci est arrivé ?

— Huit ans. Ma mère est morte l'année suivante et son dernier geste a été de me faire don de ce pendentif. Je devais le porter pour me rappeler que la fidélité et l'honnêteté morale sont les plus grandes qualités quand on appartient à un clan. J'ai juré sur sa tombe d'être toujours fidèle à mon *jarl* et à mes compagnons. Je ne serai jamais un paria.

La main brune de Moir s'était posée sur la perle d'ambre qu'il caressait doucement.

— Ton père t'a-t-il jamais donné une explication de son acte ? souffla Ansithe, pleine de compassion pour ce petit garçon si profondément humilié par le statut public de traître de son propre père.

— Il a prétendu que le sort de ses camarades était désespéré. Lui seul a eu l'occasion de s'enfuir et il l'a saisie par les cheveux. Pour moi, m'a-t-il assuré. Pour que je ne sois pas un orphelin. Plus tard, on m'a dit aussi que c'était parce qu'il aimait passionnément ma mère… Selon nos coutumes, un guerrier qui n'a pas donné de nouvelles depuis un certain laps de temps est considéré comme défunt et son épouse remariée…

Ansithe se passa les mains sur le visage. Quel terrible fardeau pour un si jeune enfant ! Un fardeau avec lequel il avait dû grandir. Un peu comme elle, accusée par son propre père d'avoir été la cause de la mort de sa mère.

— Que s'est-il passé ensuite ? Aujourd'hui, tu es un guerrier reconnu par ton *jarl*. T'a-t-il pardonné la faute de ta famille ?

— J'ai été fidèle à mon serment. Je suis devenu un bon guerrier et me suis dévoué corps et âme à mon chef et à mon clan. En dehors de la richesse personnelle, dans notre grand Pays des Lacs, la prouesse guerrière est un bon moyen pour s'élever et gagner de la considération.

Moir conclut avec un geste d'épaules fataliste :

— Depuis lors, j'ai maintes fois eu l'occasion de montrer ma fidélité à mon *jarl*. Espérons qu'il saura m'en être reconnaissant le moment venu.

— Il t'a confié son fils.

— Et vois comment je l'ai récompensé de sa confiance ! Bjartr n'est plus qu'un otage et a fait montre devant tous ses camarades de son incapacité à devenir le chef que son père espérait voir en lui.

Ansithe posa sa main sur la sienne.

— Il a l'âge des apprentissages. Il saura se montrer utile, j'en suis certaine. Il a déjà commencé à le démontrer.

Moir s'esclaffa.

— En nous laissant tourner en rond dans la forêt ? À mon avis, il est encore pire qu'Ecgbert, avec ses nouvelles pistes derrière chaque arbre.

— Il est jeune et il t'admire, même si tu refuses de le voir.

Moir porta la main d'Ansithe à ses lèvres.

— Tu es aussi généreuse que belle, Ansithe, ce qui n'est pas une bonne chose pour moi.

De nouveau, le cœur de la jeune femme s'accéléra.

— Que… Que veux-tu dire ?

— Que tu me fais bâtir des châteaux dans les nuages alors que je devrais me concentrer sur le prochain combat. Je songe à ce qui pourrait être au lieu de penser à ce qui est. Pour un guerrier, c'est le meilleur moyen de courir à sa perte. C'est tisser un habit de rêves, disait ma mère. Et elle ajoutait que cela me perdrait.

Déjà, l'esprit d'Ansithe se mettait lui aussi à battre la campagne. Elle les voyait, elle et lui, dans un petit domaine au milieu des champs et des forêts, avec des enfants et des animaux, dans un royaume ou peu importerait que lui soit un homme du Nord et elle de Mercie.

— Est-il si dangereux de vouloir construire son avenir ? souffla-t-elle pour rompre le silence qui s'appesantissait.

S'emparant d'une courte branche, Moir tisonna le feu. Des étincelles s'élevèrent dans la nuit noire puis retombèrent.

— Il y a toutes les chances, en effet… Que ce soit dangereux, je veux dire.

— Qu'as-tu l'intention de faire après ?

Il exhala un long soupir.

— Après, pour moi, c'est toujours trop loin. Il faut d'abord retrouver Elene, puisque c'est pour ça que je suis là.

Une absurde jalousie s'empara soudain d'Ansithe à l'encontre de cette fille du Nord encore inconnue mais du même sang que lui, qu'il épouserait à son retour chez lui et qui s'installerait avec lui sur les terres qu'il allait recevoir en récompense.

— Tu as raison. Ma sœur d'abord.

Ils restèrent côte à côte encore un long moment sans

rien dire. Ansithe ne parvenait pas à imaginer un futur sans son beau guerrier normand. Mais il fallait d'abord penser à sa famille. Elle ne pouvait pas leur faire défaut à tous une fois encore.

Moir se tourna vers elle. Son regard clair brillait dans la pénombre et le feu soulignait les méplats de son visage puissamment dessiné.

— Nous retrouverons Elene… Je te le promets, Kyrie. Nous la chercherons jusqu'à ce que nous l'ayons retrouvée.

— Merci.

Ansithe lui offrit ses lèvres qu'il lui prit avec une impatience presque brutale. Aussitôt, leurs langues se mêlèrent et le même gémissement leur échappa.

— Tu n'es pas d'une bonne influence sur moi, ma douce, murmura-t-il enfin contre son oreille. Je suis supposé monter la garde contre nos ennemis, pas lutiner une jolie fille à la clarté des étoiles.

Elle s'écarta un peu.

— Je devrais me sentir coupable, certainement… Mais ce n'est pas le cas. Je te promets d'être sage… en commençant par aller me recoucher.

Les doigts nerveux de Moir se refermèrent autour de ses poignets.

— Non, reste ! Avec toi, le temps passe plus vite.

Ansithe baissa la tête, la gorge nouée par les sanglots. Comment lui avouer son dilemme ? Elle voulait désespérément retrouver sa sœur, libérer son père et son beau-frère… et tout aussi désespérément ne pas le perdre, lui, son premier et véritable amour.

Car maintenant, elle le savait. Elle aimait Moir plus que tout et n'envisageait pas de vivre sans lui. Elle n'était plus sûre d'avoir envie de retourner à la vie tranquille d'avant, entre son père et sa sœur aînée, avec pour seul but la prospérité et la sécurité de Baelle Heale. Et pour seule ambition de se faire aimer de son père, qui n'aimait que lui-même, et sa propre gloire.

Il y avait autre chose dans la vie. De grands espaces et d'autres rencontres.

Un avenir qui pouvait être exaltant.

Chapitre 13

Dès l'aube, après une rapide collation de gruau et de fromage, ils suivirent la piste marquée dans les fougères humides de rosée, jusqu'au plus profond de la forêt. De temps à autre, quelqu'un repérait un objet incongru dans la végétation, la deuxième boucle d'oreille d'Elene, des fils, encore, de son surcot. Plus loin, une broche… Mais le sentier finit par déboucher dans les marécages. Impossible d'aller plus loin sans embarcation.

— Ils ont dû camper ici, remarqua Moir. Je vois les restes d'un feu.

— Encore chaud ?

— Tiède. Le brouillard a dû les arrêter, eux aussi, ou alors, ils attendaient quelqu'un.

— Comment savoir si Elene a vraiment été enlevée par eux ? gémit Ansithe, très pâle. Tout ce que nous savons, c'est qu'elle n'est plus dans la hutte.

Elle commençait à perdre l'espoir de retrouver sa sœur vivante. Elene avait dû être capturée par les Danois comme son père et Leofwine. C'était sans doute ici, pas très loin de la ville, que cela avait dû arriver.

Ecgbert se laissa soudain tomber sur une souche en gémissant. Impossible d'aller plus loin, protesta-t-il d'une voix forte. Il fallait retourner à la Cour pour y livrer les Normands. Sinon, les prisonniers périraient.

Ansithe lui mit un poing menaçant sous le nez.

— De quoi avez-vous peur, Ecgbert ? Nous n'irons pas à la Cour tant que nous n'aurons pas retrouvé ma sœur, est-ce clair ?

— Mais si ce sont eux qui l'ont prise ? Si ce sont les Danois ? Nous la récupérerons peut-être plus vite là-bas qu'en tournant en rond dans la bruyère, protesta le régisseur non sans bon sens.

— Il faut d'abord s'en assurer. Si elle nous a laissé des signes de son passage, c'est qu'elle n'est pas loin. Et que son sort n'est pas aussi clair que vous le suggérez. Nous avons encore le temps.

— Silence ! intima tout à coup Bjartr dans un chuchotement rauque. J'entends quelque chose.

En effet, on percevait maintenant un bruit de métal qui s'entrechoque, comme deux épées dans un combat.

Ecgbert, se remettant promptement sur ses pieds, s'exclama à mi-voix, la paupière agitée d'un tic nerveux :

— Des gens qui se battent à l'épée ! Ça va être un vrai carnage ! Partons, milady, je vous en supplie. Nous n'avons pas de temps à perdre. Si nous continuons à écouter ce jeune fou…

Ansithe se mordit la langue. Inutile d'essayer de raisonner Ecgbert. Il n'avait qu'un désir : retrouver le coin de son feu et sa pitance.

— Ce sont peut-être les compagnons d'Elene qui s'entraînent, suggéra-t-elle. On n'entend rien, aucun cri…

Mais déjà, Bjartr s'enfonçait dans les broussailles en courant.

Ecgbert secoua la tête.

— Le jeune fou ! Il va encore nous faire perdre du temps, attirer l'attention sur nous.

Moir lui lança un regard exaspéré.

— Lui au moins pense aux autres au lieu de gémir assis sur son arrière-train. Il reviendra vite.

— Parlons moins fort, intima Ansithe, l'oreille tendue. Les voix portent loin en forêt, surtout à cette heure du jour. Beaucoup d'animaux reposent après avoir cherché leur pitance. Écoutez ! N'est-ce pas une voix de femme ?

Moir lui prit le coude. Et elle s'appuya sur lui, vacillante. Son cœur battait si fort qu'elle n'entendait plus que lui.

Bjartr revint, à bout de souffle.

— Ils sont là ! s'écria-t-il, son jeune visage rayonnant de joie. À moins d'un quart de mile.

C'est seulement en apercevant sa sœur devant la grotte où elle s'était réfugiée avec ses compagnons qu'Ansithe put respirer de nouveau normalement. Elene, assise sur un lit de fougères, était tranquillement occupée à refaire sa natte tout en chantonnant, non sans quelques fausses notes, un hymne à la Vierge Marie. Et en effet, non loin de là, deux guerriers croisaient le fer pour s'entraîner.

— Elene ! Cela fait trois jours que nous sommes à ta recherche. Et te voilà à chanter tranquillement au milieu d'une clairière !

Mais déjà, bondissant sur ses pieds, la jeune fille se jetait dans ses bras, ses yeux bleus pétillant de joie. Et aussitôt, toute l'inquiétude et la contrariété d'Ansithe se volatilisèrent dans l'air léger du matin.

— Ma sœur ! Ma chère sœur ! Tu es là. Je savais bien que tu nous retrouverais. Après avoir quitté la hutte, nous avons essayé de retourner à la Cour, qui est à moins d'une journée d'ici, mais nous nous sommes perdus dans les marécages. Nous avons fini par découvrir cette grotte… Et nous t'attendions.

— Ce n'était pas difficile de vous retrouver, gronda Ansithe, riant et pleurant à la fois. Avec tout ce raffut !

Elene leur raconta en quelques mots tout ce qui s'était passé depuis qu'Ecgbert les avait quittés pour aller chercher du secours. Le voyage, qui avait commencé sans incident, était vite devenu une aventure.

— Les brigands sont revenus. Ils ont brûlé la hutte de charbonnier et nous en sommes sortis de justesse. Dieu sait comment nous avons pu arriver jusqu'ici sans encombre. Nous nous sommes réfugiés dans cette grotte il y a deux jours et nous avons attendu. Que pouvions-nous faire d'autre ?

— Êtes-vous sûre qu'il s'agissait de brigands, Lady Elene ? s'étonna Moir. Nous avons trouvé une hache de guerre danoise.

Un des gardes de l'escorte, qui s'était tenu courtoisement à l'écart jusqu'à présent, s'avança.

— J'ai cru reconnaître des Danois à la manière dont ils parlaient, expliqua-t-il. Mais je n'en étais pas certain. Lady Elene nous répétait sans cesse que sa sœur allait arriver d'un jour à l'autre, probablement escortée par des Normands. Je m'incline devant sa clairvoyance.

Elene procéda rapidement aux présentations. Des onze gardes qui constituaient l'escorte accordée par le roi au départ, il n'en restait que sept, dont trois souffraient de graves blessures. Leur interlocuteur était leur capitaine, Nerian.

— Nous sommes reconnaissants à votre sœur de nous avoir incités à nous enfuir, dit Nerian une fois qu'Elene en eut terminé. Sinon, nous serions prisonniers. Nous avons cru comprendre que nous devions escorter des otages normands jusqu'à la cour du roi de Mercie.

— Cela peut attendre, le coupa Ansithe. Pour l'heure, il faut vous ramener tous les sept en lieu sûr pour que vos blessés soient soignés. Nous allons rentrer chez nous, à Baelle Heale.

— Et les canailles qui nous ont attaqués, milady ? Ils rôdent toujours dans le coin, pour sûr.

Ansithe jeta un coup d'œil à Moir.

— Nous allons nous en occuper. Je crois savoir qui cela peut être.

Se retournant vers sa sœur, elle demanda :

— Les as-tu reconnus ? Penses-tu qu'il puisse s'agir de gens d'ici ?

Elene se mordilla la lèvre un instant, dubitative.

— Je crois les avoir entendus mentionner Baelle Heale. Mais je n'en suis pas sûre. Qui pourrait bien s'intéresser à notre pauvre manoir ?

— Peut-être as-tu mal compris ?

De nouveau, le dénommé Nerian s'avança.

— L'un d'eux au moins était de Mercie, milady. J'ai reconnu cet accent nasal qu'ont les gens de chez vous quand ils parlent votre langue.

Des Merciens ! Ansithe en eut le souffle coupé. Elle espérait à moitié qu'il s'agisse de gens appartenant au *felag* de Guthmann.

— Cynehild sait comment se barricader avec nos gens dans le manoir en cas d'attaque. Et nos vieux murs sont solides. Mais elle ne tiendra pas le siège pendant longtemps et je serais plus tranquille si nous en finissions avec cette menace une fois pour toutes.

— Leur repaire ne peut pas être bien loin. Puis-je voir la carte, Lady Ansithe ? intervint Moir en tendant la main.

Ansithe tira le parchemin de sous sa cape.

— Je ne sais pas si cela nous sera d'une grande aide. J'ai indiqué avec un morceau de charbon de bois l'endroit d'où nous sommes partis hier et le chemin que nous avons parcouru depuis notre départ en prenant quelques points de repère. Je voulais que nous puissions retrouver notre chemin, mais…

Le sourire de Moir la réchauffa tout entière.

— L'esprit pratique de Lady Valkyrie ne cessera jamais de m'étonner, la coupa-t-il. Cette carte nous sera fort utile… Regardez ! Les grottes où nous sommes y sont même indiquées. Nous sommes beaucoup plus près de Watling Street que je ne l'imaginais.

Il étudia encore le document un instant puis ajouta :

— Un jour, pas si lointain, nous disposerons de vraies cartes, beaucoup plus précises[1]. Mais en attendant, ceci fera parfaitement l'affaire.

— Ils ont d'abord pris d'assaut la clairière puis retrouvé facilement la hutte, expliqua Ansithe, notant que personne ne s'étonnait de l'étrange surnom que lui avait attribué son compagnon. Mais ils n'ont pas choisi de suivre Ecgbert quand il est retourné au manoir. Et personne ne nous a empêchés de venir jusqu'ici. Ce qui est pour le moins curieux…

Moir examina de nouveau la carte.

— À mon avis, ils opèrent dans le coin. Nous sommes à la fois tout près de la rivière et de la route. Ils peuvent fort bien se nicher par là.

Il pointa son doigt sur un bosquet et ajouta :

— C'est l'endroit parfait pour guetter les voyageurs et les attaquer.

— Pouvons-nous les contourner pour aller prévenir Cynehild ? s'inquiéta Elene.

La bouche de Moir n'était plus qu'une fine ligne blanche.

1. Allusion possible de la part de l'auteur aux cartes vikings qui ont permis à ce peuple d'audacieux voyageurs d'atteindre l'Islande, puis le Groenland, puis les côtes de l'Amérique du Nord. Mais, plus que des cartes géographiques au sens propre du terme, ce sont des instructions de route relativement sommaires.

— Aucune idée. De toute façon, avec nos blessés, nous serons considérablement ralentis. Nous allons être à la merci de n'importe quelle bande de brigands ou de guerriers débauchés de leur troupe.

Ansithe se rappela son inquiétude à propos de Guthmann. Mais pourquoi le chef de guerre danois s'en prendrait-il à Elene ? Et pourquoi s'intéresserait-il au manoir de Baelle Heale sachant que, précisément, les otages normands se rendaient au grand rassemblement d'été pour être échangés contre d'autres prisonniers appartenant au *felag* d'un allié ? Non, décidément, il devait y avoir une autre explication.

Elle étudia la carte avec encore plus d'attention.

— Il faut faire quelque chose. Rester ici plus longtemps, c'est s'offrir à la convoitise des brigands, quels qu'ils soient... Ecgbert a raison. Il serait plus rapide de nous rendre à la Cour plutôt que de retourner chez nous. En coupant par là - elle tapota d'un index énergique un point sur la carte –, nous devrions déboucher directement sur Watling Street.

Moir fronça les sourcils.

— En supposant que la carte est fiable.

— Mon grand-père était quelqu'un de méticuleux. Il a tracé cette carte pour savoir où ses fermages se trouvaient exactement les uns par rapport aux autres. Il avait des champs tout près d'ici, précisa Ansithe en indiquant un point sur la carte, à proximité de la grotte. Ils ne nous appartiennent plus, mon père les trouvant trop loin du manoir, mais ils sont sans doute encore connus localement comme terres de Baelle Heale. C'est peut-être pour cela que nos assaillants ont mentionné le nom du manoir.

Ecgbert haussa les épaules.

— Ces fermages ont été vendus au moment où je suis arrivé dans votre famille, remarqua-t-il. Votre père voulait rassembler ses terres à moins d'une journée de cheval.

Et ça se tenait, étant donné l'agitation qui commençait à régner dans le pays.

— Retourner à la Cour me semble à moi aussi la meilleure solution, intervint Nerian à son tour. Cela résout la plupart de nos problèmes.

Moir leva la main pour se faire entendre dans le joyeux brouhaha que cette déclaration venait de susciter.

— Mais avant de partir, il faut se débarrasser de ces vauriens, quels qu'ils soient. Sinon, ils ne feront que croître et prospérer.

Nerian opina du chef avec énergie.

— Tout à fait d'accord. Du reste, j'ai un compte à régler avec eux. Le Wessex n'est pas une terre de lâches et de faibles.

— D'après ce que vous avez dit, en alliant nos forces nous devrions pouvoir en venir à bout.

De nouveau, Nerian acquiesça.

— Je crois savoir comment nous pourrions faire sortir le loup du bois, reprit Moir. Il nous faut un appât.

Enveloppant Moir d'un regard possessif, Ansithe tenta de refouler son appréhension. Son statut de guerrier lui avait fait affronter plus d'un ennemi dans des combats d'une autre envergure. Et il s'en était toujours sorti. Quand l'heure de la séparation serait venue, il en affronterait de nombreux autres dont elle ne connaîtrait jamais le dénouement. Pourtant, cette fois, elle ne le laisserait pas aller se battre sans elle. Après tout, c'était pour sa famille à elle qu'il allait risquer sa vie.

— C'est moi qui servirai d'appât, déclara-t-elle. Et si vous pensez qu'ils hésiteraient à s'en prendre à une femme seule… Ecgbert m'accompagnera.

Moir lui décocha un regard foudroyant.

— C'est hors de question.

S'inclinant devant Ansithe, Nerian suggéra avec diplomatie :

— Il serait préférable que votre régisseur et vous, vous restiez avec les blessés pour les protéger.

— Non !

La voix d'Ansithe claqua dans l'air tranquille comme un coup de fouet, faisant taire tout le monde.

— Non, répéta-t-elle. J'ai gagné le droit de faire partie de ce *felag*. À moins, Moir Mimirson, que tu veuilles te battre avec moi pour m'en chasser ?

Elle attendait que Moir prenne une décision, les bras croisés, fièrement campée sur ses deux longues jambes.

La main de Moir se referma sur son bras comme un étau. Il approcha son visage si près du sien que leurs deux nez se frôlèrent.

— Non, décréta-t-il à son tour. Pas question de te laisser prendre le moindre risque. Ta sœur a besoin de toi pour retourner au manoir. Et si je dois m'inquiéter pour ta sécurité pendant que je me bats, je ne serai plus bon à rien.

Ansithe rosit de plaisir. Il n'hésitait pas à afficher son intérêt pour elle. Devant tout le monde.

— Je vais avec toi, Moir. Sinon, je ne t'autorise pas à partir chasser ces hors-la-loi. N'oublie pas que tu es mon otage.

Leurs deux regards, le clair et le sombre, s'affrontèrent dans un combat silencieux. Et Moir baissa la tête, vaincu.

— Je suis obligé de céder, Ansithe. Mais si nous sortons de là vivants, je te jure que tu iras au rassemblement d'été sans armes… Mais tu ne seras pas l'appât. Nous allons envoyer deux de mes hommes en éclaireurs et nous les suivrons. S'ils sont repérés par la bande, nous le saurons aussitôt et nous interviendrons.

Ce qui fut dit fut fait. Moir, qui fermait la marche, regardait Ansithe escalader un fort talus tandis qu'ils avançaient vers le repaire probable des assaillants d'Elene et de sa petite troupe. Ils avaient fini par se mettre d'accord sur un plan d'action qui éviterait à Lady Ansithe de se mettre directement en danger. Lady Elene était restée à la grotte avec Ecgbert et deux gardes pour veiller sur les blessés.

Moir priait silencieusement Odin et tous les dieux de la Guerre pour que ces sombres idiots n'attaquent pas.

En décidant de retourner à la Cour, il était de plus en plus convaincu qu'ils avaient pris la bonne décision. Palni les rejoindrait là-bas dès qu'il pourrait voyager, et Andvarr serait heureux de retrouver son fils sain et sauf.

Sans compter qu'en se retrouvant avec Ansithe à la Cour du roi de Wessex, il lui serait plus facile d'envisager un avenir avec Ansithe. Là, il pourrait parler à son père…

Le craquement sec d'une branche interrompit ses réflexions. Ansithe s'arrêta net.

— As-tu entendu ? chuchota-t-elle, sa main déjà posée sur son arc.

— C'est peut-être seulement un ours, souffla Nerian. Les femmes sautent au moindre bruit tant elles ont l'oreille fine. Vous auriez dû rester avec Lady Elene, milady.

— Lady Ansithe a la tête froide et sait viser juste, protesta Bjartr qui marchait à côté du jeune capitaine. J'ai davantage confiance en elle qu'en la plupart des guerriers que je connais.

— Bien parlé, Bjartr, je confirme, approuva Moir dans son dos.

Ansithe leur adressa à tous les deux un regard reconnaissant.

Nerian secoua la tête, dubitatif.

— Beaucoup trop léger pour un ours, murmura encore Ansithe entre ses dents.

Tirant une flèche de son carquois, elle arma son arc et se tint prête, parfaitement immobile.

Moir scrutait le sous-bois d'un regard aigu de chasseur. Il crut voir la silhouette d'un homme se faufiler dans les taillis. Il cligna des yeux mais, quand il les rouvrit, la silhouette avait disparu. Les oiseaux s'étaient tus et la brise elle-même semblait s'être arrêtée.

Moir, tout son corps en alerte, guettait toujours. De nouveaux, des ombres bougèrent. Cette fois, on aurait dit plusieurs hommes qui se dirigeaient vers les deux compagnons de Moir qui avançaient en devisant tranquillement.

Il se retourna vers Ansithe qui, tel un animal à l'affût, son regard brun-vert concentré sur sa cible, tendait lentement son arc.

Sa belle Valkyrie ! Le cœur de Moir se serra. Depuis quelques jours, il pensait de plus en plus à la jeune femme comme si elle était sienne.

— Reste là, intima-t-il d'une voix brève.

— Je serai plus utile à tes côtés.

— Tu verras mieux d'ici, en hauteur. C'est un ordre. Si les choses tournent mal, retourne près de ta sœur au plus vite et ramène-la au manoir. Promets-le-moi.

Ansithe hocha la tête.

Nerian fit le signal convenu pour indiquer que ses hommes étaient à leur poste. Moir nota avec une satisfaction mêlée de fierté que Bjartr était au premier rang. Ils dévalèrent la pente sans faire de bruit, laissant Ansithe derrière eux. Quand ils atteignirent la clairière, Moir fit un signe de tête. Les hors-la-loi s'apprêtaient à dépouiller les hommes couchés sur le sol.

Il leva le bras et bondit en avant en poussant son cri de guerre.

En l'entendant, les gardes Wessex qui servaient d'appât bondirent sur leurs pieds.

Les hors-la-loi s'immobilisèrent, surpris. Moir rencontra le regard de l'un d'eux. C'était un regard cruel, froid, impitoyable. Moir sentit la peur lui contracter le ventre. Il fallait se débarrasser de cette bande de fous furieux avant qu'Ansithe décide de s'en mêler.

Nerian poussa un cri. L'un des assaillants l'avait fait tomber sur les genoux et son casque avait roulé sur le sol. Moir s'élança vers lui.

Sa hache de combat heurta violemment le glaive de l'ennemi juste au moment où elle allait s'abattre sur la gorge du capitaine Wessex. Mais l'homme serrait fermement son arme dans sa forte poigne.

Serrant les dents, Moir redoubla d'efforts et, cette fois, l'épée jaillit de la main de son adversaire. Il exécuta l'homme du tranchant de sa lame sans l'ombre d'une hésitation.

Un nouveau cri lui fit tourner la tête. Bjartr ! Il s'apprêta à se jeter à son secours, mais le jeune novice de jadis avait pris la situation en main. Il balançait son épée de droite à gauche avec une énergie sauvage et, loin de reculer, commençait à gagner du terrain sur l'ennemi.

Il avait enfin rencontré son âme de guerrier.

Moir sourit, oubliant sa garde une fraction de seconde.

Une lame aiguisée lui entailla le bras. Pivotant sur lui-même avec un hurlement rageur, il se trouva face à face avec celui qui semblait être le chef de la petite bande. Un Danois ! La lame plana de nouveau au-dessus de sa tête. Le temps parut ralentir.

Il brandit son bouclier et parvint à parer le coup. Mais son bras faiblissait. Le prochain objectif de l'animal furieux qui se démenait devant lui serait son cœur. Et il ne pouvait plus rien faire. Le sang coulait à flots de sa blessure et avec lui le peu de force qui lui restait.

Son bouclier roula dans les fougères.

Il savait depuis toujours que cela finirait par arriver.

Moir avait déjà regardé la mort en face à plusieurs reprises. Et à chaque fois, il l'avait attendue sans crainte.

Mais cette fois, ce n'était plus la même chose. Il voulait vivre ! Il avait encore des choses à dire à Ansithe. Des choses qu'elle devait savoir.

Un grondement sourd retentit dans ses oreilles. Il voulut crier, mais aucun son ne sortit de sa bouche. La lame s'abattit sur lui…

Mais au moment où elle allait l'atteindre, faisant appel à un dernier sursaut d'énergie, Moir s'écarta de quelques pouces et le glaive fendit l'air dans un sifflement.

Sa cheville se tordit dans son élan et il tomba lourdement sur le sol.

Ansithe observait le déroulement de la bataille, tapie derrière un buisson. Il était plus difficile qu'elle ne le pensait de rester ainsi au-dessus de la mêlée, de regarder des gens qu'elle avait appris à apprécier se battre peut-être jusqu'à ce que mort s'ensuive. Bjartr, si jeune, si naïf et pourtant si courageux… Les compagnons de Moir, qui chantaient si joyeusement en travaillant sur le toit… Et Moir, l'homme qu'elle aimait, avec sa belle crinière blonde et sa haute stature.

Moir qui se battait maintenant au sein de la mêlée, comme un beau diable, Nerian à son côté. Mais Ansithe sentait croître en elle une sourde inquiétude. Les assaillants paraissaient mieux préparés au combat que Moir et Nerian ne l'avaient prévu. C'était comme si les hors-la-loi s'attendaient à ce piège… et même l'espéraient.

Mon Dieu ! Moir était blessé. Il ne pouvait plus se défendre !

Se redressant lentement, le visage impassible, Ansithe glissa une flèche dans l'encoche de son arc.

Elle prit une profonde inspiration et tira. La flèche traversa l'air avec un sifflement et tomba à plusieurs pas de l'assaillant. Mais, levant les yeux, il dut interrompre son assaut. Cette hésitation permit à Moir d'esquiver le coup.

Ansithe dévala le talus en courant tout en sortant une seconde flèche de son carquois.

Elle attendit d'être en position pour tirer. Cette fois, la flèche atteignit presque son but. Il s'en fallait d'un cheveu. Ansithe lâcha un juron.

Moir venait de rouler sur le sol. De nouveau, son adversaire levait son arme qui lança un éclair sinistre.

Ansithe installa sa troisième flèche en murmurant une petite prière.

Moir se préparait à recevoir le coup de grâce. Tous ses compagnons étaient engagés dans un combat sans merci. Personne ne pourrait venir à son aide. Déjà le Danois se jetait sur lui avec un grognement de bête fauve.

Il fermait les yeux, se préparant à rejoindre le palais d'Odin… Mais un étrange gargouillement le ramena à la réalité.

Son adversaire venait de s'abattre à côté de lui, la gorge traversée de part en part par une longue flèche de noisetier ornée d'une plume de faisan.

Ansithe ! C'était sa marque. Il la reconnaissait bien.

Sa Walkyrie à lui était arrivée juste à temps. Mais pas pour l'emporter loin du monde des mortels. Bien au contraire, elle le ramenait chez les vivants. La main ferme de Bjartr l'aida à se remettre sur ses pieds.

— Fais donc un peu attention, Moir ! Cette fois, tu as bien failli y rester. Nous avons encore besoin de toi !

Moir réprima une grimace. La douleur de sa blessure se réveillait, lui faisant un mal de chien.

— Viens, Bjartr, finissons le travail. Nous jacasserons après.

Le jeune homme le dévisagea, les yeux exorbités.

— Ensemble ? Toi et moi ?

— Ensemble, oui. Mais dépêche-toi.

Quand le combat arriva enfin à son terme, Ansithe s'aventura sur le champ de bataille pour compter les morts et les blessés. Sept corps s'allongeaient dans les fougères, mais aucun n'était des leurs. Pas un Normand ni un soldat Wessex n'avait rendu son âme à Dieu.

Elle poussa un soupir de soulagement.

— Quelqu'un a vu Moir ?

— Il a été blessé mais ne s'en soucie guère, cria Bjartr depuis le chêne sous lequel il se tenait, à l'autre extrémité de la clairière. Venez donc, Lady Ansithe. Il a besoin de vos soins.

Ansithe les rejoignit en courant. Moir, assis sur un tapis de mousse, soutenait son bras blessé. Son visage était maculé de poussière et de sang, mais jamais il ne lui avait paru aussi beau qu'en ce moment. Se laissant tomber à genoux devant lui, elle se jeta dans ses bras et il l'étreignit comme il put avec un rire heureux.

— Grands dieux ! Mais tu es blessé, s'exclama Ansithe, baissant les yeux sur son surcot taché de sang.

— Tu devrais voir mon petit camarade, s'exclama Moir avec un rire qui s'efforçait de dissimuler sa douleur. Bjartr exagère, comme toujours. Ce n'est qu'une égratignure… Et voilà que j'ai une nouvelle dette de vie envers toi. Ta flèche a arrêté leur chef au moment précis où il allait terminer sa sale besogne… Tu es bien une Valkyrie, décidément. Mais tu fais ton travail à l'envers, bien déterminée à m'empêcher de festoyer à la table d'Odin.

La gorge d'Ansithe se noua.

— Je… je n'étais pas sûre d'avoir atteint mon but. Je sais ce que je t'avais promis, mais il fallait que je m'approche.

— Droit dans le mille. Je te remercie, Lady Valkyrie. Je saurais profiter de ce sursis qui m'est accordé dans le monde des vivants, je te le jure.

Ansithe fut surprise de cette étrange déclaration mais n'en montra rien.

— Qui étaient ces individus ? Ils se sont mieux battus que nous ne nous y attendions.

— Les survivants refusent de parler. Ni dans ma langue ni dans la vôtre. Et ils ne portent aucun signe distinctif. Ni fibules ni bracelets.

Ansithe jeta son arc sur son épaule. Ces pauvres bougres offraient un piteux spectacle avec leurs chaussures éculées, leurs vêtements rapiécés et leur air famélique. Difficile de dire à qui ils pouvaient appartenir. Un frisson la parcourut tout entière. On ne pouvait écarter la possibilité qu'ils aient agi pour le compte de Guthmann.

— Il faut les emmener au rassemblement d'été. Nous verrons bien si quelqu'un veut nous les racheter. Ils ont certainement une bonne raison pour refuser de parler.

Ce fut le moment que choisit Nerian pour faire acte de contrition.

— Le Normand n'a rien exagéré, milady. Vous avez l'intelligence et le courage d'un guerrier. Et l'œil d'un lynx ! Et, ajouta-t-il encore en la parcourant d'un œil admiratif, l'élégance d'une grande dame. Formidable et rare combinaison, il faut bien l'avouer.

Ansithe lui sourit.
— Je prends cela pour un compliment.
Nerian s'inclina.
— C'était supposé l'être, en effet. Avec votre permission.

Chapitre 14

Ce qui restait des assaillants se tenait debout, les mains liées derrière le dos, sans mot dire. Ils avaient perdu toute velléité de se battre mais se refusaient à émettre autre chose que des grognements confus. Tout ce qui ressortait de leurs vagues réponses était qu'ils ne travaillaient pour personne et ne se réclamaient d'aucune obédience.

— En savons-nous davantage ? demanda Ansithe à Moir, qui parlait leur langage.

— Rien de sûr, répondit Moir qui, sur l'insistance de la jeune femme, portait maintenant le bras en écharpe. Leur chef est mort. Il se pourrait que votre voisin Cédric y soit pour quelque chose. Il aurait loué leurs services pour tenter de vous faire peur, à tes sœurs et à toi, pendant l'absence de votre père. Il espérait sans doute que vous vous retourneriez vers lui pour demander de l'aide.

— C'est très ennuyeux...

Ansithe se concentra sur un petit caillou blanc à ses pieds. Elle voyait très bien Cédric prendre ce genre d'initiative. N'avait-il pas mentionné la possibilité d'une attaque de hors-la-loi, profitant de l'absence du maître du domaine ? À moins que Guthmann ne soit de mèche avec Cédric ? Non, c'était de la pure spéculation. Comment ces deux-là auraient-ils pu se connaître ?

— Quand ils auront compris qu'ils n'ont plus de chef,

ni aucun protecteur, sans doute se montreront-ils plus coopératifs.

— Nous finirons bien par savoir de quoi il retourne. L'essentiel, c'est qu'ils ne puissent plus vous nuire.

Ansithe fronça les sourcils.

— Il est plus important que jamais que nous conduisions ces hommes au rassemblement d'été. Là-bas, ils seront bien obligés de dire la vérité.

Moir opina du chef.

— C'est exactement mon avis.

— Et nous avons encore plus d'otages, se réjouit Elene en applaudissant des deux mains comme une enfant. N'est-ce pas merveilleux ? Nous allons pouvoir les envoyer à la place de Moir et de ses hommes qui méritent bien leur liberté après ce qu'ils ont fait pour nous.

Ansithe prit une profonde inspiration. Elene, avec sa spontanéité habituelle, venait de formuler à haute voix son espoir naissant. Finalement, Moir et elle avaient peut-être un avenir.

— Impossible, décréta la voix nette de Moir avant qu'elle ait pu approuver sa sœur.

Elene arqua ses fins sourcils.

— Mais... Pourquoi ?

— Les officiers du roi ont nos insignes. C'est nous qu'ils attendent, pas de quelconques coupe-jarrets traînant dans les bois. Si mon *jarl* est disposé à payer une bonne rançon, c'est pour retrouver son fils, son lieutenant et ses soldats. Pas pour de parfaits inconnus dont nous ne connaissons pas la valeur d'échange. Et qui peuvent s'avérer n'être que de simples mercenaires dont personne ne veut. Quant à votre père et à votre beau-frère, ils ont toujours besoin qu'on les rachète, Lady Elene. Et Palni est toujours chez vous, au manoir.

— Nous pourrions prétendre que ces insignes avaient

été volés, suggéra Elene. Que nous ignorions tout à fait qui vous étiez.

Moir lui adressa un petit salut ironique.

— Ce qui ne manquerait pas de déchaîner la colère des gens que nous aurions trompés. J'imagine sans peine leur terrible revanche. Vous désirez plus que tout que votre père vous soit rendu et que votre domaine soit sauf. Et moi, je n'ai pas envie de passer le reste de mes jours à me terrer dans les bois. Non, faites-moi confiance, dans cette affaire, il faut agir loyalement.

Ansithe se rappela ce que Moir lui avait raconté à propos de la trahison de son père, et son estomac se serra.

— Mais tu pourrais te rendre directement auprès de ton *jarl* au lieu de te présenter à la cour du roi ?

— Nul besoin pour vous, mesdames, de vous soucier de cet échange. Je m'assurerai personnellement que tout se passe selon les règles, intervint Nerian en s'inclinant très bas. Je veillerai à ce que les otages normands atteignent la Cour et soient présentés au roi selon ce qui a été convenu. Je leur dois une dette de vie pour nous avoir sauvés, mes camarades et moi.

— Merci grandement, mais ma sœur et moi, nous avons bien l'intention de nous rendre nous aussi à la Cour. Et nous aussi, nous veillerons à ce que tout soit conforme.

Nerian fronça les sourcils.

— Comme il vous plaira. Il y a pourtant un détail qui me soucie. Quand j'ai cité le nom de Baelle Heale, votre manoir, devant les prisonniers, plusieurs ont échangé un regard entendu comme s'ils connaissaient ce lieu.

— Peut-être du temps de mon grand-père…

La voix d'Ansithe s'éteignit d'elle-même. Elle réfléchit un instant et reprit :

— Mais cela supposerait que ces gens sont d'ici. Or je

mettrais ma main au feu que c'est la première fois qu'ils mettent les pieds dans la région.

Son cœur s'arrêta un instant de battre. Imaginons que Moir et Nerian n'aient pas détruit tout le nid de vauriens et que d'autres attaques soient prévues ? Cynehild ne pourrait pas assurer longtemps la défense du manoir toute seule.

Un cri leur parvint depuis la grotte.

— Lady Elene, intervint Nerian. L'un de vos patients vous réclame. J'avais promis de venir vous chercher et je me suis laissé prendre par la discussion.

Elene pressa la main de sa sœur.

— Nous ferons ce que tu jugeras bon de faire, ma sœur, mais le devoir m'appelle.

— Nerian a raison, dit Moir quand les deux jeunes gens se furent éloignés. Elene et toi n'avez pas besoin d'aller jusqu'à la Cour. Retournez toutes les deux à Baelle Heale où votre présence sera plus utile. Protège le manoir contre d'autres attaques. Fais appel aux seigneurs des alentours qui vous sont encore fidèles. Ton père vous rejoindra dès que possible avec le mari de Lady Cynehild. J'y veillerai.

Ansithe baissa la tête. Moir n'avait pas fait mention de ses intentions à son égard, à elle. Et il ne le ferait pas. C'était un homme de l'instant qui ne songeait pas à prévoir l'avenir. Ne le lui avait-il pas assez répété ?

— … Il n'y a plus un instant à perdre, insista-t-il, prenant son silence pour de l'hésitation. Pour une fois, ce bon Ecgbert a parlé juste. Mes hommes et moi, dûment escortés, nous devons nous rendre à la cour royale pour délivrer votre père.

S'enveloppant dans ce qui lui restait de dignité, Ansithe releva le menton. Elle se refusait à mendier quoi que ce soit auprès de son bel otage normand.

— Je fais confiance à ton jugement, Moir. Quelqu'un

doit prévenir Cynehild de ce qui s'est passé ici. Et elle sera heureuse de revoir Elene.

Il lui pressa doucement les doigts avant de la libérer. Son regard était indéchiffrable.

— Crois-moi, Lady Valkyrie, c'est la meilleure solution pour que tout redevienne comme avant.

Ansithe aurait voulu lui crier que, maintenant qu'elle l'avait connu, plus rien ne pourrait jamais être comme avant. Moir lui avait démontré que son ancien monde était maintenant trop étroit et qu'elle désirait davantage.

Hochant la tête, elle parvint à articuler entre ses mâchoires contractées :

— Allons informer les autres de ma décision.

— Nous attendrons demain matin pour reprendre notre route, déclara Nerian en adressant à Ansithe et à Moir un regard entendu. Mes hommes ont bien mérité une nuit de repos supplémentaire et nous irons plus vite ensuite.

Quand les hommes se furent dispersés, Ansithe s'approcha de sa sœur.

— Allons-nous partager une tente, Elene ? lui demanda-t-elle.

Sa sœur regarda ses mains, visiblement embarrassée.

— Je préférerais rester près de mes blessés pour les veiller, affirma-t-elle, le rouge aux joues. Une négligence peut vite être fatale et je m'en voudrais de ne pas les ramener chez eux sains et saufs alors que nous sommes si près du but.

Elle ajouta, son débit s'accélérant :

— Ici, les règles ne sont plus les mêmes, il faut se sentir libre, ma sœur. Ne pas hésiter à profiter de cette fugitive liberté.

Ansithe ferma les yeux. Son cœur lui chuchotait d'écouter

les conseils de sa jeune sœur. Mais sa raison s'insurgeait, lui intimait de penser aux conséquences.

— Une règle est une règle, où que nous soyons.

— Non, il faut savoir s'adapter.

Se penchant vers elle, sa jeune sœur, prise d'une soudaine sagesse, lui murmura à l'oreille :

— Il se passe quelque chose d'important entre ce Normand et toi. Ou en tout cas, quelque chose de très fort. Vous êtes si parfaitement assortis, tous les deux… À quoi bon te poser tant de questions ?

— Je ne me pose pas de questions…

— Vois-tu, Ansy… Quand ma pauvre Bridget est morte lors de cette attaque, je me suis sentie complètement désemparée. Comment allais-je m'en sortir, toute seule au milieu de tous ces hommes ? Mais, malgré mon grand chagrin, tout s'est très bien passé. J'aime m'occuper de mes malades, leur délivrer les meilleurs soins, me creuser la cervelle pour retrouver le nom des plantes les plus efficaces, selon les préceptes de ma chère nourrice. Si certains sont encore vivants, c'est un peu grâce à moi. Et j'en suis fière ! J'ai enfin l'impression de servir à quelque chose.

Ansithe serra sa cadette dans ses bras. Il n'y avait pas que Bjartr qui avait grandi, pendant ce voyage. Elene aussi, qui avait vécu toujours si protégée au milieu des siens.

— Mais tu as toujours été importante à nos yeux, ma chérie, dit-elle en l'étreignant plus fort. Quand Cynehild s'est mariée, sans toi au manoir, je me serais sentie bien seule.

Mais Elene n'en avait pas fini. Elle revint à la charge avec autant de douceur que de fermeté.

— Vois-tu, Ansithe, cette aventure m'aura au moins appris une chose. C'est que la vie est bien fragile et qu'il faut la saisir par les cheveux quand l'occasion se présente.

Et ne m'objecte pas ces maudites règles dont tu sais, au fond de ton cœur, qu'elles n'ont aucun sens. Cynehild suffit bien à nous les rappeler.

Ansithe observa sa jeune sœur, toute frémissante, l'œil brillant et le teint rose. Une révélation la saisit.

— Dis-moi, Elene… N'y aurait-il pas aussi quelque chose entre toi et ce guerrier ? Nerian, le beau capitaine Wessex ?

Elene s'empourpra davantage, si c'était possible.

— Il ne s'est rien passé que de très convenable entre nous. Il est vrai que nous nous plaisons et il appartient à une très honorable famille du Wessex, mais il n'entre certainement pas dans les vues de notre père de s'intéresser à quelqu'un comme lui. Un étranger. Donc, n'en parlons plus.

— Moir n'est pas non plus de chez nous, objecta Ansithe d'une voix douce.

— Mais il n'est pas un ennemi. Il se dévoue corps et âme pour que notre petit groupe parvienne à bon port… Et ne lui as-tu pas sauvé la vie ? Il t'appartient un peu, en quelque sorte.

Elle l'embrassa et conclut :

— Crois-moi, ma sœur. Pour une fois, fais passer le plaisir avant le devoir.

Ansithe déglutit péniblement.

— Elene ! Oserais-tu me faire une suggestion déplacée ?

La jeune fille éclata de rire.

— Il le faut bien ! Je t'assure, Ansithe, que parfois tes principes t'étouffent. Songeons un peu au présent. J'ai repéré, pas loin d'ici, une petite plage de sable au bord de la rivière qui sera parfaite pour faire un peu de toilette. Je veux te faire belle. Tu as l'air de sortir tout droit de la bauge d'une portée de marcassins de l'année.

Ansithe s'abandonna sur les fourrures qui garnissaient sa couche. Elene lui avait brossé les cheveux avec une telle énergie qu'ils brillaient comme des copeaux de cuivre. Sa sœur avait même insisté pour qu'elle revête une camisole propre sous sa cotte. Puis elle l'avait enfin laissée avec un sourire entendu.

Mais, malgré les prédictions de sa sœur, elle doutait que Moir ne vint la rejoindre. Il l'avait à peine regardée depuis leur bref entretien. À l'heure du souper, il avait mangé rapidement quelques galettes de seigle et du fromage, but une large rasade de petite bière à sa gourde puis s'était empressé de s'esquiver Dieu seul sait où avec le capitaine Wessex.

Elle commençait à s'assoupir, épuisée par les émotions de la journée, quand le rabat qui masquait l'entrée de la tente fut soulevé par une main énergique. La large carrure de Moir se découpa sur le triangle noir de la nuit. Des gouttelettes de pluie brillaient dans ses cheveux clairs comme autant de diamants.

Ansithe sentit son cœur se dilater de joie.

— Tu t'es retirée bien tôt, ce soir. Je n'ai pas eu le temps de te souhaiter bonne nuit.

— Tu as quitté la table avec le capitaine Wessex. J'ai pensé que vous aviez à faire.

— Nerian est quelqu'un de bien. Il pousse son sens du devoir jusqu'à la perfection. Il a posté quelques-uns de ses hommes pour surveiller les escogriffes qui nous ont attaqués. Mais il a eu la bonne grâce de m'exempter de service pour cette nuit. Ce n'est pas tous les jours que l'occasion se présente de remercier quelqu'un qui vous a sauvé la vie, a-t-il argué.

— C'est la vérité.

Se rapprochant d'elle, Moir se mit à genoux et la souleva jusqu'à ce que leurs deux torses se frôlent.

Ansithe baissa les yeux.

— Est-ce que tu m'en veux de ne pas avoir obéi à tes injonctions, Moir ? N'aurais-je pas dû me mêler au combat ?

Il sourit. Et son sourire, à peine éclairé par la lampe à huile qui brûlait dans un coin de la tente, parut à Ansithe plus lumineux que jamais.

— Comment pourrais-je t'en vouloir ? N'est-ce pas ainsi que tu m'as sauvé la vie ? Un bon chef laisse à ses soldats une certaine marge pour leurs initiatives. Mais tu as pris trop de risque, Ansithe. Ne recommence jamais. Ta vie est bien trop précieuse. Trop de gens dépendent de toi.

Il se pencha sur elle et ajouta dans un souffle :

— Et quant à moi, je te veux vivante pour… ceci. J'ai eu envie de le faire toute la journée.

Ses lèvres prirent celles d'Ansithe avec une grande douceur et ils échangèrent un baiser passionné qui leur coupa le souffle à tous les deux.

Elle l'enlaça avec un gémissement et l'ardeur de leur baiser s'accrut encore.

Puis, soudain, Moir s'écarta.

— Et ta sœur ? Quand revient-elle ?

— Elene a d'autres projets pour cette nuit, semble-t-il, chuchota Ansithe contre sa bouche. Elle préfère reste veiller ses patients, m'a-t-elle dit… Un prétexte pour me laisser le champ libre, je crois.

Son compagnon la regarda droit dans les yeux.

— Cela te contrarie-t-il qu'elle ait deviné, à notre sujet ?

— Je me le demandais, justement. Je crois qu'elle espérait secrètement que tu viendrais ici. C'est un cœur sensible…

Moir s'écarta encore d'un pas.

— Et toi, est-ce ce que tu souhaitais ?

La gorge d'Ansithe se noua. Désormais, elle savait qu'elle l'aimait. Mais Moir n'avait jamais laissé entendre que leur liaison avait un avenir. Pour lui, ce n'était sans doute qu'une aventure d'été. Elle savait qu'elle allait en souffrir. Mais elle voulait encore en profiter. Ne serait-ce qu'une nuit.

— Le soleil vient de se coucher et les heures sont longues jusqu'à demain matin. Vivons l'instant présent, conclut-elle en espérant qu'il n'entendrait pas le mensonge dans sa voix. Comme tu me l'as si bien appris.

Je chérirai tout au fond de moi comme un trésor ces moments que nous avons partagés, aurait-elle voulu ajouter. Mais elle se reprit. Elle ne voulait pas lui avouer son amour. La séparation n'en serait que plus douloureuse. Elle avait bien failli perdre Moir aujourd'hui, et elle le perdrait pour toujours demain. Mais ce ne serait pas la même chose. Au moins, elle saurait qu'il était vivant et peut-être parviendrait-elle un jour à penser à lui sans pleurer.

— Tu as repris ton air sérieux !

Ansithe fit courir ses mains sur les épaules de son compagnon avec un sourire si forcé qu'il en était douloureux. Puis elle se blottit contre lui.

— Vraiment ? Sans doute parce que je pense à ce que je vais bien pouvoir te faire… Songes-y ! Toute une nuit ensemble ! La dernière, sans doute…

Les doigts de Moir se resserrèrent autour de ses poignets.

— Ce que tu vas me faire ? répéta-t-il, l'air gourmand.

— Oui. Je ne veux pas toujours prendre. Je veux aussi donner.

Il lui taquina le lobe de l'oreille.

— Hum… Séduisant programme…

Moir revint à la réalité dans un cocon de chaude douceur. Il était enfoui au milieu des fourrures et tenait dans ses bras-le-corps nu de sa compagne dont les cheveux répandus lui caressaient le visage.

Il la serra plus fort contre lui avec la soudaine conviction qu'il ne connaîtrait plus jamais pareil bonheur.

Alors, l'espace d'un instant, aussi fragile et beau que le vol d'une libellule au-dessus d'un étang, il s'autorisa à rêver la vie qu'ils pourraient avoir ensemble et les enfants qui naîtraient de leur union. Une fille avec des cheveux de feu et le regard aussi acéré que sa mère et un garçon avec des cheveux blonds et des yeux bleus. Ils croîtraient en force et en sagesse, et pour eux trois, lui, Moir, se sentait capable de faire prospérer un domaine. De construire un vrai bonheur.

Il pouvait presque toucher sa progéniture du bout des doigts, rire avec eux, les serrer dans ses bras. Maintenant, il était pressé de faire leur connaissance, à ces enfants qu'il ne savait pas désirer avec tant de force avant de rencontrer la femme qui reposait à ses côtés.

Moir battit des paupières et la vision s'évanouit comme une brume d'été sur l'étang. Il ouvrait déjà la bouche pour s'inquiéter de l'enfant que, peut-être, Ansithe portait. Mais, devant son air endormi, il renonça. Bien sûr, elle pensait être stérile, mais la faute en revenait tout aussi bien à son vieux mari. Bah ! Ils sauraient bien assez tôt si leurs ébats passionnés avaient eu une conséquence. Il ne voulait pas provoquer de querelle avant son départ.

Ansithe murmura quelques paroles indistinctes. Il choisit de croire qu'elle prononçait son nom.

Il avait menti, la veille au soir. Il ne voulait pas Ansithe pour une nuit ou quelques jours. Il la voulait pour la vie. Mais il fallait faire les choses honorablement. Régler d'abord la prise en otage de son père, puis son conflit avec Guthmann avant de demander à la jeune femme d'abandonner son pays pour le suivre qui sait où.

— Je t'aime, murmura-t-il contre son oreille. Toi seule

as su donner un sens à ma vie. Je veux revenir vers toi. Attends-moi.

Ansithe marmonna une vague réponse et se rendormit profondément.

La lumière grise de l'aube commençait à éclairer l'intérieur de la tente quand Ansithe se réveilla brusquement. Ouvrant les yeux, elle vit Moir debout devant elle, complètement habillé.

— Mais il est beaucoup trop tôt !

— C'est l'heure du hibou. Le soleil ne va pas tarder à se lever. Profitons-en pour parler pendant que nous sommes seuls. Il y a des choses qui doivent être dites. Des choses que nous ne nous sommes pas dites hier soir.

Se levant, elle s'approcha de lui. Elle avait mal de tout son être. Sa gorge était gonflée de sanglots contenus. Ses yeux brûlaient de larmes qu'elle ne verserait pas. Ses bras souffraient déjà du vide que Moir y laisserait quand il serait parti. Mais pas question de s'humilier avec l'arme des faibles. Pleurer serait pour plus tard, quand personne ne pourrait la voir.

— Tu as donc choisi d'agir exactement comme l'avait prévu Elene, chuchota-t-elle entre ses dents serrées. Tu vas te sauver à la naissance du jour. Les malfrats que nous avons attrapés fourniront une rançon suffisante.

— Non. Je t'ai donné ma parole. Je ne m'enfuirai pas.

S'approchant plus près, Ansithe emprisonna le beau visage de Moir entre ses paumes.

— Pars, je t'en supplie. J'ai peur de la vengeance de Guthmann… Ici, tout le monde te laissera passer. Aucun garde ne t'arrêtera.

— Non. Je te l'ai déjà dit. Je ne suis pas mon père. Et même si les circonstances sont différentes, même si je suis le seul à être en danger, j'ai donné ma parole. Je ne veux pas mettre ta famille en danger. Nous ferons les choses correctement. Je m'assurerai que ton père a bel et bien été libéré. J'essayerai de comprendre pourquoi ils s'en sont pris à ta sœur. Ensuite, j'aviserai.

Ansithe retint son souffle. Il avait raison, bien sûr.

— C'est que… J'avais seulement besoin un instant d'avoir la certitude que je pourrais un jour te retrouver quelque part. Par exemple, dans ce pays glacé où les montagnes vomissent des flammes et où la terre lance vers le ciel des jets de vapeur brûlante. Ou dans ces chauds pays du Sud dont les feuilles des arbres ne tombent jamais…

Elle ferma les yeux une fraction de seconde puis les rouvrit.

— Ça va aller. Je ne pleurerai pas, je te le promets.

Moir lui décocha un de ses sourires qui faisait fondre le cœur d'Ansithe. Mais son regard restait voilé.

— Pour le moment, Ansithe, nos chemins sont destinés à se séparer.

— Le faut-il vraiment ?

— Laisse-moi me souvenir de toi, là, dans cette tente, avec tes beaux cheveux répandus sur tes épaules et ton regard brillant de larmes. Cela m'insufflera le courage et la force dont je vais avoir besoin.

Il fit passer le lacet de cuir de son pendentif par-dessus sa tête et le lui plaqua dans la paume.

— Tiens. Prends cela. C'est un cadeau de ma mère juste avant de mourir. Garde-le et pense à moi.

Ouvrant la main, Ansithe y vit une boule d'ambre couleur d'or rouge. Le porte-bonheur de sa mère, que Moir conservait sur lui pour se rappeler sa promesse.

— Es-tu sûr de ne plus en avoir besoin ?

— J'aime savoir qu'il est avec toi. Conserve-le jusqu'à… la prochaine fois.

La prochaine fois ? Moir avait donc l'intention de la revoir ? Le cœur d'Ansithe se mit à battre comme un tambour… Puis tous ses espoirs s'effondrèrent.

— Ah oui… Quand tu reviendras chercher Palni.

Moir eut un lent sourire.

— Oui, en quelque sorte, rétorqua-t-il en lui refermant les doigts sur la boule d'ambre encore tiède de la chaleur de son corps. Prends-en bien soin et surtout, attends-moi. Nous nous reverrons. Bientôt.

— Bjartr a trouvé son courage. Il sera un bon guerrier, je crois, dit-elle, la gorge serrée.

Un cor retentit dans la brume. Moir posa un baiser glacé sur son front.

— Je dois partir. Reste ici. Ne sors pas de cette tente.

Ansithe sut qu'elle allait obéir. À quoi bon se donner en spectacle ? Moir partait pour faire son devoir. Et il avait raison. Elle aimait tout en lui, dont son sens du devoir. Elle posa ses mains sur son ventre plat avec une grimace de désespoir. Quelle pitié qu'elle soit stérile ! Si l'homme qu'elle aimait venait à disparaître, elle n'aurait pas même de lui le souvenir d'un enfant. Elle passa le pendentif autour de son cou.

— Je le garderai toujours sur moi, près de mon cœur…

Moir avait déjà quitté la tente sans un regard en arrière.

Alors Ansithe se laissa tomber sur sa couche avec un gémissement rauque.

Maintenant, elle pouvait pleurer toutes les larmes de son corps.

Chapitre 15

— J'ai pris la bonne décision en envoyant mon fils en mission avec toi, Moir, déclara le *jarl* Andvarr en lui tendant l'anneau d'or qu'il venait de retirer de son doigt. Tu as fait de Bjartr un vrai guerrier. Je le constate dans sa manière de se tenir. Jamais je ne l'ai vu aussi fier ni aussi digne d'être mon fils. Je te dois une dette de vie.

À la grande surprise de Moir, quand il était arrivé au camp avec Nerian et le reste de la troupe, Andvarr tenait sa rançon et celle de ses hommes toute prête. Il avait également pris aussitôt en charge les prisonniers. Nerian avait recueilli l'or qui appartenait désormais à Ansithe et lui servirait à payer la rançon de sa famille.

— Je n'y suis pas pour grand-chose, protesta Moir en s'inclinant.

— Tu es par trop modeste, mon ami…

Andvarr ajouta après s'être éclairci la gorge :

— … Quant à l'autre problème, il s'est dissipé comme un orage d'été. Exactement comme je l'avais prévu.

— L'autre problème ? Fais-tu allusion à ma querelle avec Guthmann ?

Instinctivement, sa main se porta à son pendentif et ne rencontra que le vide. Un sentiment d'inconfort le traversa.

Andvarr eut un gros rire satisfait.

— Il m'a prêté allégeance lors de notre dernière rencontre. Il ne retient plus contre moi ni personne de ce *felag* l'offense que tu lui as infligée.

Moir cracha sur le sol.

— Guthmann est un serpent plus trompeur et plus dangereux que le plus affamé des animaux de la forêt, dit-il en grinçant des dents. Je ne me repens pas d'avoir tiré cette femme de ses griffes.

— C'était sa prisonnière. Ni toi ni mon fils n'aviez à vous en mêler.

Moir respira un grand coup. Ce n'était pas comme cela que ça s'était passé et Andvarr le savait parfaitement. C'était lui-même qui avait demandé à Moir d'enquêter sur la famille de cette femme, qui s'était avérée être l'épouse d'un important seigneur de Mercie. Et encore lui, Andvarr, qui lui avait demandé en conséquence d'intervenir.

— Andvarr, tu sais très bien de quoi il retourne. Pourquoi j'ai agi ainsi. Nous étions d'accord pour que…

Andvarr balaya les arguments de son fidèle lieutenant d'un grand geste de la main.

— Les choses ont changé. J'ai besoin des hommes de Guthmann. Nous commençons à avoir des ennuis avec les Saxons sur la frontière du sud-est. J'ai bien l'intention de conserver les terres que nous avons conquises. Guthmann pouvait agir comme il l'entendait d'une prisonnière de guerre.

Moir leva les yeux au ciel. Andvarr ne voyait jamais que ce qui était dans son intérêt.

— Tu t'en mordras les doigts, soupira-t-il. C'est tout ce que je peux dire. Nous aurons toujours des ennuis avec ce diable roux. Sa réputation de faux ami n'est plus à faire.

Le regard d'Andvarr se détourna.

— Sache qu'il est disposé à te pardonner. Et rappelle-toi cela quand vous vous rencontrerez la prochaine fois.

— Et à quelle occasion, je te prie ? Quand je lui

apporterai l'or de la rançon pour les otages du manoir de Baelle Heale ?

Si l'alliance entre Guthmann et Andvarr se confirmait, Moir savait que son départ pour l'Islande était proche. Il ne lui restait plus qu'à libérer le père et le beau-frère de Lady Ansithe et à demander la main de celle-ci. Et à s'assurer qu'elle voudrait bien le suivre.

— Tu ne pourras le voir dans l'immédiat. Il est parti prendre femme. Il s'agit de la fille d'un seigneur de Mercie dont j'ai oublié le nom.

Moir jura intérieurement. Encore un retard apporté à ses projets.

— A-t-il emmené ses otages ? Ou sont-ils ici afin que soit procédé au plus vite à leur libération ?

— Leur libération ? Mais par Odin ! Que me chantes-tu là ?

— Une partie de l'or que tu viens de remettre à Nerian est destinée à payer la rançon de l'*ealdorman* Wulfgar et de son gendre que Guthmann retient prisonniers. Je suis bien déterminé à ce que ceci survienne sans délai.

Andvarr fronça les sourcils.

— L'*ealdorman* Wulfgar ? Mais il y a beau temps qu'il n'est plus un otage !

— Est-il mort ?

Le guerrier normand rugit de rire.

— Par Frejya ! Mais pourquoi donc ? Ce serait bien embêtant. C'est précisément lui le père de la fiancée. Pas la plus jeune de ses filles… Celle du milieu, je crois. Une veuve, paraît-il, qui ne doit pas être de la première fraîcheur.

Moir se figea. Ses poings se serrèrent lentement. Guthmann projetait d'épouser Ansithe ? Impossible ! Il devait avoir mal compris.

— Et quand cela a-t-il été décidé ?

— Il est parti il y a un peu plus d'une semaine, juste

après que la rumeur de ta capture par une femme commence à se répandre dans la région.

— Et savait-il qui exactement m'avait fait prisonnier ? articula Moir, la gorge serrée.

Mais il connaissait la réponse. Guthmann ne s'intéressait à la deuxième fille de l'*ealdorman* Wulfgar que pour une bonne et simple raison. Il cherchait à provoquer Moir sur son propre terrain.

— Tout ce qu'il savait, c'était qu'il s'agissait d'une femme. Et cela semblait l'amuser beaucoup. Toi, le grand sauveur d'Ashdown, la poutre maîtresse de notre système de défense, vaincu par une simple femelle !

Andvarr éclata d'un rire sonore avant de remarquer :

— Pourquoi cette tête lugubre, Moir ? Après tout, c'est une histoire plutôt amusante, n'est-ce pas ?

— Tu ferais mieux de ne pas sous-estimer Lady Ansithe…

— Bah ! Parlons d'autre chose. Tu as des terres à choisir, un avenir à te forger dans ce pays. Tout ce que je te demande, c'est de laisser à Guthmann sa nouvelle fiancée.

Le cœur de Moir battait à se rompre. Il avait cru assurer la sécurité d'Ansithe en la renvoyant chez elle tandis qu'il gérait les difficultés posées par le comportement destructeur de Guthmann. Et voilà qu'il l'avait jetée dans la gueule du loup ! Il comprenait maintenant pourquoi ces soi-disant hors-la-loi avaient harcelé Nerian et Lady Elene pour les empêcher d'aller récupérer les otages normands à Baelle Heale avant l'arrivée sur place de Guthmann.

C'était donc tout le contraire de ce qu'Andvarr avait cru comprendre. Loin de lui pardonner, Guthmann vouait à Moir une haine féroce qui ne s'éteindrait que dans la plus ultime vengeance.

Et pour parvenir à ses fins, il s'en prenait à la femme qu'il aimait.

Il restait pourtant une chance, aussi infime fût-elle, qu'Ansithe et sa sœur ne soient pas encore arrivées au manoir. En partant sur l'heure, il pouvait peut-être encore les rejoindre. Il les mettrait au courant du danger et ils aviseraient ensemble de ce qu'ils pourraient faire pour se protéger des entreprises malveillantes du chef de guerre danois.

— Nous n'avons pas besoin de discuter, Andvarr. J'ai fait mon devoir à ton égard. Maintenant, je dois le faire à l'égard de la femme qui m'a sauvé la vie. Qu'il soit ou non ton allié, autorise-moi à aller la chercher pour la mettre à l'abri des manigances de Guthmann. Je n'ai pas le droit de la laisser à la merci de ce porc sanguinaire.

Le large visage d'Andvarr, d'ordinaire débonnaire, s'assombrit.

— Cela m'est impossible, Moir. Je t'ai passé bon nombre de caprices et d'erreurs. Mais cette fois, je ne le peux pas. Laisse agir Guthmann comme il l'entend. C'est un ordre.

— Je ne peux pas.

— Enfin, mon ami, s'emporta Andvarr avec un sourire goguenard. Il y a d'autres femmes dans ce pays ! Alors, c'est clair. Soit tu restes à mes côtés, sans t'éloigner de mon regard, soit tu quittes la protection de ce *felag*. À jamais. Et combien de temps t'imagines-tu que tu tiendras tout seul contre cette force de la nature ? Guthmann est un fou, certes, mais un fou puissant et inventif, qui ne recule jamais devant rien. Crois-moi, il vaut mieux l'avoir avec soi que contre soi.

Moir retira de son doigt l'anneau qu'Andvarr venait de lui donner et le jeta aux pieds de son chef.

— Alors, je quitte ce *felag*. Tu n'es plus mon chef. Tu n'as plus d'ordres à me donner.

— Ansithe, regarde ! s'exclama Elene en arrêtant son cheval. Pourquoi l'étendard de père flotte-t-il en haut de la tour ?

Ansithe, s'abritant les yeux du soleil de la main, regarda dans la direction indiquée. Leur voyage de retour vers Baelle Heale avait pris un peu plus longtemps que prévu, Ecgbert ayant dû les suivre à pied du fait d'un cheval boiteux.

En effet, la bannière écarlate qui ne flottait au sommet de la tour que lorsque l'*ealdorman* honorait le manoir de sa présence claquait fièrement dans le vent. Comment son père et Leofwine auraient-ils pu être là ? La rançon n'était pas payée.

— Il se passe quelque chose d'anormal, ma sœur. Cynehild essaye de nous prévenir.

Ecgbert s'était arrêté derrière elle et se grattait la tête.

— Lady Cynehild a sans doute voulu préparer le retour de son mari, suggéra-t-il. C'est peut-être sa manière à elle de leur souhaiter la bienvenue à tous les deux après avoir reçu un message l'informant de leur arrivée imminente ? Ils devaient être juste derrière nous, sur Watling Street.

Machinalement, Ansithe regarda par-dessus son épaule. Personne. Nul voyageur sur la poussière du chemin.

Elle reporta son attention sur la bannière avec le désagréable sentiment qu'elle avait manqué une information importante.

— Possible, répondit-elle enfin en bougeant inconfortablement sur sa selle. Elle essaye peut-être aussi de nous avertir d'un danger.

— Quel danger ? aboya Ecgbert, qui se réjouissait déjà de se retrouver sous le joug de son maître. Milady, si vraiment vous craignez quelque chose, nous ferions mieux d'aller demander la protection de Lord Cédric.

— Vous n'êtes décidément qu'un pleutre, Ecgbert. Quel besoin avons-nous de courir nous mettre sous l'aile de Cédric, comme des poussins peureux, rétorqua Ansithe en poussant son cheval en avant. S'il y a un problème, je peux le résoudre, ce me semble.

Quand ils pénétrèrent dans l'enceinte, la cour leur parut étrangement silencieuse. Pas âme qui vive. Même pas une poule ou un cochon. Ansithe sentit l'envahir le grand calme qui précède les combats. Mais, déjà, sans crier gare, la silhouette de son père apparaissait sur le seuil du hall. Son épreuve l'avait vieilli prématurément et ses cheveux étaient d'une blancheur de craie.

Elle s'avança vers lui, mais s'arrêta aussitôt.

Derrière lui venait d'apparaître la haute silhouette d'un Normand, avec ses cheveux de lin blond pâle. Une récente cicatrice lui entaillait la joue droite.

C'était lui. Ce ne pouvait être que le Normand Guthmann Bloodaxe.

Derrière encore s'alignait une rangée de guerriers danois, parfaitement immobiles.

Ansithe fit signe à Elene et Ecgbert de rester derrière elle.

— Ne venez-vous pas saluer votre vieux père, mes chères filles ? s'exclama l'*ealdorman* en tendant ses bras vers elles comme s'attendant à de chaleureuses effusions. Me voilà de retour, finalement.

— Et Cynehild ? s'inquiéta Ansithe au lieu de répondre à sa démonstration plutôt inattendue. Pourquoi ne vient-elle pas nous accueillir ?

Le regard de son père se détourna lentement.

— Votre sœur est dans la chapelle, en train de veiller le corps de son mari.

Ansithe entendit le petit cri d'Elene dans son dos.

— Leofwine est mort ? souffla-t-elle, la main sur la gorge. Vous avez rapporté son corps à la maison ?

— Il se trouve que, par une navrante infortune, votre beau-frère a manifesté son désaccord en ce qui concernait ces projets de mariage, intervint Guthmann, couvant d'un regard luisant son interlocutrice. Il a fallu que je fasse un exemple.

L'*ealdorman* jeta à son invité un regard nerveux.

— Cynehild et son fils se recueillent sur la dépouille de Leofwine, ma fille. Il s'agit d'un déplorable malentendu…

— Le premier et le dernier dans cette affaire, nous l'espérons, reprit Guthmann sans hésiter à couper la parole à son hôte.

Il parcourut Ansithe d'un regard si brûlant qu'il lui arracha un tremblement.

Mais, déjà, son père s'inclinait très bas.

— Je peux vous assurer qu'il n'y aura plus le moindre obstacle, mon ami. Nous connaissons tous les enjeux de cette affaire.

Ansithe dévisagea son père, stupéfaite. Jamais elle ne lui avait vu faire preuve de la moindre obséquiosité.

— Père ! Mais de quoi s'agit-il ?

L'*ealdorman* parut se tasser sur lui-même.

— Inutile de vous demander qui est la fameuse Lady Valkyrie, plaisanta Guthmann avec un gros rire. Comme vous avez bien fait d'agréer ma demande, *ealdorman* Wulfgar. Cette demoiselle est un vrai morceau de roi.

Ansithe sentit la nausée l'envahir. Son cerveau se refusait à comprendre ce qui était sous-entendu dans la remarque du chef de guerre. Elle jeta derrière elle un regard vers les chevaux. En courant très vite, sa sœur et elle pourraient peut-être…

Elle s'empara de la main de sa cadette, qui paraissait pétrifiée.

— Une demande ? Mais quelle demande ? Père, de quoi

s'agit-il ? cria-t-elle en s'efforçant de se maîtriser malgré la panique qui menaçait de l'envahir.

La paupière droite de son père se mit à battre nerveusement.

— Il se trouve, ma chère fille, que… que j'ai accepté la requête de messire Guthmann qui… nous fait l'honneur de demander ta main. Il a entendu parler de tes exploits et considère que tu es exactement l'épouse qui lui conviendrait.

Ansithe, qui avait continué à reculer, se figea tout net.

— Moi ? Vous avez accepté de me vendre à ce… à ce sauvage ?

Son père agita dans l'air une main apaisante.

— Je suppose que nous devrions tous te remercier, ma chère enfant. C'est grâce à l'admiration que Guthmann te voue depuis la minute même où il a entendu parler de tes exploits qu'il a accepté de nous libérer, Leofwine et moi, sans même que nous ayons à payer de rançon. Il est même prêt à me dispenser d'une dot. Dans ces conditions… tu comprendras que je ne pouvais refuser, n'est-ce pas ? C'est au-dessus de toutes mes espérances…

— Et pourtant, Leofwine est mort.

— Il n'avait pas à se mêler de cette affaire, s'irrita l'*ealdorman*, la voix tremblante de rage. Il est mort bêtement. Pour rien.

Regardant attentivement son père, Ansithe remarqua des détails de sa physionomie qu'elle n'avait pas perçus jusqu'à présent. Sa bouche crispée, son regard virevoltant, qui ne parvenait à se poser nulle part… Son père n'avait pas la conscience tranquille. Mais il irait jusqu'au bout de ses projets parce qu'il y trouvait son intérêt. Il avait une fois de plus arrangé un mariage pour elle. Il voulait la marier avec celui qui l'avait retenu prisonnier pendant des mois et qui venait de tuer son gendre. Et qui pis est, l'ennemi juré de Moir. Non, décidément, elle ne lui devait ni admiration, ni obéissance, ni affection. Elle était devenue ce qu'elle était malgré lui, non grâce à lui.

— Si tu as entendu parler de mes exploits, père, alors tu dois savoir que j'avais réussi à rassembler la rançon propre à vous libérer, ton gendre et toi. Nul n'était besoin de vendre ta fille.

— Encore une bonne nouvelle ! L'or nous sera bien utile pour d'autres usages, approuva l'*ealdorman* en la gratifiant de son premier vrai sourire. Cela permettra de procéder aux réparations dont le domaine a tant besoin.

— Si ce n'est que cet or ne t'appartient pas mais à mes sœurs et à moi. Il n'est pas question que nous restions ici. Nous allons partir.

— Je crains que ce ne soit impossible, chère dame, intervint Guthmann avec un sourire félin.

Il claqua des doigts et plusieurs de ses gardes surgirent des quatre coins de la cour, armés jusqu'aux dents. Ils les encerclèrent, Elene et elle. L'un d'eux lui immobilisa les bras tandis qu'un deuxième lui arrachait son coutelas de sa ceinture et son arc de l'épaule.

Ansithe se débattit avec l'énergie du désespoir.

— Laissez-moi. Vous n'avez pas le droit.

— Vous m'obéirez si vous ne voulez pas que votre maisonnée en pâtisse, tonna la voix de stentor de Guthmann. Toute cette paille et tout ce bois doivent prendre feu comme de l'étoupe.

Wulfgar se dandinait sur ses jambes, visiblement mal à l'aise.

— Les temps ont changé, ma fille. Il me fallait penser à ma famille. N'est-ce pas merveilleux d'avoir enfin un allié de l'importance du seigneur Guthmann ? Franchement, je ne m'attendais pas à ce qu'un chef de guerre aussi puissant me fasse une telle proposition. Je l'ai assuré que tu lui ferais de beaux garçons, sur lesquels il est en droit de compter…

— Père !

— Allons, Ansithe. Tu n'es plus une gamine, tu as été mariée. Et tu sais bien que le bien-être de ta famille doit passer avant toute autre considération.

— Je refuse !

Le regard de Wulfgar s'élargit.

— Tu n'en as pas le droit. Je suis ton père et tu dois m'obéir. Du reste, j'ai déjà accepté à ta place, comme j'en ai le droit.

— J'ai dit non. Inutile d'insister.

Joignant le geste à la parole, Ansithe décocha un énergique coup de pied dans le tibia du garde le plus proche. L'homme poussa un hurlement mais ne relâcha pas son étreinte.

L'*ealdorman* se retourna vers son hôte avec empressement.

— Pardonnez-lui, messire. Elle ne sait pas ce qu'elle dit. La fatigue du voyage, sans doute. Les émotions…

Guthmann dévisagea Ansithe avec un lent sourire.

— Oui, les émotions, certainement. Mais ne vous inquiétez pas, Wulfgar. J'aime les femmes qui ont du caractère. Je lui accorde deux jours pour changer d'avis.

Ansithe haussa les épaules.

— Je dois rejoindre ma sœur dans la chapelle pour lui présenter mes condoléances. Elene, Ecgbert, venez-vous avec moi ?

De nouveau, Guthmann claqua de ses doigts épais et les gardes les relâchèrent tous les deux. Ecgbert se précipita vers la chapelle, mais Elene, rejoignant son aînée, glissa sa main dans la sienne. Ce simple geste de solidarité lui fit monter les larmes aux yeux.

Déjà, voyant ce geste, leur père revenait à la charge.

— Ansithe, je t'en prie, cesse de penser à tes petits intérêts personnels, veux-tu ? C'est tout le bonheur et la sécurité d'une famille qui sont en jeu, je te le répète.

N'oublie pas ce qui est arrivé à ta mère. Tu ne voudrais pas nous apporter le malheur encore une fois ?

Ansithe blêmit sous ce nouveau coup bas. Mais cette fois, elle n'était pas décidée à se laisser faire.

— Après toutes ces années, tu ne peux toujours pas reconnaître le rôle que tu as joué dans la mort de ma mère, n'est-ce pas ?

Sur ces mots, passant son bras dans celui de sa sœur, elle tourna les talons et se dirigea vers la chapelle.

— Tu t'en vas malgré l'interdit de mon père ? Pourquoi fais-tu une chose pareille, Moir ? s'enquit Bjartr, rejoignant son ami dans l'écurie. Tout n'allait-il pas pour le mieux dans le meilleur des mondes ?

Moir, le dos tourné, s'occupait de son cheval. Il avait été satisfait de trouver sa fidèle monture en parfait état. Le bel animal au crin mordoré était bien nourri et, au vu de sa superbe musculature, probablement parfaitement entraîné.

Il se concentra sur les effets dont il avait besoin pour son voyage. Il avait récupéré dans le magasin où ils étaient conservés sa seconde épée, quelques vêtements ainsi que ses économies et se préparait au départ.

Plus tôt il partirait, et plus tôt il arriverait sur place pour secourir Ansithe. Et il n'était pas d'humeur à se laisser retarder par quiconque.

— Je n'ai pas de temps à perdre, Bjartr. J'ai dit à ton père tout ce que j'avais à lui dire.

Le jeune homme le regarda, ses cheveux blonds ébouriffés sur son crâne, l'air éperdu.

— Mais tu sais qu'il va te jeter hors du *felag* ! Tu n'auras jamais la terre que tu convoitais et que tu as pourtant bien méritée.

— Il n'a pas besoin de me jeter dehors puisque je m'en

vais ! rétorqua Moir, touché pourtant par l'émotion de son jeune compagnon. Mais à quoi bon toutes les terres du monde si j'ai manqué de venir en aide à quelqu'un à qui je tiens plus que tout ?

Moir ferma les yeux, et aussitôt la mince silhouette d'Ansithe, son visage pâle, s'imposèrent derrière ses paupières. Comment pourrait-il l'abandonner dans les griffes de Guthmann ?

Reportant son attention sur son cheval, il serra la sangle, ajusta la bride et se mit en selle.

— Écarte-toi, Bjartr. Je ne veux pas te blesser. Je n'appartiens plus à ce *felag*. Je ne suis plus des vôtres, maintenant. Je suis un homme libre.

Bjartr le retint par la bride.

— Écoute-moi, Moir Mimirson. Que comptes-tu faire, exactement ?

Moir porta son regard au loin. Moins le garçon en saurait sur ses projets, mieux cela vaudrait.

— Écarte-toi, répéta-t-il d'une voix dure, si tu ne veux pas que je te renverse.

Mais Bjartr s'agrippait toujours.

— Non, je refuse. Je veux que tu écoutes ce que j'ai à te dire.

— Il faut l'écouter, dirent en chœur plusieurs voix.

Le reste des membres du *felag*, tous équipés pour le voyage et suivis de près par Nerian et ses hommes, venaient de faire irruption dans la cour de l'écurie.

Moir mit lentement pied à terre. Cette fois, l'affaire semblait se compliquer. Il pouvait écarter Bjartr, à la rigueur, mais leur échapper à tous ? Et la moindre seconde de temps perdue était une seconde de plus pour Guthmann.

— Très bien. Je vous écoute.

Bjartr fit un signe à Nerian qui exhiba la bourse remplie d'or.

— Cet or doit aller à sa véritable propriétaire. Le roi de Mercie a pris en chasse les hors-la-loi que nous avions défaits en forêt. C'est donc Lady Ansithe qui l'a gagné. J'ai besoin d'un guide pour me rendre à Baelle Heale afin de le lui remettre en mains propres. Et quel meilleur guide pourrais-je trouver que toi, Moir Mimirson ?

Moir hocha lentement la tête tandis que ces informations faisaient leur chemin dans son cerveau surexcité.

— Tu veux que je t'accompagne jusqu'à Baelle Heale, Nerian ? Affaire conclue, mon ami. Et vous, pourquoi êtes-vous ici ?

Le visage encore enfantin de Bjartr rayonnait de plaisir.

— Nous faisons équipe avec toi, Moir. Nous serons ta garde rapprochée. Pas question de nous interdire de te suivre dans cette équipée.

Moir les dévisagea les uns après les autres, stupéfait. Ils avaient tous voulu venir avec lui. Tous sans exception. Ils étaient tous prêts à affronter la colère d'Andvarr. Il ne se battrait pas tout seul pour défendre Ansithe.

Il avait donc tant d'amis, finalement ?

Les yeux d'Ansithe mirent quelques secondes à s'adapter à la pénombre de la chapelle. En apercevant ses deux sœurs, Cynehild se leva aussitôt du coin où elle était agenouillée, aux côtés de la dépouille de son mari encadrée de deux grands cierges. Elle les prit dans ses bras et les gratifia d'une accolade affectueuse.

— J'espérais bien ne pas vous voir ici, murmura-t-elle d'une voix enrouée par les larmes. C'est Palni qui a eu l'idée de hisser la bannière de père sur la tour. Il pensait que vous comprendriez.

— Nous sommes revenues au plus vite pour te prévenir de l'arrivée possible de hors-la-loi décidés à attaquer le manoir, expliqua Ansithe. Mais je viens de comprendre qu'il s'agissait probablement des hommes de Guthmann.

Elles se regardèrent un moment, les mains dans les mains et les yeux pleins de larmes. Puis Ansithe alla s'agenouiller à son tour devant le cercueil dans lequel Leofwine reposait.

— Tu ne peux imaginer à quel point je suis peinée de la mort de ton mari. Les mots sont impuissants à exprimer ma douleur et mon indignation…

Cynehild vint à ses côtés.

— Chut ! Ne dis rien. Leofwine savait qu'il ne survivrait pas aux coups qui lui ont été portés. Ils l'avaient à ce point violenté que vivre était devenu un terrible tourment. La mort a été un soulagement pour lui… Vois-tu, il ne trouvait pas juste le sort que père te réservait. Il savait que la seule raison pour laquelle il avait été autorisé à nous revoir, son pauvre petit garçon et moi, c'était à cause de toi et de ce que tu avais fait… J'ai pu le tenir dans mes bras jusqu'à la fin. Il n'est pas mort tout seul et c'est un grand soulagement dans ce malheur. Fais en sorte que son sacrifice ne soit pas vain, ma chère sœur. Sinon, je crois que je n'y survivrai pas.

Ansithe eut un long soupir. Ainsi, Leofwine savait combien elle s'était battue pour que son père et lui retrouvent leur liberté. Cette pensée lui réchauffait le cœur.

— Je vais prier pour lui cette nuit à tes côtés. Et je jure devant sa dépouille que je veillerai sur vous, ton fils et toi, jusqu'à la fin de mes jours.

— Je le sais bien. Et même si Palni pense que tu es venue te mettre dans la gueule du loup, je suis heureuse que tu sois là, ainsi que ma chère Elene, ajouta-t-elle en se penchant vers leur cadette pour l'embrasser. Je suis sûre que tu parviendras à convaincre père qu'il se trompe. Qu'il n'a pas le droit de te faire épouser un tel homme…

La voix de Cynehild se brisa. Mais elle regarda le visage de son mari bien en face et se ressaisit.

— Si on n'y prend pas garde, ajouta-t-elle, ce Danois, ce monstre, rasera le manoir jusqu'à ses fondations.

— Palni est-il encore ici ? Guthmann l'a-t-il vu ?

Cynehild posa un doigt sur ses lèvres.

— Frère Oswald a su le cacher à temps. Je vais te conduire à lui. Mais attention. Il veut que nous traitions le prieuré comme un sanctuaire. Il est persuadé que père ne le violera pas de peur de compromettre l'immortalité de son âme.

Ansithe ne croyait pas au respect de Guthmann en la matière. Mais, préférant taire le fond de sa pensée, elle glissa ses doigts dans l'entrebâillement de sa cotte et caressa la boule d'ambre que Moir lui avait confiée. Il fallait que le Normand sache ce qui se passait. Du reste, tout cela se tenait. Si Guthmann était ici, au manoir, c'était à cause de sa querelle avec Moir. Elle en était sûre.

Palni saurait comment le prévenir.

Elles gagnèrent la sacristie où le compagnon de Moir reposait sur un lit de fortune. La servante de Cynehild et son petit garçon étaient là également. En voyant entrer les trois femmes, Palni se remit laborieusement sur ses pieds.

— Dieu me pardonne, Lady Ansithe, mais j'espérais bien ne pas vous revoir ici, s'exclama-t-il après qu'ils eurent échangé une chaleureuse accolade. Je pensais que la bannière ferait son effet et que vous seriez déjà sur le chemin de l'Islande avec votre homme.

— Hélas, je ne suis pas infaillible…

Ansithe expliqua en quelques mots ce qui s'était passé. Puis elle conclut :

— Penses-tu que tu pourrais t'échapper et apporter ceci à Moir ? demanda-t-elle en lui montrant le pendentif.

Palni eut un geste de recul.

— Vous voulez le faire venir jusqu'ici ? Mais c'est de la folie. Savez-vous ce qui va se passer ? Le plan que Guthmann n'a pas manqué de concocter ? Si Moir vient ici pour le provoquer en duel, Guthmann recourra à la tricherie, comme d'habitude.

— Parce que c'est Guthmann lui-même qui l'affrontera ?

— Seulement s'il est sûr de gagner. Sinon, il désignera un de ses hommes pour lui servir de champion. Je vous en supplie, milady ! Je vous dois ma vie, je le sais, mais ne me demandez pas d'aller chercher mon ami pour qu'il vienne ici perdre la sienne. Pas si vous tenez à lui.

— Rassure-toi, Palni. Mon intention n'est pas de le faire venir ici. Dis-lui tout ce qui s'est passé mais retiens-le au loin. Je suis persuadée, tout comme toi, que l'intention de Guthmann est de le prendre au piège et de le tuer. C'est seulement quand il a su qui était mon prisonnier que Guthmann Bloodaxe a commencé à s'intéresser à moi.

— Pardonnez-moi, milady, mais dans ce cas... Que comptez-vous faire ?

Ansithe prit une longue inspiration.

— Je ne sais pas encore exactement. Mais je suis sûre au moins d'une chose... Moir ne doit pas mettre les pieds ici, sous aucun prétexte. Guthmann lui a préparé un piège dont je suis l'appât. Si Moir apparaît, il lui sautera dessus comme le chat sur la souris.

Palni hocha la tête.

— Alors, lui envoyer le pendentif et lui demander de rester à l'écart ne servira à rien. De fait, je ne crois pas que rien ne l'empêche de venir ici s'il apprend que vous êtes en danger.

— Que veux-tu dire ?

— Je n'ai jamais vu Moir confier ce pendentif à qui que ce soit depuis la mort de sa mère. C'était même une plaisanterie entre nous. S'il vous a renvoyée chez vous, c'était parce qu'il vous y croyait en sécurité. Quand il saura que Guthmann est ici, rien ne pourra l'arrêter. Il est peut-être même déjà en route…

Le fidèle compagnon de Moir se passa la main sur le front. Il commençait visiblement à fatiguer, mais il reprit avec la même verve :

— Dans un combat loyal, il pourrait battre Guthmann sans problème. Alors, il faut trouver un moyen, milady. Il faut que le combat soit sans tromperie ni piège aucun. Si vous l'aimez, faites en sorte que le combat soit loyal. C'est le seul moyen pour lui de s'en sortir. Et pour vous et nous tous ici.

Ansithe resta un long moment silencieuse, le pendentif d'ambre tiède lové au creux de sa main. C'était comme si l'ambre était encore chaud de la peau de Moir et non de la sienne. Elle aurait tant aimé qu'il soit là, auprès d'elle, qu'il la serre dans ses bras en attendant qu'elle trouve la solution. Qu'elle lui donne ce dont il avait besoin. Que disait-il, déjà ? Un bon chef sait utiliser au mieux les outils qu'il a sous la main. De quels outils disposait-elle ? Et que pouvait-elle en faire ?

Elle passa en revue les membres du petit groupe assemblé autour du lit de Palni. Cynehild, d'abord, si pâle et si digne dans son deuil. Puis Elene, le frère Oswald et enfin Ecgbert qui écoutait l'échange avec une grande attention. Elle remit la perle d'ambre à sa place et se redressa. Elle savait ce qu'elle devait faire. De quel outil elle pouvait disposer.

— Palni… Quand Moir aura compris ce qui se trame, il ne va pas manquer d'emprunter Watling Street, qui est l'itinéraire le plus rapide pour arriver jusqu'ici.

— Oui, bien sûr, milady. Mais avez-vous écouté un seul mot de ce que je viens de dire ?

— Tu lui donneras le pendentif, dit-elle d'une voix forte, s'assurant du coin de l'œil qu'Ecgbert écoutait. Tu lui diras qu'il ne doit pas venir jusqu'ici car il n'est pas remis de notre combat contre les hors-la-loi dans la forêt. D'autant plus que c'est son bras droit qui est blessé, celui qu'il utilise pour manier son épée. Qu'il se soigne d'abord. Il viendra à mon secours ensuite.

Palni prit le pendentif d'un geste lent.

— Je le ferai pour vous, milady, mais vous allez le mener à la mort.

Elle prit une longue respiration.

— Fais ce que je te dis. Tu n'es plus un otage et il sera bien content de retrouver son fidèle compagnon.

— Comme vous voudrez. Mais c'est sa perte que vous signez, répéta Palni, lugubre.

Elene s'approcha.

— Ansithe, il me semblait que…

— Moir n'a jamais caché ses blessures, s'empressa de préciser Ansithe en espérant qu'Elene ne lui poserait pas trop de questions. Il sera incapable de se battre pendant encore plusieurs semaines. S'il veut l'emporter dans son affrontement avec Guthmann, il doit avoir recouvré tous ses moyens.

Elene poussa un petit cri.

— Oh ! oui, bien sûr. Il faut qu'il prenne tout le temps nécessaire pour se rétablir.

— Si quelqu'un parle en dehors de cette pièce de la fuite de mon ami Palni, intervint frère Oswald, fronçant les sourcils d'un air terrible, que son âme soit maudite pour la nuit des temps !

Ansithe jeta un bref regard à Ecgbert, qui paraissait soudain passionné par les objets du culte disposés dans la vitrine. Elle savait qu'il avait enregistré chacun des mots qui venaient d'être prononcés dans cette pièce et qu'il s'empresserait de les rapporter à l'*ealdorman* au plus vite. Et elle y comptait bien. Tous les moyens étaient bons pour sauver Moir, y compris la propension qu'avait le régisseur à rapporter ce qui ne devait pas l'être à ceux qui ne devaient pas l'entendre.

Baissant la voix, elle ajouta à l'intention d'Elene :

— Espérons que Moir comprendra mon message et qu'il agira en conséquence.

Elene lui pressa discrètement la main.

— Malgré son impatience, il comprendra. C'est un homme sensé.

— Quelqu'un approche, chuchota Bjartr. Ce ne peut pas être Lady Valkyrie ni sa sœur. Elles ont pris plus d'avance que cela.

Moir hocha la tête.

— J'ai entendu, répondit-il à voix basse en posant la main sur la garde de son épée. Restons sur nos gardes. Quand on voyage la nuit, il faut s'attendre à toutes les surprises.

Ils avaient progressé rapidement depuis leur départ du camp d'été, ne s'arrêtant que pour se restaurer d'un morceau de pain et de fromage. D'après leurs estimations, il leur restait une demi-journée de voyage avant d'atteindre Baelle Heale et ils espéraient encore pouvoir rattraper Ansithe avant qu'elle tombe dans le piège de Guthmann.

— Moir, est-ce toi ? Je t'ai enfin retrouvé !

Palni émergea de l'obscurité, le pendentif d'ambre à la main.

— Rassure-moi tout de suite. Tout va bien pour Lady Ansithe ? interrogea Moir, le regard fixé sur son collier.

— Oui, c'est elle qui m'envoie. Elle m'a demandé de te donner ceci. C'est le frère Oswald qui m'a aidé à m'échapper.

Moir ravala un juron.

— Elle est donc arrivée à Baelle Heale.

— Et Guthmann Ulfson aussi. Sale affaire, Moir. Le

beau-frère de Lady Ansithe s'est fait massacrer pour avoir osé s'opposer au projet d'union entre Guthmann et elle.

— Je sais que Guthmann est là et je connais ses projets en ce qui concerne ma dame. J'espérais la rejoindre avant qu'elle arrive au manoir.

— Lady Ansithe te demande expressément de ne pas venir jusqu'au manoir pour le moment. Elle craint que tu ne te ressentes encore de ta récente blessure et que tu ne puisses affronter le Danois dans de bonnes conditions. Si tu éprouves des sentiments pour elle, tu ne dois pas essayer de la rejoindre.

Cette fois, Moir lâcha une bordée de jurons.

— Elle aurait dû savoir qu'elle perdait son temps. Je la défendrai jusqu'à mon dernier souffle.

Palni poussa un long soupir.

— À la façon dont elle disait cela, on aurait cru que tu étais pour le moins sur ton lit de mort. Ou que, pour le moins, tu avais perdu un bras. Et elle parlait si fort qu'on aurait pu l'entendre depuis la chapelle, où nous nous trouvions, jusqu'au manoir.

Moir se figea. Ansithe n'avait-elle pas essayé de lui faire passer un message ?

— Qui était là, quand elle disait cela ?

— Ses deux sœurs, frère Oswald puisque nous étions dans sa sacristie et ce régisseur à tête de fouine qui les avait suivis jusque-là.

Oui, bien sûr. Le fameux Ecgbert, qui répétait tout à son maître…

— Tu as tort de sous-estimer ma dame, Palni. Lady Ansithe savait exactement ce qu'elle disait. Ce sera une excellente joueuse de la Table du Roi, quand je le lui aurai appris.

Palni haussa les épaules.

— Eh bien ! Je suis content de voir que tu as compris

les intentions de Lady Ansithe. Parce que moi, je n'y vois goutte.

Moir fouilla dans l'une de ses fontes de selle pour en sortir sa tunique de rechange. Et, à la grande surprise de ses compagnons, il se mit à la déchirer en fines bandelettes.

Palni le regardait faire, sidéré.

— Il faut que je me confectionne des bandages et une attelle, expliqua-t-il. Tu comprends, je suis gravement blessé. Lady Ansithe compte sur moi.

Chapitre 16

— Merci, père, d'avoir bien voulu décréter un deuil de trente jours pour le décès de Leofwine, bien que cela retarde d'autant la célébration des noces, remarqua Ansithe sans lever les yeux de son assiette.

Assise à côté de son père à la table familiale, elle trempait sans conviction son pain dans sa soupe en s'efforçant de maîtriser la terreur qui commençait à l'envahir. Moir disposait maintenant du temps qu'il voulait pour se rétablir si besoin était et élaborer un plan d'action. Ensuite, elle mettrait en branle la seconde partie de son stratagème. En espérant que Palni avait pu délivrer son message à Moir et que ce dernier aurait compris ses sous-entendus.

À sa grande surprise, son père avait accepté ce délai sans discuter. L'*ealdorman*, persuadé qu'elle avait adhéré à sa vision des choses, était désormais tout sourire.

— Je ne veux pas qu'on nous reproche de ne pas avoir rendu l'hommage qui convient à un mort, déclara-t-il en lui tapotant la main. Et je te remercie d'avoir réussi à sortir Cynehild et Wulfgar de la chapelle. Je craignais que ta sœur ne veuille y trouver sanctuaire et ne t'entraîne avec elle. Toi toujours si raisonnable, tu ne pouvais manquer de retrouver ton bon sens.

— Frère Oswald redoute déjà suffisamment l'invasion de la Grande Armée sans qu'on ajoute à ses craintes.

Un cri du guetteur annonça l'arrivée d'un groupe de cavaliers.

— Attends-tu quelqu'un, père ? demanda Ansithe, l'estomac noué.

Il était encore bien trop tôt pour qu'il s'agisse de Moir. Et si Palni ne l'avait pas déjà rejoint, il allait tomber tout droit dans le piège que Guthmann lui tendait.

Le Danois se leva avec un sourire triomphant.

— Autorise ces hommes à entrer dans ta cour, *ealdorman* Wulfgar. Voyons quelles sont leurs intentions avant que mes hommes entrent en action. À moins qu'on ne me provoque, je suis fondamentalement un homme de paix.

Ansithe serra les poings sous la table. Elle méprisait son père pour la manière dont il acquiesçait aux quatre volontés de son invité. Et, de fait, se mettant debout avec un empressement servile, le maître de maison suivit Guthmann et ses hommes hors de la grande salle. Ansithe fit signe à ses sœurs et au frère Oswald de la suivre et l'imita aussitôt.

C'était bien Moir qui faisait son entrée dans la cour, entouré des hommes de son *felag*, et suivi par Nerian de Wessex et sa troupe. Il portait son bras droit en écharpe. Et, quand il mit pied à terre, il parut s'appuyer lourdement sur sa jambe gauche. Le cœur d'Ansithe manqua un battement… Puis elle vit la perle d'ambre luire doucement au creux de son cou tanné par le soleil.

Elle refréna non sans peine un sourire. Il avait donc bien reçu son message. Maintenant, il fallait jouer serré. Guthmann ne devait se douter de rien jusqu'à ce que le piège se referme.

— Que nous vaut le plaisir de cette visite ? s'enquit Guthmann sans se soucier du protocole requérant que le maître des lieux se charge d'accueillir ses visiteurs.

Mais l'*ealdorman* ne broncha pas, dompté.

— Permettez-moi de me présenter, messire, dit le jeune

capitaine Wessex en faisant avancer son cheval de trois pas. Nerian de Wessex, envoyé du roi. Je suis porteur de la rançon obtenue par Lady Ansithe grâce à ses nombreux captifs.

Aussitôt, le père d'Ansithe tendit la main, une flamme avide brillant dans son regard.

— Je suis son père. Cet or est pour moi.

— En tant que veuve, et selon la loi de mon pays, objecta Nerian, Lady Ansithe est la seule propriétaire de cet or, qu'elle a gagné par son courage et son habileté. C'est elle qui a capturé les Normands appartenant au *jarl* Andvarr et les Danois pourchassés par le roi de Mercie. Le roi m'a donc donné l'instruction de lui remettre cet or en main propre. Elle a rendu un fier service à son pays en capturant cette bande de soudards errant sans foi ni loi dans nos contrées.

Guthmann et le père d'Ansithe affichèrent un air si déconfit que, l'heure n'eût-elle été si grave, Ansithe leur aurait éclaté de rire au nez. S'avançant à son tour devant la ligne de cavaliers, elle prit la bourse remplie d'or qui lui parut plus lourde qu'elle n'avait espéré.

— Soyez prête, marmonna Nerian entre ses dents, de manière à ce que nul autre qu'elle ne pût l'entendre. Moir a un plan.

Elle le gratifia d'un imperceptible battement de cils et, rejoignant sa place, confia la bourse au frère Oswald.

Quand le religieux se fut retiré pour mettre l'or de la rançon à l'abri, elle se retourna vers son père.

— Ne croyez-vous pas que ces hommes méritent quelques rafraîchissements avant de repartir, père ?

— Ce serait bien aimable de votre part, messire, renchérit Moir en s'avançant d'un pas.

— Que fais-tu ici, Moir Mimirson ? intervint Guthmann en piétinant une fois de plus les règles de préséance.

Moir haussa un sourcil.

— Je ne suis pas certain d'avoir à te fournir une quelconque explication, Guthmann Bloodaxe… Disons que Nerian de Wessex avait besoin d'un guide. Je me suis proposé.

— Moir Mimirson ! rugit l'*ealdorman*, dont le visage avait pris une vilaine teinte rouge brique. L'homme qui a déshonoré ma fille, d'après ce qui m'a été rapporté ? Vous devez venger cette offense, Guthmann. Mes filles ne sont pas des putains.

Guthmann lâcha un gros rire.

— J'avais prévenu Andvarr avant mon départ que toute insulte faite à une femme sur laquelle je jetterais mon dévolu serait lourdement punie. Et voilà que j'apprends que toi, Moir, le plus insupportable trublion de tout le *felag* de mon nouvel allié, tu as osé t'en prendre à la douce fiancée que je m'étais choisie ? À la perle des perles que son père m'avait fait l'honneur de m'accorder ? Puis-je croire à un tel crime ? Mes oreilles ont-elles bien entendu ?

— Je n'ai à rendre de comptes à personne à propos de mes relations avec une dame. Surtout quand il s'agit de quelqu'un d'aussi… susceptible que Lady Ansithe.

La cicatrice de Guthmann prit une teinte violette. Il avança d'un pas.

— Je ne saurais tolérer une telle insulte. Personne ne me fera cocu avant même le mariage.

Sa voix avait atteint une note suraiguë et il respirait avec difficulté. L'heure était grave et pourtant, Ansithe se surprit à se demander comiquement s'il allait cracher du feu comme les dragons de la légende. À moins, plus vraisemblablement, qu'il ne tombe sur le sol, foudroyé par une apoplexie.

— Veux-tu te battre, Guthmann ? s'enquit Moir en plantant son regard clair dans celui de son interlocuteur.

Seul un duel à la loyale permettra de déterminer qui a droit à cette femme.

Parcourant le grand corps de Moir, le regard prudent de Guthmann s'arrêta un bref instant sur son bras en écharpe, puis sur le curieux déhanchement de sa jambe gauche.

Le cœur d'Ansithe battait si fort qu'elle craignait que Guthmann ne l'entende. Il fallait qu'il tombe dans le piège. Par tous les saints, il le fallait.

— Je pensais faire appel à un champion pour défendre mes couleurs. Mais étant donné la gravité de ton forfait, je vais m'en charger moi-même. Il y a longtemps que je rêve de voir la couleur de ton sang, Moir, fils de Mimir-le-lâche.

Derrière lui, ses hommes poussèrent un rugissement de rire.

Sous l'insulte, le visage de Moir perdit toute couleur.

— J'accepte bien volontiers, Guthmann Bloodaxe. Bien que la couleur de ton sang, je la connaisse déjà et qu'elle ne me dise rien qui vaille. Mais j'ai une condition. Ici et maintenant.

Guthmann caressa longuement sa cicatrice.

— Je vois que tu n'as rien perdu de ton arrogance. Mais tu te conduis en vrai chevalier. Grâce à ton imprudence, ta dame va savoir ce que c'est que d'être honorée par un homme. Un vrai.

Moir jeta sa cape sur le sol, dégaina maladroitement son épée et la leva tant bien que mal à la hauteur de son épaule, suscitant de nouveau les rires des hommes de Guthmann.

— Fini les bavardages, mes amis ! Venons-en au fait.

Guthmann claqua des doigts et une épée étincelante fut mise dans sa main.

— Je sens que je vais m'amuser, éructa-t-il en se mettant en garde.

Moir respira à fond. Jamais un combat n'avait été pour

lui d'un tel enjeu. Il ne se battait pas seulement pour sa vie mais pour Ansithe. Pour leur avenir à tous les deux.

— Prêt ?

Sans attendre, lançant la première offensive, Guthmann fendit l'air de son glaive. Mais, Moir s'étant esquivé habilement, il ne rencontra que le vide. Ils se mirent à tourner l'un autour de l'autre dans une danse macabre, donnant de brefs coups de lame pour intimider l'adversaire. Moir recula d'un pas et tomba sur un genou. Le choc fit tomber son arme de sa main.

Guthmann s'esclaffa bruyamment.

— Et Andvarr qui prétendait que tu étais son meilleur guerrier ! Moi, tout ce que je vois, c'est une outre gonflée de vent. Le jour de ta mort a sonné et je vais pouvoir saillir ta femelle comme un taureau jusqu'à ce qu'elle demande grâce. Pense à ça en rendant ton dernier souffle… Tiens, prends ça, chien de Normand !

D'un geste souple des reins, Moir évita de nouveau la lame.

— Tu parles beaucoup, Guthmann. Et tu ne te sers pas assez de ta cervelle.

Roulant sur lui-même, Moir ramassa son glaive qu'il pointa vers le ciel. Alors, dans l'élan qu'il mettait pour se jeter sur son adversaire, le poitrail en avant, Guthmann, impuissant à retenir son élan, s'y empala.

Des hourras s'élevèrent, cette fois venant de l'autre camp. Se remettant prestement sur ses pieds, Moir alla ramasser le glaive de Guthmann.

— Quelqu'un veut-il continuer le combat ? Il s'agit maintenant de reprendre le commandement du *felag* de Guthmann.

Dans un bel ensemble, les hommes du Danois se laissèrent tomber à genoux et jurèrent obéissance à leur nouveau chef. Puis, de nouveau debout, ils se mirent à frapper leur bouclier de leur épée, pour fêter l'événement.

— Je… Euh… Je crois que j'ai commis une erreur de jugement, bégaya le père d'Ansithe, qui avait assisté au combat en tremblant.

Il tiraillait nerveusement sur le bas de sa tunique et paraissait soudain extrêmement âgé et fragile.

Ansithe lui décocha un regard glacé.

— C'est le moins qu'on puisse dire, père. Et je crains que cela ne pèse sur ta conscience jusqu'à la fin de tes jours.

Moir leva la main pour indiquer qu'il demandait de nouveau la parole.

— Lady Ansithe, vous êtes libre de l'emprise de Guthmann Bloodaxe. Libre de décider de votre avenir. Je vous libère également de mes prétentions sur vous. Et je suis prêt à affronter qui osera prétendre que vous avez failli à votre honneur.

S'avançant vers elle, il lui tendit l'épée de Guthmann par la lame.

Ansithe prit l'arme gauchement dans sa main droite et le dévisagea sans répondre. Ainsi, après toutes ces péripéties et ces retournements de situation, Moir l'abandonnait à son sort… N'avait-il jamais été question d'autre chose que d'une rivalité entre deux guerriers ? Qu'en était-il des sentiments qui les reliaient ? Elle sentit un puits sans fond se creuser dans ses entrailles. Elle aurait voulu se cacher n'importe où pour ne pas devoir affronter publiquement cette humiliation. Bien sûr, Moir avait dit cela pour préserver sa réputation. Mais elle savait que ces mots finiraient par la détruire.

— Je prends ceci comme un hommage, Moir Mimirson. Et je vous en remercie.

Des hourras retentirent encore et Moir, s'avançant encore d'un pas, en profita pour ajouter à demi-voix :

— Pouvons-nous aller dans un endroit tranquille ? Nous avons à nous dire certaines choses qui n'ont pas besoin d'oreilles indiscrètes. S'il te plaît.

Ansithe s'arracha un sourire courtois.

— Le rucher… Je compte sur vous, mes sœurs, pour accueillir nos visiteurs comme il convient, annonça-t-elle à la cantonade. Je n'en ai pas pour longtemps.

Elene, les yeux brillants de plaisir, commençait déjà à se retrousser les manches.

— Prends tout le temps qu'il te faudra, ma chère sœur. Et pour une fois, ajouta-t-elle en coulant un regard provocateur en direction de son père, au diable l'avarice ! Il y a ici des gens qui ont risqué leur vie pour nous et qui doivent être remerciés. Nous allons mettre en perce nos meilleurs tonneaux de bière.

Après le tapage de la cour, le doux bourdonnement des abeilles semblait une musique jouée par les anges. Ansithe devait se contenir pour ne pas se jeter sur Moir et le palper sur toutes les coutures, à la recherche d'une blessure ignorée.

— Étant donné les circonstances dans lesquelles nous avons fait connaissance, l'endroit me paraît tout à fait approprié, plaisanta Moir avec un sourire taquin.

Et Ansithe sentit, comme avant, s'accélérer les battements de son cœur.

— Qu'as-tu à me dire ? demanda-t-elle d'une voix brève, luttant désespérément contre l'envie de se jeter dans ses bras.

Il passa le cordon de cuir de son pendentif par-dessus sa tête et le lui tendit.

— J'ai désormais une dette importante à ton égard. Une dette que je ne serai jamais en mesure de te rembourser.

Sans ton aide, Guthmann exercerait encore sa force malfaisante sur ce pays au lieu d'être étendu au milieu de ta cour, la face dans la poussière.

Ansithe reporta son attention sur les abeilles qui entraient et sortaient de la ruche la plus proche comme autant de flèches d'or. Sa gorge, contractée par les sanglots, lui faisait mal. Elle s'était convaincue que, dès son retour, Moir lui demanderait de l'épouser. Qu'il était revenu pour la sauver de l'emprise de Guthmann. Pourtant, il n'avait jamais caché que leur relation aurait une fin. C'était elle qui avait commis l'erreur de tomber amoureuse.

— Je suis heureuse que tu aies compris mon message. Il me fallait utiliser les outils dont je disposais. C'est pour cela que tu m'avais confié ton pendentif, n'est-ce pas ? Pour te prévenir de l'arrivée de Guthmann. Je n'en ai donc plus besoin.

Moir se figea.

— Cette perle d'ambre appartient à ma mère. Je te l'ai donnée comme gage de mon retour. Je prévoyais de revenir chargé d'honneurs et de récompenses. Mais il n'en a pas été ainsi.

Ansithe le dévisagea, surprise.

— Cela a parfaitement réussi, au contraire. Tu m'as arrachée aux bras de ce barbare. Tu nous as tous sauvés ici de son emprise. Nous n'avons plus aucune dette l'un envers l'autre.

Se rapprochant, Moir lui caressa la joue d'un doigt léger.

— Ansithe… Je veux que tu saches que je respecterai toujours ton honneur. Tu as le choix.

Ansithe rencontra son regard, le cœur battant. Les yeux de Moir n'étaient plus que deux morceaux de ciel bleu. Elle sentit l'espoir revenir en elle avec la force de la marée. Peut-être éprouvait-il quelque chose pour elle, finalement.

— Oui, chuchota-t-elle, cela, je le sais.

— Alors, acceptes-tu de devenir ma femme et de partager le reste de ma vie ? Non pas parce que j'ai vaincu Guthmann ou que ton père te le demande. Mais parce que c'est quelque chose que tu désires du fond du cœur. Parce que je t'aime, Ansithe.

Ansithe se mit à trembler.

— Mais… Mais tu voudras des enfants, n'est-ce pas ? C'est bien normal, maintenant que tu es devenu toi aussi un seigneur de guerre.

— Oui, bien sûr. Mais… Est-ce que tu ne m'aimes pas ?

— De tout mon cœur. Mais il faut bien que l'un de nous deux se montre raisonnable.

— C'est toi que je veux, Ansithe. Pas une jument reproductrice qui me garantirait de beaux produits. Épouse-moi. Sois ma partenaire dans la vie. Faisons confiance à l'avenir. S'aimer n'est-il pas le plus important ?

Ansithe posa la main droite sur le solide poitrail de son compagnon, de ce beau guerrier du Nord qui était venu sans le savoir jusque dans les lointaines contrées de l'ouest pour bouleverser sa vie.

— J'accepte de tout mon cœur, déclara-t-elle d'une voix ferme tandis que Moir passait le pendentif autour de son cou. Frère Oswald sera ravi de changer de marié, j'en suis bien certaine. Il devait s'en douter du reste un peu, grâce aux indiscrétions d'Ecgbert.

Le rire mélodieux de Moir résonna à son oreille, la réchauffant jusqu'aux orteils.

— Je vois que vous aviez tout prévu.

Ansithe rit aussi.

— Il le faut bien, quand on décide de vivre avec quelqu'un qui n'aime pas prévoir l'avenir. Et tu dois bien reconnaître que je ne m'étais pas trompée.

Moir lui prit les lèvres sans répondre.

— Pourquoi ne m'as-tu pas demandé de t'épouser avant

de partir retrouver Andvarr ? s'enquit Ansithe quand elle put de nouveau parler.

— Il fallait que je sois de nouveau un homme libre pour pouvoir demander dignement ta main à ton père. N'oublie pas que j'étais ton otage ! Et, d'après Guthmann, un mort en sursis. J'avoue que les événements m'ont devancé, expliqua Moir en la serrant dans ses bras. Je n'appartiens plus au *felag* d'Andvarr. Mon avenir, c'est avec toi, dorénavant, que je veux le construire.

Ansithe renversa la tête pour mieux le regarder.

Moir avait quitté la sécurité du *felag* du *jarl* Andvarr ? De l'homme à qui il avait prêté allégeance pour le reste de sa vie ?

— Mais… Pourquoi as-tu fait une chose pareille ?

Moir expliqua rapidement ce qui s'était passé entre Andvarr et lui.

Et Ansithe l'écoutait, le souffle coupé. Si elle avait besoin d'une preuve d'amour, le récit de Moir la lui donnait sans aucun doute possible. Moir, son beau guerrier, n'appartenait plus à personne qu'à elle-même.

— Tu as pris une décision difficilement réversible, Moir.

— C'est de la faute d'Andvarr, pas de la mienne. Il voulait me retenir auprès de lui. Il me conseillait de t'oublier, il a prétendu qu'il y aurait pour moi d'autres femmes… Mais il n'y en aura plus jamais d'autre que ma Valkyrie, assura Moir en l'étreignant avec une force sauvage. Tu as accompli ce que je ne croyais pas possible. Tu as fait de moi un homme meilleur. Et surtout, un homme apaisé.

Ansithe renversa la tête pour mieux le voir.

— C'est toi, c'est ta confiance en moi qui ont fait de moi quelqu'un de meilleur, Moir. Tu m'as montré que je laissais les autres décider de ce que j'étais au lieu de chercher à comprendre ce que je voulais et ce que je pouvais vraiment. Tu m'as montré qu'il y avait plus important dans la vie que de se contenter de vivre au jour le jour, dans le moule qu'on avait dessiné pour vous… Moi aussi je suis libre, maintenant. Plus libre que je ne l'ai jamais été.

Moir se pencha sur elle pour lui prendre de nouveau les lèvres, mais elle le repoussa doucement.

— Pourquoi Bjartr et ses camarades sont-ils ici, avec toi ?

— Ils ont décidé de se joindre à moi dans ma quête. Ils ont déclaré qu'un *felag* n'était dissous que lorsque tous en avaient décidé ainsi. Quand Andvarr a compris que Bjartr était décidé à m'accompagner jusqu'ici, il a déclaré que son fils était devenu un homme et qu'il pouvait aller où cela lui chantait.

Moir porta la main d'Ansithe à ses lèvres et conclut :

— Et nous, Kyrie, nous pouvons aller où cela te chante. Sous le chaud soleil de Constantinople, dans les brouillards glacés de l'Islande. Nous pouvons même rester ici, à Baelle Heale, si tu le préfères. À toi de décider. J'irai où tu iras.

Voyager, enfin ! Découvrir de nouveaux cieux, de nouvelles coutumes, des mets étrangers… Sous la bonne garde d'Elene et de Cynehild, maintenant que leur père avait perdu une partie de son honneur, le domaine était en sécurité.

Ansithe rit de bonheur en se blottissant dans les bras de son compagnon.

— Et les hommes de Guthmann ? Ne t'ont-ils pas prêté allégeance à leur tour ?

Le temps du voyage finirait par arriver mais, en attendant, ils avaient tous les deux des responsabilités à l'égard de gens qui leur faisaient confiance, qui avaient remis leur sécurité entre leurs mains.

— Sans doute, opina Moir. Mais, si tu préfères partir en voyage, ils peuvent trouver sans peine un autre chef. Je veux consacrer ce qui me reste de temps à vivre à te rendre heureuse. Toi, et pas les autres. Car si tu es heureuse, je le serai aussi.

Ansithe sourit. Il voulait être heureux avec elle. C'était un programme qui lui convenait tout à fait.

— Guthmann devait posséder des terres gagnées sur les Merciens. Des terres qui auront besoin d'être convenablement gérées par un homme qui se soucie davantage du bien-être de ses gens que de sa propre gloire. Et je ne vois pas qui mieux que toi pourrait s'en charger, expliqua-t-elle d'une voix lente, en posant la tête sur le cœur de son compagnon pour mieux entendre son battement régulier et puissant. Ces hommes qui t'ont fait confiance méritent qu'on leur donne l'opportunité d'être mieux que des raiders avides de violence et de pillage. Ils seront fiers de participer à la reconstruction de cette terre. Toi et moi, nous pouvons les y aider.

Lui saisissant le menton entre le pouce et l'index, Moir plongea le rayon bleu de son regard au fond des yeux d'Ansithe.

— Tes désirs sont des ordres, Lady Valkyrie.

Épilogue

Automne, an de grâce 874 - comté de Derby[1]

Chaque jour apportait à Ansithe de nouveaux bonheurs. Une fois qu'ils s'étaient installés sur les terres de Guthmann, que Moir avait reçu en cadeau de mariage de la part d'Andvarr, il avait reconstruit la *longhouse* de manière confortable, dans un style qui n'était ni tout à fait normand, ni tout à fait mercien. Les terres, laissées en jachère durant les différentes guerres qui s'étaient succédé ces dernières décennies, étaient redevenues merveilleusement fertiles. Et les bois, jadis silencieux, retentissaient des coups de hache tandis qu'on abattait les arbres destinés à bâtir les dépendances du manoir et les maisons destinées aux hommes de Moir, dont Bjartr qui, avec l'approbation de son père, avait décidé de servir le nouveau chef de guerre Moir Mimirson.

Le jour où Ansithe avait senti son enfant bouger en elle pour la première fois, elle n'avait pu s'empêcher d'éclater en sanglots. Moir l'avait bercée doucement dans ses bras

1. De 877 à 913, après la signature du traité de paix avec la Mercie de l'Est et le Wessex, le comté de Derby a été l'un des Cinq Bourgs ou villes fortifiées du Danelaw (territoire ayant été conquis par la Grande Armée païenne et appliquant la loi des Danois).

jusqu'à ce que l'orage s'apaise, lui demandant pourquoi elle continuait à douter à ce point d'elle-même. Ce à quoi, tant elle était heureuse, elle n'avait pas trouvé de réponse.

Et aujourd'hui, tandis qu'elle allaitait son fils tout juste âgé d'une semaine, elle n'en avait toujours pas.

— Voilà le plus joli spectacle qu'il m'ait été donné de voir, remarqua Moir s'arrêtant net sur le seuil de la grande salle à son retour des champs. Mon fils dans les bras de mon épouse bien-aimée.

— Tu n'es pas objectif mais je ne t'en aime que davantage. Tu rentres bien tôt ! Ne devrais-tu pas être en train de surveiller la rentrée des récoltes ?

— C'est notre seul point de désaccord. Tu n'imagines pas combien vous êtes adorables tous les deux, Mathios si blond, tétant au sein de sa mère à la longue chevelure de flamme.

Il la baisa sur les lèvres et ajouta :

— Rappelle-moi de rentrer tôt plus souvent. Bjartr est parfaitement capable de surveiller le travail.

Prise d'une soudaine appréhension, Ansithe serra plus fort son fils dans ses bras.

— Une mauvaise nouvelle ?

Moir se rembrunit.

— Palni m'a envoyé un message. Cédric vient de reconnaître qu'il finançait les exactions des hors-la-loi et qu'il avait collaboré avec Guthmann pour la capture de ton père et de Leofwine.

Ansithe le dévisagea, stupéfaite.

— Mais comment a-t-il découvert une chose pareille ?

— Cédric a essayé de le recruter pour fragiliser l'autorité de Cynehild et lui créer tous les ennuis possibles. Il était persuadé qu'un Normand ne demandait qu'à se laisser corrompre et à trahir.

Ansithe éclata d'un rire joyeux, ce qui lui valut un nouveau baiser de la part de son mari, sur le nez, cette fois.

— Exactement ce que je pense !

— Palni dit-il quelque chose d'autre ? s'enquit-elle en baissant la voix pour ne pas réveiller son fils, qui venait de s'endormir. Comment vont mon père et mes sœurs ?

— Ils ont été très heureux d'apprendre la naissance de Mathios et vont bientôt nous rendre visite. Et naturellement, il paraîtrait que ton père a commencé à se mettre en quête d'un mari pour chacune des deux filles qui lui restent sur les bras. Cynehild n'a pas manqué de le remettre à sa place. Elle ne s'est pas remise de la mort de Leofwine et refuse de considérer un second mariage tant qu'elle n'a pas remis l'épée de son mari à ses vieux parents. Palni a promis de l'escorter dans ce voyage et ils projettent de passer par ici sur le chemin du retour.

Mathios sourit aux anges dans son sommeil et Ansithe l'enveloppa d'un regard plein d'amour. Bah ! Cynehild avait assez de force de caractère pour tenir tête à son père.

— J'aurais tant aimé que Nerian demande la main d'Elene. Nous lui aurions trouvé une place chez nous, dans le domaine. C'est un jeune homme honnête et courageux.

— J'aime les jeunes gens qui cherchent à tracer leur propre route. Si c'est le mari qui convient à Elene, il reviendra… Mais, ajouta-t-il en prenant Mathios des bras de sa mère, n'est-il pas temps pour ce jeune homme d'aller se coucher ?

Moir coucha le nourrisson dans le petit berceau de bois qu'il avait confectionné pour lui pendant l'été. Puis, revenant à sa femme, il l'enlaça tendrement.

— Maintenant, assez parlé des autres. J'ai besoin de passer un peu de temps avec la femme de ma vie.

— Vraiment ? À quoi songes-tu ? chuchota Ansithe, émue par la tendresse qu'elle lisait dans son regard.

Moir repoussa d'une main légère les mèches de cheveux qui lui retombaient sur le front.

— Oh ! à rien de précis… Moi qui pensais que ma destinée était de passer ma vie sur les champs de bataille, je sais maintenant que je me suis trompé. Mon avenir, c'est toi et notre famille.

— Oui, et c'est aussi le mien. Pour toujours.

Ils s'embrassèrent dans un grand rire complice.

Vous avez aimé *Le pacte du Viking* ?
Découvrez prochainement la suite de votre série « Serments et Guerriers », dans votre collection Les Historiques.

Les Historiques

HARLEQUIN

Retrouvez prochainement,
dans votre collection

Les Historiques

La promise du Viking, de Michelle Styles - N°930

SÉRIE : SERMENTS ET GUERRIERS - TOME 2

Royaume de Mercie, Angleterre, an de grâce 875

De retour sur les terres que sa famille a fuies pour échapper à une horde de barbares vikings, Cynehild recherche le mystérieux jarl qui règne désormais sur son domaine afin de l'affronter. Mais ; alors qu'elle touche au but, elle découvre un homme grièvement blessé et à la mémoire vacillante. Incapable d'abandonner à son sort le dénommé Kal Randrson, Cynehild décide de veiller sur lui, le temps qu'il recouvre ses forces. Hélas, l'audacieuse Saxonne comprend vite que Kal n'est autre que le seigneur qui contrôle son domaine depuis trois ans ! Son pire ennemi…

L'enfant secret du Highlander, de Jeanine Englert - N°931

Écosse, 1743

Brandon n'en revient pas. Que fait donc Fiona MacDonald sur ses terres, un nourrisson dans les bras ? Amis d'enfance, ils ont tout partagé autrefois, leurs joies, leurs peines… jusqu'à tomber amoureux. Rien ne semblait pouvoir les séparer, pas même leurs familles respectives qui leur interdisaient de se fréquenter. Comment auraient-ils pu renoncer au lien exceptionnel qui les unissait ? Chaque nuit, Fiona le rejoignait au château d'Argyll, en passant par un tunnel secret ! Et Brandon succombait aux charmes de sa belle aux cheveux de feu… Aujourd'hui hélas, tout a changé. Devenu laird du clan Campbell, il doit venger les siens, décimés par la famille de Fiona. Mais, alors qu'il s'apprête à lui faire payer le prix de cette infâme trahison, Brandon découvre que l'enfant qu'elle protège est le sien – son fils et son héritier…

La rédemption d'un chevalier, de Melissa Oliver - N°932

SÉRIE : ILLUSTRES CHEVALIERS - TOME 2

Royaume de France, printemps 1218

Exilé en France depuis des années, le puissant chevalier William Geraint vit à l'écart du monde une existence marquée par l'amertume et la violence. Pourtant, lorsqu'on lui demande d'escorter Lady Isabel de Clancey jusqu'à sa famille dont elle a été séparée, William accepte sans hésitation. Ce voyage est la chance qu'il attendait. Une chance d'expier ses erreurs passées et d'enfin recouvrer la paix. Mais rien ne se passe comme prévu… William a juré de défendre la belle héritière, pas de la séduire. Or, le désir qu'il éprouve pour Isabel le dévore, mettant en péril sa mission…

Les Historiques

La proposition du comte de Kendall, de Louise Allen - N°933

Lady Jane Newman a un rêve : s'établir comme artiste peintre. Celui de ses parents est tout autre : ils veulent la voir fiancée à un duc ! Punie pour sa désobéissance, elle est envoyée chez sa cousine dans les environs de Bath. Durant son voyage, Jane rencontre un homme à bout de forces, repoussant courageusement un groupe de bandits. N'écoutant que son bon cœur, et faisant fi des convenances, elle vole à son secours et l'accueille dans sa calèche. Ce qu'elle ignore, c'est que l'irruption de cet inconnu va bouleverser sa vie. Dès leur arrivée à Bath, les rumeurs sur la vertu entachée de Jane enflent de manière incontrôlable. D'autant plus que l'homme qu'elle a secouru est Ivo Merton, militaire de son état et comte de Kendall en personne !

Captive d'un Viking, de Harper St. George - N°934

SÉRIE : LES GUERRIERS DU NORD - TOME 4

ANGLETERRE, AN 871

Gwendolyn enrage à l'idée de suivre Vidar, le chef du clan ennemi à qui son père l'a promise pour assurer la paix. Non seulement cet odieux Viking la traite sans aucun égard, mais il entend qu'elle lui obéisse en toute chose. Comment se satisfaire d'un rôle d'épouse passive, elle qui est une archère hors pair et une guerrière respectée de tous ? Si Vidar persiste à vouloir faire d'elle une femme docile, Gwendolyn compte bien lui prouver qu'elle ne cède jamais… et encore moins face à un rival.

L'héritière des Mac Dougall, de Terri Brisbin - N°935

ÉCOSSE, XIVE SIÈCLE

Héritière du clan Mac Dougall, Nuala savait que son rang lui imposait de convoler par raison plutôt que par amour. Mais jamais elle ne se serait attendue à être mariée sous la contrainte ! C'est pourtant ce qui lui arrive quand son château de Lorme est assiégé par les troupes de Sebastian de Cleish. Le farouche guerrier s'est vu imposer un ultimatum par le roi lui-même : s'il n'épouse pas la maîtresse du donjon, Sebastian mourra avant la nuit tombée. Nuala deviendra donc sa femme, et ce dès aujourd'hui…